校园书香阅读文库

修学旅行记

王碧蓉◎编

郑州大学出版社

图书在版编目(CIP)数据

修学旅行记/王碧蓉编．—郑州:郑州大学出版社，2015.9

(校园书香阅读文库)

ISBN 978-7-5645-2342-8

Ⅰ.①修…　Ⅱ.①王…　Ⅲ.①随笔-作品集-中国-当代　Ⅳ.①I267.1

中国版本图书馆 CIP 数据核字（2015）第 144633 号

郑州大学出版社出版发行
郑州市大学路 40 号　　邮政编码:450052
出版人:张功员　　发行部电话:0371-66658405
全国新华书店经销
洛阳和众印刷有限公司印制
开本:710 mm×1 010 mm　1/16
印张:13.5
字数:188 千字
版次:2015 年 9 月第 1 版　　印次:2015 年 9 月第 1 次印刷

书号:ISBN 978-7-5645-2342-8　定价:36.00 元

内容提要

该书收录了作者们在读研期间，随秋禾（南京大学徐雁教授的笔名）师修学旅行的随笔文章，涉及青岛、宁波、永康、北京、呼和浩特、湖州、杭州、常熟、进贤、福州、曲阜等十余座都市。书中不仅记录了历代文人深心向往的天一阁、充满文化气息的杜甫草堂、“霜叶红于二月花”的香山等人文史迹，还介绍了隐藏在街巷中的旧书店、文人故居和纪念馆等，研究生们在“走读无字书，领悟有字理”的社会实践中，体会着“怀抱古典的情志，行走在时尚的都市”（徐雁教授语）的人文理念，觉悟着为人做事、处世社交及读书作文之道。而读者则不仅能身临其境地感受到各地的文化气息，更能体会到在旅行中学习求知，“行万里路，读万卷书”的魅力和“天地阅览室，万物皆书卷”的乐趣。

阅读与你、我、他

（代总序）

阅读是为人的，它要满足读者精神生活的多种需要，提高读者的科学文化知识水平和思想道德修养，促进社会的物质文明生产和精神文明建设；阅读又是人为的，要对“有字书”和“无字书”进行精神消费和文化再生产，从而展现阅读主体的人文力，提升真、善、美的境界。那么，阅读与人生究竟有怎样的密切关系呢？

我认为，阅读，作为一种言语技能，属于认知、行为科学，而作为一种文化活动，又归属于情感、价值领域，有其浓厚的人文精神特征。通过阅读，读物的客观属性满足了读者的主观需要，这就产生了阅读的价值。阅读价值即指阅读主体（你、我、他）和阅读客体（读物）之间需求与满足的关系程度。

中国历代文人都曾依据各自的读书实践，发表过各有特点的见解。杜甫云：“熟精《文选》理，休觅彩衣轻。”“试吟青玉案，莫羡紫罗囊。”韩愈云：“人之能为人，由腹有诗书。”宋真宗赵恒以其“九五之尊”而作劝学诗：“富家不用买良田，书中自有千钟粟。安房不用架高梁，书中自有黄金屋。娶妻莫恨无良媒，书中有女颜如玉。出门莫恨无随人，书中车马多如簇。男儿欲遂平生志，六经勤向窗前读。”该诗通俗形象地把古老的“学而优则仕”的道理阐发得淋漓尽致，因而广为流传，而“万般皆下品，惟有读书高”的观念也深入人心。如范仲淹云:“乡人莫相羡,教子读诗书。”王安石云:“开编喜自得,一读疗沉疴。”苏辙云:“诗书教子真田宅,金玉传家定粪灰。”尤袤云:“饥读之,以当肉;寒读之,以当裘;孤寂而读之,以当友;幽忧读之,以当金石琴瑟。”王夫之云:“医俗无别方,惟有读书是。”张维屏云:“读书何所求,将以通事理。”……

整合上述古人的观点,可知读书可以安身立命、求知开智、养德修身、审美求真乃至治国、平天下。这种兼顾世俗功利和精神文明功用的价值取向,对于我们全面认识阅读的价值,具有世界观和方法论上的启迪。因为如果以“阅读”为圆心,向四面八方360度辐射开去思考,则不难发现,阅读对“完善读者自我”和“建设社会文明”有着说道不尽的好处。

一方面,阅读可以哺育学习,蓄积写作,升腾理想,求取知识,开发智力,树立道德,体味美感,保养身体,萌生创意,丰富生活,寻找爱情,建立家庭。这12个角度讲的是阅读对于读者个体所具有的方方面面好处。另一方面,阅读可以导引人类开启文明历史,实现文化交流,振兴学校教育,推进科学技术,扩大网络传播,发挥生产潜力,提高管理水平,促进经济繁荣,施展军事雄才,维护法律尊严,学会治理国家,增强民族素质。这12个角度讲的是阅读对于社会群体所具有的种种好处。

我的期待是,通过对阅读价值的充分阐发,以动员更多的“自然人口”转变为“读书人口”,为营造“书香社会”创造条件。我们希望阅读不再是知识分子的专利,而成为每个现代公民的权利,而阅读要从娃娃和学生抓起,因为他们是让未来更美好的主体力量。

其实,读书人读到一定阶段,会产生一种精神上的飞翔感，会自然而然地超越现实生活的琐屑，而借助想象力翱翔在理想的时空中。英国著名思想家培根说过：“在读书的时候，我们与智者交谈；在生活的事务中，我们通常都是与愚人交谈。”他认为：“读书使人成为完善的人。”其哲言值得我们细细品味，因为闪光的人生始终伴随着阅读，而高明的阅读会不断地改变着人生。

心中寄托着为芸芸学子插上书香翅膀的良好愿望，一套12本的“校园书香阅读文库”在主编徐雁（南京大学教授、中国图书馆学会阅读推广委员会副主任）、崔波（郑州大学图书馆馆长、中国图书馆学会大学生阅读专业委员会主任）、赵普光（南京师范大学副教授）与执行主编骆玉安（郑州大学出版社副社长）的携手合作下，即将由郑州大学出版社出版。我注意到，入选各书的作者，都是长期作息于校园内外的作家、学人、教师和图书馆馆员，有的还是全国知名的读书人、藏书家和阅读推广人。我相信，这一文库将在包括“华夏书香校园”建设在内的全民阅读促进的社会系统工程中，发挥出其积极的作用。

曾祥芹

2015年3月23日叙于河南师范大学

（注：曾祥芹现为河南师范大学教授、中国阅读学研究会名誉会长）

序

丙戌初冬，我应邀参加为纪念天一阁创始人范钦诞辰500周年和天一阁建阁440周年而举办的中外藏书文化国际学术研讨会。会议结束那天，服务员交给我一件东西，说是一位会议代表留下来的。我打开一看，是徐雁老弟给我留的“作业”——一份《修学旅行记》书稿的打印稿，上方还写有一段文字:“来先生:此件系本书样稿，是在校研究生日记体的《修学旅行记》，请于11月底前赐序。徐雁拜请。”

任务明确，又有限期，因此我顺手在稿面上圈写一个“急”字，塞入行囊，作为返回南开大学邃谷以后的首要完成之件。这种“突然袭击”是徐老弟的惯行，他常常在某次会议上见到我，就把他或他弟子所收藏的“来新夏著述”送到我房间，要我签名或写段小跋。

我自然很乐意接受这一任务，因为一则这是徐老弟“身教”学生尊老之道，我应该积极“配合”。二则我的那些“破书”本来就是造纸厂的备料，年青学子留我的签名本在他们书架上，占上寸把地盘，也使书能多延数十年寿命，何乐而不为？三则徐老弟逢人求跋，我估计再有两三年，大概能集成一本《学人书跋》，若如此则我得附骥尾而获一叶，或为书林增些“掌故”。习惯即成自然，只有奉命行事，伏案写序。

以日记体撰写游学记录，这在我国有悠久历史。孔子率弟子周游列国就是游学，一路上师生间也许有所问答，这些问答后来经过弟子整理编辑，或者就是那部《论语》的部分素材。徐雁率门下弟子与会、游学，弟子写成专题性日记也颇得“先圣”遗风。日记一类是自己写来备忘的，内容大多是天时阴晴、友朋交往、家庭琐事、读书心得等；另一类是写给别人看的，大多正儿八经，言之凿凿，文字又多经修改，流畅可读，《修学旅行记》就属于这一类日记文学。

《修学旅行记》是徐门历届研究生随师出游的专业活动记事选集，有按日排比记录的，也有在各日下又立标题，令人知其要旨的；但都围绕着一个“书”字，如参加有关阅读的讲学和民间书刊的年会，见形形色色的读书人士或不同类型的书摊书店，听不同年代读书人的天南海北，等等，这些都与诸生的专业学习环环相扣，真是一种良好的教育方法。“读万卷书，行万里路”，是读书人的向往，时常在口边说的话，但一般难以实行。徐雁老弟不仅身体力行，而且带领弟子走这样的“路”，真是不可多得。

观《修学旅行记》，诸生自记行路日程和途中见闻，笔下时见感悟之语，读起来不是一本流水账，而是有不少即兴的游学心得。我建议得见本书者，不要把它当作一般日记看，而要认真阅读，咀嚼回味，从中受益。

本书原目中有徐雁老弟自己所做的行记，但他不知何故竟将它们删去了，我建议应予收入。一则师生行记同在一书，本身就是书林佳话；再则师生同书也可让读者评判一下，如何理解“青出于蓝而胜于蓝”的道理，对师生都是一种鼓励。徐老弟自当有此勇气，未知然否？①

来新夏

2006 年 11 月 24 日写于南开大学邃谷

① 徐雁教授的行记作品，先后编集为《雁斋书事录》《秋禾行旅记》两书，已由南京师范大学出版社于 2008 年、2009 年出版，可予参阅。——编者注。

目　录

琴岛四日行记

作者简介： 朱敏，1980年生，祖籍江苏无锡，成长于陕西宝鸡。1998年考入南京大学信息管理系图书馆学专业就读。2005年硕士毕业后，就职于山东工商学院图书馆，2009年调入该校政法学院编辑出版专业任教。2014年重返南京大学，攻读编辑出版专业的博士研究生。

明丽阳光、金色沙滩、红瓦绿树、碧海蓝天，与热情的朋友们相伴……在青岛度过的这几天在脑海中留下了太深的印迹，以至初回学校反而生出一种恍惚和陌生的感觉了。这次游学青岛，饱览了美丽的海边风光，也结识了很多可敬可爱的人，听到不同的声音，又有秋禾师随时随地细致耐心的指点，在见识和阅历方面收获良多。

2003.9.12　星期五　南京—青岛　晴

昨晚10点多，正和友人在南京玄武湖边中秋赏月，忽然接到同门刘佳的电话，说秋禾师特批她、孙艳和我三人同行前往青岛，参加东南大学出版社新近出版的“六朝松艺文笔丛”的座谈活动，明天一早就出发。可是此前的随行安排中似乎是没有我的。我顿时心跳提速，欣喜不已！

当朋友们打车送我赶回宿舍时已近晚上11点，我忐忑不安地打电话向秋禾师确认，一面压抑着心中的惊喜，一面又担忧着是否会给卢老师和薛原老师带去额外负担，言语便不免有些犹疑。秋禾师只淡淡地解释说，因为出版社将原来接送的小轿车改换成了一辆面包车，这样就可以多坐几人同去了。他问我是否愿意同往，我犹豫着答应下来，心中却仍有些不安，便与男友通了电话。男友笑我凡事总是太在意别人的感受，总害怕给别人带去麻烦，以致常常牺牲自己的意愿。是啊，难得有机会和老师们同去青岛参加活动，干吗顾虑太多呢？开开心心出发就是了！

被兴奋和紧张折磨了一夜的我睡得很不踏实，一次次睁眼看向屋外，守着天看它渐渐发亮。终于熬到5点半闹铃响起，便从床上爬起，迅速收拾好东西，和孙艳打车去11路公交车的鸡鸣寺站集合，发现秋禾师已经等在那里了。

结果却是出乎意外，南京师范大学文学院的万宇老师和刘佳都因故不能参加了，此行只有编辑卢冬梅老师、秋禾师、《开卷》执行主编董宁文老师以及孙艳我俩。7点半左右，出版社的一辆小型中巴车载着我们一行五人启程了。

由于晚上没睡好，精神不济，一路上我迷迷糊糊似睡非睡。午饭后，向秋禾师谈到我想研究新文学的想法，老师给出了不少建议。后来，他还向我和孙艳“传授”了许多在工作和恋爱中应注意的事项，并以他和他的同事、友人的亲身经历为鉴，让我们受益匪浅。我们都觉得，走下讲坛的秋禾师更像兄长、像慈父，他的许多真诚告诫，是我们的父母都疏于提及的。

我一直很好奇董老师怎么能与那么多老前辈们相熟识，这次在路上便乘机向他“讨教”。没想到平时总是眯着眼笑却并不多言的董老师似乎一下子打开了话匣子，和我们谈了不少他与老前辈们交往的细节。他认为和老人打交道要有比往常更多的耐心和热情，将心比心，以情换情。老人们年龄大了，很多事做起来不方便，自己还年轻，可以帮他们多做些，即使是寄信、找书这类小事，你诚心诚意帮他们做的次数多了，他们便会感激你、信任你。为了不负这份信任，董老师对老先生们几乎是有求必应，常常为此花费很多工夫。我想，如果有一天，董老师出一本书专谈他与老先生们交往中的轶事趣谈，书名就叫《我与老先生》，应该是很有意思的。

经过八九个小时的行驶，我们的车终于开进青岛市内。首先让人眼前一亮的是高新区内一栋栋整齐漂亮的别墅，红艳艳的屋顶映着湛蓝的天空，给人一种亮堂喜气的感觉。青岛附近多有小而可爱的石山，形状各异，光秃秃的显得有些突兀，像一群盘踞在青岛周边守卫着这座美丽城市的神兽。

与青岛的海初次邂逅却在惊鸿一瞥间。汽车一转弯，在建筑群与远山的缝隙间，露出一道亮蓝的海面。“看，海在那儿！”全车人几乎同时喊道。一架白色的飞机正飞行于海上，与远山、海水相映，别有一番意境。转眼间，大海又被楼宇遮挡住，可困在车中的心再也无法停止飞翔，仿佛已经飞出了胸膛，飞向那辽阔的海面，还有那海面上自由掠过的海鸥和载满梦想的航船……

大概青岛正在努力加强城市建设吧，市区繁华地段随处可见各式各样的宣传牌，上面印着诸如“蔚蓝青岛，美丽海岸”“车让人，让出一份文明；人让车，让出一份安全；车让车，让出一份秩序”等宣传语。

见到青岛日报社的编辑、作家薛原老师，和想象中略有不同，微胖面黑，人很幽默，是个初见就会让你感到亲切放松的人。汽车开进青岛邮电疗养院，这里位于青岛第二疗养区，环境很好，步行到海边只需十几分钟。我们住在 7 号楼。考虑到司机师傅与其他人不熟，秋禾师主动提出与司机同屋，他为人处事的细致体贴让我心服口服。薛冰老师和董老师同室，卢老师一人单住，我和孙艳居 722 室，房间号正好是我的生日，多巧啊！

晚上薛原老师等在邮电疗养院酒楼“金口福”的大包间设宴为大家接风，到场的还有青岛“工人作家”叶帆、青岛出版社的刘主任、汉京书店主人段琍女士、宋文京的夫人吴敏女士，疗养院的张主任也到宴陪酒一巡。此外，“艺文文库”的作者之一、远在西安的文艺评论家张渝也热心前来参加活动。他一直半开玩笑地淡化自己的“文化人”身份，口口声声称自己不过是西安海关的“关员”，他的名片上也画着一个腆着啤酒肚的漫画人物，仿佛刻意凸显自己不过是一个“关场俗人”。呵呵，我喜欢他从言谈到名片那种坦率不做作的调侃味！

这些朋友中，我有的是早闻其大名，有的是曾校读过其书稿，但均为初次见面。可他们那种山东人的热情豪爽，很自然地将彼此间的距离拉近很多，加上还有薛原老师这样风趣的人活跃气氛，宴席显得热闹生动，我和孙艳初来乍到的紧张感在大家的笑谈中也很快消散了。席间菜肴很丰盛，有螃蟹、鱿鱼、蛤蜊、鲟鱼以及很多我根本叫不上名字的海鲜，真让在汽车上颠簸了一天的脾胃好生欢喜，哪还顾得上腼腆！吴女士和我临座，每上一道新菜都为我介绍，还不断往我碟里夹菜，让我觉得格外亲切温暖。

青岛啤酒名不虚传，加上主人们的热情，我们两个小丫头也就不知天高地厚地与人干了几杯，结果落下“酒量好”的名声，一发不可收拾，足足被劝进两瓶啤酒，加之开宴时已有一杯干红下肚，真有些撑不住了，好在秋禾师、卢老师都出来为我俩解围。可是他们自己也正身处“危境”之中：一来远朋聚首自然高兴，二来在主人们“轮番轰炸”下盛情难却，都喝了不少。特别是秋禾师，作为大家都熟识的男宾，自然不被放过，劝酒者不断，我和孙艳都很为他担心，可他却谈笑风生、应对自如，并以微笑和眼神暗示我俩不必为他担心。

这席晚宴足足吃了3个小时，回到宾馆分完新书已9点多了。两个丫头看海的心情再也压抑不住了，于是积极提议大家一起去看海。

今天是农历八月十六，正赶上大潮。站在海边，看海水一浪接着一浪打过来，涌着白亮的浪花，像奔马飞扬的长鬃。起初只是远远的几小段，渐渐地连成长长的一片，跳跃着扑过来，让人真切地感受到万马奔腾的气势。忽而一浪遇上海底的暗礁，顷刻腾起巨大的浪花，数米高，如美丽的焰火，迸发出惊心动魄的声响，太有气势了！每一朵浪花都争先恐后，热情地蹦跳着朝你扑来，仿佛久别的恋人想要热烈地拥抱。在这里，可以寻见难得的热情、激情和坦然，让我不由想起薛原师席间所说的青岛的老人们在五四广场锻炼时载歌载舞的奔放情景。嗯，青岛就该像她的海、她的居民那样，是一个充满活力、热情和朝气的城市吧！

回到宾馆已经晚上11点多了。我们特意询问了服务员，说是海上日出在凌晨5点左右，于是定了4点半的闹铃。虽然知道秋禾师不会有这种兴致一大早爬起来看日出，可我们心底里还是挺希望他能同去。出门在外，我们俨然已经把老师当作大朋友啦！老师在散步时显得格外亲切温和，他微眯着眼望着远处的浪涛，脱口说出一串妙语并暗自赏玩的时候，我们可以感受到他面对潮汐时的真情流露，以及在这种情感中流淌的智慧。我们能额外享受导师走下讲台、走出课堂游学的言传身教，真是幸运！

本想草草写完日记早些休息，却因心头涌动着太多的兴奋和冲动而无法止笔。已经是凌晨1点多了，我却毫无睡意，孙艳也和我一样，两人便又卧谈起来。

2003.9.13 星期六 青岛 晴

闹钟不留情面地撕裂了酣畅的睡眠，迷迷糊糊摸索着按哑了铃声，新梦又渐渐续着旧梦铺开。至清晨6点多被孙艳叫醒，才知道她也以相似的方式对付了她的闹铃，而日出……想到日出，恍然间完全清醒过来，看看窗外，太阳早已立在天上瞅着我们两个懒人了。唉！心生遗憾，只好安慰自己：幸好还有明天。

洗漱之后等着老师们的通知，可左等右等毫无动静，便打开电视漫不经心地看着。7点多钟应着门铃出去开门，竟看见秋禾师站在过道的窗前笑眯眯地看着我俩，手里拎着一个装着石头的塑料袋。

“看到日出了吗?”

“我们太累了,起晚了,没看成。”

“看看,我凌晨3点多就去看海了,石头都帮你们捡回来了!”他将那袋石头递过来,大大小小,石质并不好看,但个个都圆溜溜的很滑稽。我和孙艳又惊异又惭愧,反复追问,才知老师是在开玩笑呢,那些石头不过是别人拾回来遗弃在宾馆客房中的。

在疗养院的餐厅吃过自助早点,薛原老师8点半过来,安排大家前往北九水游玩。路上,张渝老师和我们两个学生一起坐在最后一排车座上。出于对家乡作家天然的亲近感,我很自然地同他聊起来,听他讲述自己驾车旅游的经历,询问他去敦煌的相关情况。不知怎的,就聊到武汉大学的西方哲学专业,他提到了邓晓芒,使我十分惊喜。受男友的影响,我是很关注邓晓芒教授的,虽然看不懂他大部头的哲学著作,但很喜欢他的《人之镜》《灵之舞》《灵魂之旅》等一系列小书。我想张渝是搞艺术评论的,也许看过《灵魂之旅》,他却说没有见过,只在期刊上零星看过邓教授的文章,甚为喜欢。是啊,邓老师的这几本小书如今在书店已难寻踪迹,我也是费了一番功夫才凑齐的啊! 对于同样是喜欢读邓文的人,我很不甘心他没看过这几本小书,于是承诺以后逛书店时替他留心。后来提到张远山,他亦有所关注,我心里顿感遇到知音。在上山的路上,张渝看见路边有卖枣的小摊,便招呼司机停车,下去买了一大兜分给大家吃。他还很体贴地在水管前先洗干净了一大把从车窗递给我们两个小丫头,这件小事也增加着我们对他的亲近感。一路行来,他已从昨晚略显孤立的西安远客逐渐变为大家敞心接纳的朋友了。

北九水其实就是崂山的北线,据说以山、泉、石、树为胜。汽车绕着盘山公路左折右转前行,路的一旁是翡翠般的泉水,出产著名的崂山矿泉水;另一旁是风化成的如用中国画的皴法画出的花岗岩矮山。峰回路转,碧水相伴。下车进山后，发现这里与秦岭山里的景观颇似，山间夹水，水中散石，只不过每隔一段水中便有一石，石上有名人所书“×水”字样。张渝老师亦有同感。途经一座铁索桥，走在上面晃晃悠悠的挺有意思。大家走得太快，完全不是游玩，倒像赶路似的，在山顶吃了用山泉“冷冻”的凉粉后，又在飞瀑前几番合影，随后便匆匆下山了。

中午，还未谋面的“艺文文库”作者之一臧杰先生要在香港东路的广开海味大酒店宴请大家。早在由南京来青岛的路上，老师们就开玩笑说在所有的作者中，臧杰是最年轻最帅气的，一米九几的大高个，我们一定最喜欢他。我当时还反驳说：“帅不帅不重要，作家可不是靠脸面吃饭的！”可如今，却按捺不住心中的好奇，想要一睹这个“美男作家”的风采。

在全车人的耐心等待中，他总算露面了，白底暗纹的衬衣套住一个庞大躯体，略显笨拙地躬身上车，脸型偏圆微胖，不及想象中“帅气”。他待人似乎较冷，作为宴席的主人，席间却少言寡语，双眉不展，一副心事重重的样子。经人解释后才知道，他自从担任《青岛晨报》副主编后，压力较大，工作也很繁忙，常常连夜加班，身体大不如前，这两天正胃病复发，苦不堪言。

席间，忘了说到什么，竟引起了臧先生的谈兴，聊起他所关注的那些处于主流文化边缘的作家、学者和地下艺术来。他认为任何一种声音都应该有传向公众、传出“地面”的权利，他大概就是想为这些弱势声音提供一种传达渠道。我同意他的观点，却并不赞成媒体宣传的传达渠道，不赞成主流媒体对地下文艺的过度参与，因为不被理解（甚至被曲解、误解）的宣传比默默无闻不为人知更具破坏力。我根据他当初力推的米兰·昆德拉的作品现已在书市上大红大紫的现状，向他表示：传媒往往带有一种难以控制的惯性，能最先从泥沙中发现珠贝固然好，但惯性的宣传往往又很快将这些起初不为人知的作家的作品摆在聚光灯下，成为某种时尚，所有理解不理解的人都可以对此大放厥词，便不免有恶俗之嫌,把好东西白白给糟蹋了。这下可好,几番争论让臧先生忘记了胃痛,在薛原老师几番打断的情况下,他仍见缝插针地向我阐述他的观点。

正因为这些谈论,我忽略了宴席上的美味,也消解了初见时对臧杰先生的不快印象。臧先生似乎也是谈兴远大于酒兴。他的言语中有着某种不容动摇的执着,让我相信他是一个有梦、有追求、有强烈社会责任感的人,绝不单单是一个善于码字的“写手”。这也印证了我读他新著时的印象。此外,据说他还是一个绝对的音碟、影碟发烧友,家中所藏甚丰,可惜我们无缘一饱眼福了。

餐后,我和卢老师本有意去海边游泳,但薛原老师反复解释9月的水温对于不习惯在海水中游泳的外地游客是吃不消的。于是,仍按照原计划,下午去逛昌乐路文化市场。臧杰身体不适不曾前往。孙艳不知何故饭后情绪不佳,也表示不愿去。我劝说再三,也不奏效。最后,只有我和薛、徐、董、张四位老师同去。

到了昌乐路,发现那里甚是冷清,只有四五家地摊,所卖很杂,多是不知真假的钱币、玉佩、字画等,连同一些难入法眼的旧书,让人好不失望!一打听才知道这里早上才最繁华,这会儿基本都收摊了。败兴离开,转去附近的“古旧文化市场”,有三层,里面以卖旧家具、老什物、字画等为主,书籍只是小配角。秋禾师一路给我介绍各种古代家具,并以150元购得一套三册的雕版线装书;张渝对一个古拙的木制食奁有兴趣,一番讨价还价之后未能成交;董老师最可爱,15元买了一个绿色军用书包,还欢喜得不行。后来见到青岛画家石寒,于是同行转往早闻大名的汉京书店。

早就听说汉京书店是青岛文化人的一个聚集点,曾有一段时间常常举办各种文化沙龙,故此对它早有期待。今天一见,门面不大,店铺拥挤,顶天立地的书架上塞满了书,远不是想象中的雍容气派,唯有门上的招牌很有些味道。转念一想,文人不多是些物质清贫而精神富有者吗?汉京书店这一所在倒也合乎文人的身份品位,倘若过于奢华,那就只有财主暴发户适合来了。大家在书店门前合影留念,随后进店各自挑书。我们此次来青岛主推的这套东南大学出版社出版的“六朝松艺文笔丛”很快摆上了新书展台。书店所售图书档次较高,但也许是匆匆一览,没发现什么有特色的书,多是别处也能买到的。见我没淘到中意的书,秋禾师便捡出一本《微型书评》买来送我。正好书店老板段琍女士在,算账时打了个“人情折”。可老实说,这里的书价真不便宜。

晚上,宋文京的夫人吴敏女士在济南军区第二疗养院餐厅设宴,还请了两位喝酒很豪气的军人朋友作陪。臧杰身体不适未能入席,却专门赶来为我们送了他的著作《大师的背影》,题赠落款“臧兄”,倒是补上了酒桌上“欠下”的那份亲切。卢老师说她上次来青岛时臧杰可是十分活跃的,这次确实不在状态。我不禁有些遗憾,不知此后的两天是否还有机会领略他摆脱病痛后的张扬风采。

晚上回宾馆稍事整顿,大家又赴海边散步。路上忽闻秋禾师讲起苏州大学中文系古代文学专业潘树广老师去世的消息,我猛地一惊,心头像被重锤一击,脱口问道:“真的?什么时候?”“8 月 2 日。”我的心狠狠一沉,再也说不出什么。宽宽的街道、明亮的路灯、清爽的夜风,还有身边轻轻拍岸的海浪……这并不是一个适于伤感的场所,但我却再也无心去听周围人的聊天,独自加快了脚步,似乎想与外界的声响拉开距离。我是因去年校读潘先生那本纳入东南大学出版社“六朝松随笔文库”的《学林漫笔》书稿而与作者结缘的。潘老师看到我发表在《姑苏晚报》上的那篇关于此书的小豆腐块书评,知道我是秋禾师的学生,曾特意打电话来致谢和勉励,并邀请我有空到苏州他家中做客。我当时略有敷衍地说以后有空一定会去,可他当即一本正经地说自己身有重病,以抓紧成行为宜。我当时并不知道潘老师患的是绝症,也就并未十分在意。我想起元旦那天潘老师第二次给我打电话时,他那藐视疾病、自我鼓励般的轻笑和说话时坚定的语气;想起我暑假时曾想到该打个电话问候问候他的，却拖拖拉拉没有打……如今，再也没有这个问候的机会了。

海浪呜咽着，使海边的夜晚更显安静。远处的船灯温柔地亮着，与天际的星星相呼应，海与天真的浑然一体了，让人想起苏轼在《六月廿日夜渡海》中的诗句："云散月明谁点缀，天容海色本澄清。"完全不同于昨天，海水安静下来了，像玩累了的孩子，伏在柔软的沙发床上睡熟了，身体还随着呼吸平静地起伏着。这一夜，我真的好想独自一人在海边坐一坐，吹吹海风，让夜色清风把我的思绪带到很远很远……

2003.9.14 星期日 青岛 晴

终于实现了早上4点半起床的"壮举"。在我的几番催促之下，孙艳仍坚持气定神闲地梳妆打扮完毕才出门，而这时已逾5时。匆匆赶到海边，天空已露鱼肚白，海像是还未睡醒，海水柔柔地起伏着。远处，已有渔船出海了。沙滩被海水抚平，尚无脚印，看上去很恬静、安闲。有趣的是，等我们登上离岸最近的礁石照相之后，海水突然活跃起来，向岸边吞吐着海浪，形成一道道白沫，像一条条刚睡醒的小虫，在石缝间蠕动着、试探着，若进若出。我兴奋起来，在沙滩上蹦跳，迎着浪走去，见它逼近又赶快逃开。海浪很通人性似的，见我们开心了，自己也兴奋起来，越冲越远，一波未平一波又起，有时看似平静，实则暗波潜动，等到初露端倪时，想躲已经来不及了，于是我们都弄湿了鞋袜。我一边暗骂它们鬼机灵，一边欣喜于这个贪玩好动的可爱"朋友"。

大概是天气原因，远处的海平面总是水茫茫混沌未开，加上东边有些小岛挡住视线，怎么也看不见日出。东北边一片天空显现出些许红色，那红云之后必是藏着朝阳，已升起一丈高了。我们沮丧地沿海岸东行，希望为明天物色一个更适合观看日出的地点。沿海有许多小别墅，两层的居多，第二层连着一个小阁楼，有观海看景的露台，有明净的落地玻璃,在自家就可看到大海,多幸福啊!小院中还种着花木,安放有休闲椅,甚至秋千椅,真让人羡慕!

走到一宾馆前的海边大平台,看见有很多人在跳舞、打太极,但有更多的人倚着海边扶栏在钓鱼。当时刚早晨6点,可活跃在海边的人数之多叫人诧异!有的垂钓者水桶中已收获了不少鱼,多是五六寸长的小鱼,瘦长呈柳叶形。他们的鱼线上一顺溜挂着一排鱼钩,这和内地人在河中、鱼池中钓鱼的器具可不同。在这里,我们看到了早已高悬空中的太阳,咸鸭蛋黄般的颜色,鲜嫩的样子真叫人动心。

早饭之后,全体出动,再次来到昌乐路古旧书市场。情形与昨日果然大不相同,这里汇集了近百个摊位,除书刊外,还有很多卖古玩的。看见了许多我说不清用途和名称的小玩意,很有趣!就这一点而言,南京朝天宫附近的"鬼市"可就显得太单一了。

同行的几位老师为了防止在好书面前相互争抢,便采取了各自行动、分头"包抄"的办法。即便如此,运气有好坏,收获也就不尽相同。董老师以少胜多,早早地就把萧乾的《梦之谷》等几本颇入法眼的书收入囊中;秋禾师眼尖手快,还价亦有分寸,所以成交甚丰,揽得大量20世纪七八十年代的旧书,目的主要是为研究书籍装帧积累素材;孙艳在老师的点拨之下也渐入佳境,买得不少"书皮"——不论内容只看封面的书;我因为比之孙艳身强力壮,义不容辞地做起了秋禾师的"书童",结果身上的负重成倍增加,再也不得脱身,气喘吁吁地跟在他们后面,心中暗自叫苦不迭。腾不出手来,自然无法选书,心中那个郁闷……唉!好在秋禾师念我辛苦,一路"赏赐"给我几本适合的书。更可气的是,在我为数甚少的主动出击中,还被奸商暗算一遭:有一本《外国戏剧家书信集》,我以8元买下,后来在别的书摊又见此书,却是上、下两册。心中狐疑,于是掏出已购的那本细细比照,才发现我买的不过是个残本,书商将封面和扉页上的"上册"均用刀片巧妙地刮掉了,不仔细看根本发现不了,所以蒙混过关,残本卖了个足本的价钱。真应了民间那句老话"只有错买,没有错卖"啊!

在青岛友人的催促声中，我们意犹未尽地离开了昌乐路，驱车前往青岛啤酒厂。一进厂门，就看见几个漂亮的铜铸雕塑，很有地标性。在这里，我们参观了啤酒博物馆，其中印象较深的是关于啤酒制造流程的几个展厅，还有一台可以点播青岛啤酒历年广告的播放机。薛原老师的女儿冰冰也来了，乖巧安静，最初有些怕生，不愿与我们亲近，不过很快就安心地把小手交给我，让我牵着走了。她似乎家教很严，我和孙艳想买些小礼物送给她，她怎么都不肯要。

中午就在“青啤”直属的大酒店青啤之家用餐，喝到了好几种“青啤”特供的啤酒，在叶帆老师的讲解下，也渐渐明白了一些品味啤酒的要领。

下午在邮电疗养院的会议室召开青岛作家与“六朝松艺文笔丛”编著者的座谈会，青岛作家协会的好几位作家都出席了。我们见到了青岛作协主席尤凤伟，并请他在事先准备好的《中国一九五七》一书上签名。会议生动热烈，十分成功。编者们谈到了丛书的策划思路和组稿设想，作者们谈了各自的创作动机和写作心得，青岛作家们对这套丛书从内容到形式评价都比较高，也提出了一些建议，表示希望青岛作协和东南大学出版社之间能加强合作，达成更多的合作项目。会上，孙艳负责照相，我则主要做会议记录。

晚餐由青岛作协做东，仍在疗养院的酒楼“金口福”进行。段琍的女儿也来了，那可是个漂亮可爱、厉害而又难缠的小丫头，我被她缠着陪她玩，屋里屋外跑进跑出，可真累坏了！

饭后回到宾馆，石寒赐画，我们两个小丫头也有幸各得一幅国画和一幅书法作品。临睡前，秋禾师与几位男士又去海边散步漫谈了，我们三位女宾均未随去，早早洗漱了休息。连续几天下来，是有些累了。

2003.9.15 星期一 青岛 晴

早起又去海边，却再次错过日出时分，失望之余在海滩上捡拾了许多贝壳和海螺残片，又小又破，却敝帚自珍一样捧了回来。

早餐后，汽车载着大家去青岛日报社，沿路经过八大关。据宾馆房间里的《青岛风光简介》说，这八大关是一处优美的史迹，是久负盛名的海滨风景区，地处太平湾畔，也是青岛著名的第二海水浴场。其内建筑式样繁多，风格迥异，林木葱茏，清静幽雅，被誉为“东方瑞士”和“世界东方建筑博览会”。可惜我们主要是“坐车观花”，未能细览，只在公主楼、老舍公园、青岛海洋大学等几处下车留影。栈桥离此处很近，却终未得机会游览。路上，我们还专门去了水果市场，想买些水果带回去与朋友分享。“烟台苹果莱阳梨”，那可是远近有名的。可惜现在未到烟台红富士苹果上市的季节，正宗的莱阳梨也很难买到，倒是张渝买的一大箱水蜜桃味道比较甜。

青岛日报社距海不算远，而且周围草芳树绿，水碧天蓝，环境很优美。中午，报社几位领导宴请我们一行，席上得见薛原的夫人和他的好友高敏编辑。也许是秋禾师见我和孙艳在海边拾贝壳太辛苦，特意点了几种带壳的海鲜，让我们餐后得以收集到不少香螺、虎斑螺、大海螺和扇贝等。

俗话说：“天下没有不散的宴席。”午饭后大家即将各奔东西，我们返宁，张渝西去，秋禾师则直接去北京参加一个会议。

与秋禾师、张渝和青岛的朋友们告别时，心中真有几分不舍。从南京带来的几十包样书分空了，秋禾师又“单飞”了，来时还有些拥挤的车一下子显得空空荡荡，真有些不适应。

汽车坐轮渡去黄岛时，我们从车里出来，登上二层的甲板看海景。这是我生平第一次航行在海上！站在船舷边吹着海风，感觉自己像要化在风中，散在水天茫然处。

也许是几天来高密度的活动使人感觉疲倦，回去的路上大家昏昏欲睡，气氛不免有些沉闷。车子开到南京大学门口已经晚上 11 点了，我和孙艳费了很大气力才把秋禾师和我们在青岛收获的几大包书“弄”回宿舍。前后四天的青岛之行真的结束了。

宁波、永康、金华游学记

作者简介： 江少莉，1981 年生于“水仙花之乡”——福建漳州。福建师范大学本科毕业后，于 2004—2007 年在南京大学攻读研究生。毕业后曾在苏州图书馆工作 6 年，编辑中国图书馆学会阅读推广委员会会刊《今日阅读》。现为北京大学编辑出版专业博士研究生。

2004年12月9日至12日，秋禾师偕门内弟子梁启东师兄、同级的钟燕辉和我同往浙江宁波、永康、金华游学。本文综合了当时每天临睡前写在宾馆便笺上的行程日记及后来的补记。

2004.12.9 星期四 宁波 晴

"早安，宁波！"

早上7点多，经过火车上一夜并不舒坦的睡眠，我们终于抵达宁波。

出了宁波火车站，迎面呼吸到的清新空气，让人立刻浸润到一股久违了的南方气息里，连拂过脸上的风都是轻柔湿润的。抬头望见一轮清早的鲜红太阳，衬在蓝得清净的天空底版上，像小姑娘脸上柔软的胭脂的红，一点也不耀眼。此时街上行人不多，大概都是一些起早锻炼的人。车站外出租车司机正忙着招揽生意。

走进天一阁

我和梁师兄、钟燕辉到达宁波饭店后，即随秋禾师以及浙江图书馆的袁逸研究员、南开大学的徐建华老师步行至天一阁，参加《天一阁文丛》首发仪式暨座谈会。

天一阁离宁波饭店不远，我们一路经过两个路口，一座水泥桥，再直走几分钟，便到了"天一老街"。老街是那种还铺着青石板的小巷，保留了一些年代有些久远、门窗斑驳的老屋，天一阁就在老街深处。

从老街这头进入的是天一阁的西门。大门正上方黄底黑字的"天一阁"匾额赫然入目，匾额上方还有一块画家潘天寿先生题写的"南国书城"红木隶书匾额，两旁是"天一遗形源长垂远，南雷深意藏久尤难"的对联。

进了天一阁，发现这原来是座错落有致、庭园书阁交错的园林，曲折幽深中处处透着书香清雅。我们很快找到了天一阁主人范钦先生的雕像。明朝的范钦官至兵部右侍郎，天一阁是他于1561—1566年所建。他爱书如命，每到一处，就刻意搜集当地的公私刻本；对无法购置的书就雇人抄录，经史百家之书，兼收并蓄。雕像中的范老右手持一卷书，神态怡然。我们也学着他手捧一本《天一阁文丛》在雕像旁拍照。

天一阁内的房屋多为明清风格的木结构建筑，黛瓦白墙，黑白色调对比强烈，简约风格中展现了传统江南建筑的朴素美。在众多的屋舍中，我发现了一些三角的屋檐，棱角分明，高高翘起，显示出大户人家的气派。

有趣的是，走出园林，我看到两个高高的柱子，上端插一个镂空的四方形木框，框的四边上刻有一些方形的图案，不知有何用意。

天一阁雕版印刷工艺展

出了园林，再绕过一条小巷，就到了天一阁书画馆。我和师兄、小钟在《天一阁文丛》首发仪式暨座谈会还没开始前，先到云在楼参观了天一阁雕版印刷工艺展。

展览的物品中，有雕版印刷时使用的印刷工具，如用棕毛做的用来着墨的刷子；还有一些珍贵的古籍，比如天一阁珍藏的明刻本《大学衍义》二册，以及现代《论语》的铜活字版。

展区外，有几位师傅在当场演示雕版印刷的过程。只见他们将毛刷蘸满墨水，然后在一张垫着雕版的宣纸上来回地刷，一张中国12世纪木版装饰画《四美图》就制作完成了。我仔细瞧了瞧版画上的纹理,刻画细致,连服饰上细碎的花纹都看得清清楚楚。版画上印着四名穿着雍容华贵的女子,画像上方自左向右写着"随朝窈窕呈倾国之芳容"几个字。

版画印刷的一旁,一位师傅正在给印刷好的宣纸齐栏,这些工序和我们在南京参观金陵刻经处时所见差不多。我们当时在金陵刻经处还买了一两册线装书,价格不贵,每本在 15 元到 20 元之间。今天的雕版印刷展览也配套卖线装书,但价格大都几百块。

《天一阁文丛》首发仪式暨座谈会

参观完天一阁雕版印刷艺术展后,我们回昼锦堂参加《天一阁文丛》首发仪式暨座谈会。

座谈会开始后,与会的专家学者陆续就《天一阁文丛》的编辑出版和藏书传统进行发言。师兄忙着在发言者面前转移录音笔,小钟也不时站起来为座谈会现场拍照,我则坐在后排,记录一些发言的梗概。

座谈会中,专家们的讨论围绕"《天一阁文丛》是一份高质量的学术刊物却得不到正式刊号""中国藏书文化研究的历史脉络和研究成果""当代藏书家的生存状态和藏书活动""当代藏书业的发展现状""天一阁藏书文化品牌的建设与经营"等议题展开。

天一阁博物馆馆长、《天一阁文丛》主编徐良雄先生在开场白中回顾了中国藏书文化研究的历史脉络。他说自清末叶昌炽结撰《藏书纪事诗》以来,先后出现过两次中国藏书文化研究热潮。首次藏书文化研究热潮形成于 19 世纪末至 20 世纪 30 年代中期,其中宁波人陈登原的《古今典籍聚散考》《天一阁藏书考》是现代藏书文化研究的开山之作;第二次藏书文化研究热潮的发端,则以中华书局 1982 年出版的许碚生的《古代藏书史话》、李希泌和张椒华的《中国古代藏书与近代图书馆史料》两书为标志。

天一阁博物馆副馆长、《天一阁文丛》执行主编虞浩旭先生在发言中说明了关于《天一阁文丛》栏目设置的三个原则:第一,从文章的性质和类别出发进行设置;第二,栏目的设置以学术性为主；第三，每一期不设固定的栏目，以增强灵活性。

注：有关《天一阁文丛》首发式暨座谈会发言的详细内容，钟燕辉已据录音整理成文，发表在《天一阁文丛》第二辑上。

重返天一阁

中午在天一阁附近的饭店参加了主办方的宴会，享受了一顿海鲜美味。宴会散席后，秋禾师和其他的几位老师先回宾馆休息，我和师兄、小钟三人则再次走进天一阁。

进入天一阁后，我们依次参观了范钦藏书处东明草堂、范氏故居、宝书楼、尊经阁，以及明州碑林。游园中让我印象较深的有两处。

一处为宝书楼的匾额。那是一块乌底金字的匾额，上面用繁体字题写着“宝书楼”三字，一旁还记有题识的年代。匾额下是一个木柜，上面一左一右刻有两条金龙，金龙中间是一个火球。我猜想这其中的意思是，二龙把火球把持住，这藏书楼就不会发生火灾了。古代藏书楼，对火是十分忌讳的，“天一阁”的名字，便取自《易经》“天一生水，地六成之”。火球的下方，刚好是一把古代的铜锁，把整个书柜锁得严严实实。

另一处为尊经阁堂前的孔子画像。“尊经阁”楼前挂有一块白底黑字的匾额，楼前的木柱上也挂着一幅白底黑字的楹联。孔子的画像就放在堂前的正中央，画中孔子面朝东方，颔首作揖。画像的两旁各有一幅卷轴式的楹联，下方则摆了张红木桌子。

宁波出版社印象

傍晚时分，秋禾师带我们参观宁波出版社，同行的还有徐建华老师。

宁波出版社坐落在宁波市苍水街 79 号，占据了一座楼的三层。我们先到出版社的办公室，拜访早上在天一阁已见面合过影的马玉娟副社长。马社长穿着黑色外套，言谈举止中颇显干练。

之后我们又见到了南京大学毕业的徐飞师兄。他是秋禾师当年的学生，现任宁波出版社编务室主任。

刚进门时，我们看到了宁波出版社的社标，觉得颇有意思——绿、黄、紫的三个折形粗线条组合在一处，末了紫色的那端还飞出一个波形的细线。聊天中，我们就社标的设计意图请教了徐飞师兄。他说那三色合起来像一本书，代表宁波出版社；飞出的细线像波浪，代表宁波。整个图形组合起来，又寓意宁波出版社在新世纪破浪前行。

宾主聊了一会儿后，下楼去看出版社的工作现场。在样书展览室里，我看到了那本秋禾师做副主编的《中国藏书通史》，另外还看到了一些宣传宁波文化的书，以及教辅教材。在另外一间工作室内，几个小姑娘正“噼里啪啦”地快速打字录入书稿，也有人在一旁校稿。

月湖公园散步

晚餐后时间还早，袁老师提议到天一阁附近的月湖公园散步。因为他当年曾在宁波居住过，所以对这一带十分熟悉。

夜晚的风有点凉，吹在脸上冰冷冰冷的。踏在这异乡的土地上，我却没有太多的陌生感。这样的风物，是我在九龙江缓缓的水流中，在闽江公园的江滨景致中，在厦门海滨的微风细浪中曾经见到过的。我喜欢它们共同的气息，正是这样一种气息，让人们在与自然的亲近中愉悦、诗意地栖居。

月湖公园里没有灯，人也很少，愈加衬托出它的宁静。进了公园，我们踏过一片草地，经过一座石桥，便走近了月湖。夜晚的月光皎洁，凉风习习，我看见湖中倒映着的老屋、高楼、柳枝在粼粼的微波里晃动着，有点像徐志摩《偶然》一诗中“我是天空里的一片云，偶尔投影在你的波心”描写的意境。

散步于月湖公园，恍惚间有种感觉，以为它就是苏州小园林的扩大版，扩大了仍是那么精致，而且还向外界开放，和周围的天一阁，以及其他一些民居融成了一体。袁老师和秋禾师不禁感慨:在天津、南京那样的大都市,很难有这样悠闲的夜游。工业社会、信息社会已将人的"生活"异化了。

千年银杏寄怀

出了月湖公园,走在一旁的街道上,发现街道中间竟然有一棵古树,凑近一看,发现牌子上写着"银杏",树龄大概有一两千年了。江浙一带多银杏树,记得在南京总统府和苏州文庙里都见过这样苍劲的老银杏树,历经千年的风雨,却还坚韧地挺立着。试想想,曾几何时,它也是街旁新近植株的一棵小银杏树,终日在孩童的玩闹声中,在农夫村姑挑担的脚步声中,在先生学童"子曰诗曰"的吟诵声中,一天天地长高、变粗。如今,看着这座城市的居民一代又一代地繁衍下去,它和周围的天一阁一样,终究也透露出岁月沧桑的气息了。

2004.12.10 星期五 永康 晴

公共图书馆与私家藏书

早上在宁波饭店吃完早餐后,我们一行人(秋禾师、袁老师、徐建华老师及我们师兄妹三人)搭乘长途大巴车向永康出发。

临近中午的时候到达永康宾馆。刚下车,就见永康图书馆的徐关元馆长正笑呵呵地迎面向我们走来。他皮肤有点黝黑,看上去朴实而厚道。

在与徐馆长的闲谈中,我从第二天永康市藏书者协会的学术报告会聊起,问及永康藏书家的藏书目的。徐馆长告诉我,永康的藏书家中有很多是企业家,是为收藏而收藏的。一些藏书家的后代不爱书,所以永康图书馆就考虑让这些藏书家把自己的书放在图书馆,设一个特藏,图书馆代为整理保管,同时也允许读者在一定范围内查找。

"当然了,这里面也有为读书而收藏的藏书家,比如陈寒川先生,当初我们的这个'藏书者协会',就是在他的倡导下办起来的。陈先生是当年北京大学图书馆学系的肄业生。”徐馆长的信息对秋禾师很重要，北京大学向来有尊敬师长的风气，当晚秋禾师即表示要去拜访学长陈寒川。

听了徐馆长关于图书馆设立私人藏书馆藏的想法，我感到这又是一位心系地方文化事业建设的基层馆长。我为他的设想激动不已，倘能做成，不就实现了公共图书馆与私家藏书的良性互动吗？这里就涉及“公藏”和“私藏”两个话题。其实“公藏”也罢，“私藏”也罢，只要能使古旧书籍不致流散，文化传承有脉，收藏的意义就得到了体现。

品“状元饼”，逛五金城

热情的徐馆长邀请我们到永康街上品尝当地的特色小吃“状元饼”。

我们来到一家专卖状元饼的小店。几个员工正在忙着搓面、包馅，往炉子里放面饼。

店主上了稀饭和咸菜后，我们便大吃起来。老板娘一个劲地问我们好不好吃。“好吃好吃。”我吃得津津有味，这饼辣辣的，吃进嘴里偶尔还能尝到一点肉，味道和南大夜市街上卖的烧饼差不多。稀饭也很爽口，比起在饭店宾馆里吃的这几餐的油腻味，让人觉得还是粗茶淡饭吃起来更香呢。

吃完状元饼，徐馆长带我们逛了逛著名的永康五金城。永康是一个县级市，市区面积不大。从卖状元饼的小店到五金城，四五分钟就到了。

进了五金城，徐馆长领我们直奔一家五金店。店主人看我们一大批人一窝蜂地挤进来，忙热情地招呼。五金店里卖有各式各样的保温杯，有大有小，都是永康产的，还有电饭煲、电热杯等小电器。挑选样品的时候，老板不厌其烦地为我们开包，看了一个又一个。最后大家看中了一款蓝色的保温杯，于是徐馆长给我们每个人买了两个同款式的，一大一小，意思是一个给自己，一个给男朋友或女朋友。“要是没有男朋友或女朋友呢？”我们当中的一人打趣道。“没有的也要买两个，虚‘杯’以待嘛。”呵呵，徐馆长还挺幽默的。

满载而归:在永康市文化书店

出了五金城,我们便前往永康市文化书店。书店坐落在永康市胜利街 12 号,店老板叫程金台,和徐馆长也很熟识。

这家书店二楼朝街的窗户挂着一个白底黑字的店牌,上面的“文化书店”四字是用隶书书写的,显得古朴大方。店牌虽然很大,但挂得太高,非仰头不能看见。一楼门外并排竖着两个小门牌,一个白底黑字的用宋体书写着“永康市文化书店”,另一个白底绿字的用楷体书写着“永康市藏书者协会”。后来听徐馆长讲,这块“永康市藏书者协会”的门牌得来不易,当初有很多人争着要呢。

秋禾师近年来研究古旧书业,对古旧书店多有关注。早在宁波的汽车站,他就拿了一张报纸给我看,上面有一篇文章介绍永康文化书店四楼的古旧书。秋禾师见了程老板后,便把报纸上的那篇文章拿给他看,程老板先前不知道有人写了他的店,看了非常高兴,并将文章复印留存。

文化书店一、二、三楼卖的都是新书,古旧书在四楼。我们跟着秋禾师径直上了四楼,只见这里不仅书架上摆满了书,地上也四处堆着一摞摞捆扎好的书。我们在一处写着“特价书”的书柜前随意翻看,秋禾师则和程老板在书架旁的一个小房间里挑书。

我挑到了一本《傅雷家书》,是生活 · 读书 · 新知三联书店 1994 年 3 月第 10 次印刷的,书衣左上方斜摆着一枝白色羽毛,配上深蓝色的“傅雷家书”四字,倒也显得素雅。不过后来在火车上阅读时,小钟发现里面有不少错字,不知是否是那个年代的盗版书。如果是的话,那不妨也可作为 20 世纪 90 年代初盗版书的个案研究。

程老板是位性情中人,当徐馆长问及这些书给客人打几折时,程老板慷慨地说:“怎么能打折呢? 这么一点旧书,送给秋禾师徒了。”于是到柜台结账的时候,程老板就嘱咐柜台营业员,这些书是赠送的,还给我们一一打包好,装进了文化书店的袋子。

不过,第二天秋禾师便回赠了程老板《徐雁序跋》的毛边签名本和《中国读书大辞典》,他说秀才人情书一卷,我们可不能平白要人家的书,回赠书便是留个“交情”。

“五徐”会餐

从永康市文化书店出来后,我们应邀到永康饭店吃饭。

和宁波的“海味”不同,永康的菜大都是“山珍”,如竹笋、山鸡等。所谓“靠山吃山,靠海吃海”,从宁波、永康两地菜肴的不同特色便可略见一斑了。

饭桌上还有个有趣的小插曲:有人发现今天一桌围坐的主、宾中,徐姓人士就占了五位,然后大家哈哈笑了起来。我细数数,果然!在座的有秋禾师、徐建华老师、徐馆长、徐小飞先生及永康文人徐文通先生,刚好五位。

说到徐姓,大家就此话题谈笑了起来。秋禾师笑着说自己指导的一个女研究生也姓徐名小丽,可惜这次没来;全国文化单位中,比如图书馆,也有很多姓徐的……继而大家又追踪溯源讲徐姓,在场的永康徐氏后人还提到了一本徐氏先贤的诗集——《徐汝思诗集》。这本书辑自太仓王世贞,由徐文通先生整理编著,书中的校对者全部为徐姓,其中就有徐小飞先生。秋禾师打趣道:“幸亏这次活动是民间形式,否则人家会说永康徐馆长把北方的亲戚全请回来讲学了!”

拜访陈寒川先生

当晚,秋禾师带着准备好的《徐雁序跋》毛边签名本,还有《中国读书大辞典》,在徐馆长、徐小飞、徐文通先生的指引下,前往陈寒川先生家拜访,同行的还有徐建华老师、袁逸老师。

陈先生家住永康市江滨北路,到他家需要经过一条小巷子。巷子里灯光微弱,我们只好慢步前行,在摸索中找到了位于六楼右手边的陈先生家。

陈先生 60 多岁的模样,鬓角有点发白,整个人看起来挺有精神的。陈先生的夫人看起来比陈先生年轻一些,温婉贤淑的样子,说话的声调也轻轻的。

大家寒暄着进了屋子。房子两室一厅,面积不大,是典型的 20 世纪 80 年代住房的格局,但因在六楼,倒也通风凉快。陈先生家里屋的客厅不是很大，加上怕进去人太多会过度打扰老人家惯有的清净，我们师兄妹三人便留在了最外面的小客厅。

陈夫人忙着倒茶送水，往里屋送完水后，又到外面的客厅用永康话问我们要不要喝茶。我们连连摆手说不用麻烦了，不过陈夫人还是很热情地为我们摆上杯子，泡上绿茶，然后又拿来柑橘，示意我们尽管吃，不要客气。

屋里，秋禾师等人与陈先生叙谈了一个多小时，便起身告辞。陈先生出屋，送给我们每人两本自印的书籍。一本是《独乐轩集》，蓝色封面，著名书籍装帧设计家钱君匋先生题签，书名下有寒窗、青灯、古卷三物，此书共印500册；另外一本是袖珍本线装形式的《霜桥吟稿》，绛红色的封面，左上角一浅黄长条，写着黑色的"霜桥吟稿"四字，书里也是黄底黑字，印数100册。

出了陈先生的家门，一路上听老师们聊天，以及看陈先生赠书的序、前言，才知道陈寒川先生是20世纪50年代在北京大学图书馆学系读书时生了一场大病，后来只好退学返乡治病。回家后他在永康方岩风景区工作，但仍不忘读书、藏书，只可惜好多藏书在"文化大革命"破所谓"四旧"时被没收了。陈先生的藏书是"为读而藏"，边读边藏边做学问。他同时还是中国甲骨文书法研究院院士，中国工艺美术学会收藏家委员会会员，中国近现代史史料学学会会员，浙江省社会科学联合会会员，浙江省考古学会会员，浙江省历史学会会员，浙江省博物馆学学会会员，所涉领域包括甲骨文书法、近现代史、考古、博物馆学等。

补记：秋禾师是个有心人，回到南京后，在其《中国旧书业百年》里引用了陈寒川先生的文章《书缘》，以示其对北大老学长的敬重之情。《书缘》原收在永康藏书家李世扬先生编的《猎书记趣》里（燕山出版社2002年版）。陈先生对秋禾师此行颇有感怀，后赋诗《赠徐雁先生》一首云："去年腊月乍逢君，斗室青灯分外明。俄寄新书惊未达，云天北望独沉吟。"（见《开卷》2005年第4期《开有益斋闲话》，第28页）

亦商亦儒徐小飞

从陈先生家中出来后，我们一路坐车观赏永康城市的夜景。我四处捕捉着山城的气息，首先是一种静谧的感觉，继而是空气中弥漫的青草味道，然后是一阵又一阵的虫鸣。呵呵，这样的夜晚，再熟悉不过了，漳州南靖的小山城不也这样么。

车子在永康城绕行了一会儿，最后停在徐小飞先生的藏书室楼下。下车后，我们先参观了徐小飞先生的画店。店中摆放着几幅字画，柜台上有他的画集出售。徐小飞先生告诉我们，画店不以营利为目的，主要用来会见书画文化界朋友。

绕过画店旁边的一家咖啡厅，我们乘坐电梯来到徐小飞先生的藏书室。这是隐蔽在豪华大楼里寻常人不易发觉的一间藏书室，它由三室一厅的普通住房改造而成。临窗的风景不错，可以望见永康城内的南溪。

藏书室很气派，布置得古香古色，让人恍如置身于一个古代的书屋，全然不知它竟隐藏在城市的高楼中。进门的红木桌上方挂着“五峰藏书楼”字幅，是徐小飞先生到北京请一位书法家写的。藏书室里有两种书架，一种是带玻璃橱的红木书橱，另一种是敞开的红木书架。前者摆的是一般的印刷本，后者摆的则大都是线装古籍。徐小飞先生指着一个两米多高的红木书橱对我们说，这个书橱太高了，当初用电梯搬不进来，后来用吊车才从一楼吊到了五楼。

书架上排放着书画作品和《二十四史》《四部丛刊》，以及各种日记、书话等，每本书上都贴了图书馆分类的标签。经询问后才知道，原来徐小飞先生专门请了永康市图书馆的馆员为其整理图书。

在存放古籍的一间屋子里，徐小飞先生打开木箱，拿出一套古籍给大家看，说是在香港好不容易买到的，花了几万块钱。秋禾师翻看了那套古籍的几页纸，然后告诉主人书中已有书虫，得赶快处理。徐小飞先生一听马上吓住了，问要如何是好。幸好在场的有浙江省图书馆古籍部的袁逸专家，袁先生告诉他要先把书虫熏死，然后再修补，最好买个专门收藏古籍的樟木箱子。

第二天下午我们还到徐小飞先生的公司参观了他的办公室。一走进公司的大门，就看到走廊里挂着多幅山水画，让人感受到一种儒雅的氛围。

徐小飞先生的办公室在二楼。与其说这是一间办公室，不如说是一个书斋。“书斋”四周挂了数幅字画，办公桌上摆着砚台、毛笔、印泥等文房用品。办公桌后有几个书架，里面摆满了书，不过较其藏书室的书看来，内容更为实用。徐小飞先生说这些书是他平常经常要翻看的。

我们在办公室和徐小飞先生合影后，又到一旁的画室参观。画室很宽敞，中间有一张长形的画桌，上面摆放着各种大小的毛笔，画布上满是星星点点的颜料印记。墙壁上挂着春、夏、秋、冬四幅中国水墨画，走近一看，均为徐小飞先生自己所画。临走前他还赠送我们每人一本《徐小飞山水写生画稿》和一本《徐小飞画集》。

参观了徐小飞先生的藏书室及他的“书斋”、画室，我不由得佩服起他来。这样一位永康民营企业家，经商之余又是藏书，又是作画，倒也透着一种亦商亦儒的气质。

2004.12.11 星期六 永康 晴

永康市藏书者协会学术报告会

在永康经过一天的休整后，第二天秋禾师、徐建华老师、袁逸老师就要给永康市藏书者协会做学术报告了。

我们到达会场时，已经有很多藏书者协会的会员到场了。秋禾师等进去与这些藏书爱好者们交流，我们师兄妹三人则在会场外售书。十几本《中国读书大辞典》刚摆上去，就有人问是不是赠送的，我们忙向他们解释书打八折出售，买后可以现场请徐雁教授签名。

今天前来听报告的永康藏书爱好者中有年轻人，也有老者，但更多的是中年人。从他们的外表来看，似乎也是各种职业的人都有，有如徐小飞先生这样的企业家，也有如李世扬先生这样的政府官员，但绝大多数是一些普通的藏书爱好者。

讲座开始后，徐建华老师先从整体上讲了买书的注意事项。秋禾师接着具体讲了如何买一本书、如何鉴赏其价值等。袁逸老师最后讲如何读书的问题。

徐建华老师在讲座中说，从古到今，成批地购买图书，是藏书的好途径。一般有富家子弟和大学教授两个转让来源。不过成批购书，要注意整批地接受图书，当场马上贴封条，以防变故。访旧书可以看图书目录、访书录，与图书馆员、古旧书店店员交朋友，关注《人民日报》海外版和《收藏》杂志的访书信息，注意同行业活动等。

秋禾师的讲题是“中国私家藏书的优良传统和当代取向”，其中重点给在座的藏书爱好者讲了20世纪下半叶，即1949年以后图书出版的情况。秋禾师说这部分图书是很有价值的，比如说20世纪五六十年代的版本，因为在“文化大革命”中受到摧残，这部分图书损失很惨重。有许多初版书已经接近消亡，比如邓拓的《燕山夜话》。

袁逸老师采取“水煮三国”的形式讲述自己藏书的体会。他常常幽默地新解一些成语典故，比如说到“东施效颦”，他说东施这个女孩子其实是很健康、很可爱、很阳光的，但就是因为没文化，不懂什么是真正的美，所以才会遭后人的耻笑。如果有专业人士好好调教调教东施，那么她至少也是“气质型”的。

有趣的小插曲：“这本书能不能送给我？”

讲座结束后，我和小钟走上讲台，帮秋禾师为刚才演讲时摆列的书拍照。旁边有不少永康藏书爱好者也围着那堆书，想看个究竟。

大家对我们从宁波带来的《天一阁文丛》很感兴趣，其中就有个年轻人向我索要了两次。第一次他指着那本书，问我们：“这本书能不能送给我？”

“不好意思，这本书是我们在天一阁开会时送的，您要的话可以向出版社购买。”我向他认真解释。可他似乎还抱着希望，过了一会儿又问我同样的话：“这本书能不能送给我？”

面对他的第二次索要，我有点被他的执着感动了，但书是要带回去给同门的，我只能又一次婉言拒绝了。他只好失望地离开。

在将走之时，另有一位先生询问《天一阁文丛》是否可现场购买。我们告诉他可以和宁波出版社联系。

“那如何联系呢？”这位先生穷追不舍。于是我们找出徐飞师兄的名片，把上面出版社的电话号码抄给他。

“谢谢啊。”看着他一边点头，一边真诚地道谢，我们也微微一笑，今天算是给《天一阁文丛》做了次广告。

方岩风景区及其他

中午在报告会场的五楼吃过自助餐后，我们便前往方岩风景区。

路上我又晕车了，徐馆长开玩笑地说：“你以后可不要嫁给永康的小伙子啊。”“为什么？”我一下子没反应过来。“你一到永康就晕了车，说明水土不服，当然不能嫁到永康来了。”哈哈，徐馆长的解释颇有意思，也舒缓了我的神经。到了方岩后，我下车呼吸到新鲜的空气，精神马上就恢复过来了。

方岩的山很奇特，一块块整齐平整的大岩石，齐刷刷地矗立在那里，形状有点像圆锥体。山不是很高，我们大概爬了三四百米就到了“天门”。“天街”尽头，有亭翼然，亭中一石碑上写着“千人坑”三个字。据传北宋宣和年间方腊义军在官兵的投石放箭、砍藤纵火下，从岩端摔下，全部坠涧殒命。后人为表示纪念，遂以“千人坑”名之。我探头往下看去，岩壁几乎是竖直的，陡峭得很，可以想见当时的惨烈。

胡公祠前的墙壁上刻着“为官一任，造福百姓”8 个大字，是 1959 年 8 月毛泽东开完庐山会议返京路过金华时对北宋清官胡公的评价。“山有仙则名”，这座山因胡公而扬名，一直以来山上的香火都很旺。

顺着山势朝上走，我们进了一间庙宇。庙外头的一间供着四大罗汉，里头的一间依岩壁而建，供奉着神明，走进去感觉很凉爽。此处香烟缭绕，抬头一看，岩壁已经被烟熏黑了。对照买来的导游图看，这个地方应该是“罗汉洞”。

之后我们绕到五峰书院。南宋著名学者陈亮、朱熹、吕东莱曾在这里著书立说讲学，抗日战争期间的 1938 年 1 月到 1942 年 5 月，浙江省政府曾搬迁到此办公。我们看到的五峰石室，就是在那时候为了不忘国耻而涂上的青灰色。

晚上随秋禾师与徐小飞先生、袁逸老师一道至李世扬先生家观书。李先生家的书房在七楼，亦布置得古色古香。其藏书中有古书，也有民国时期的书，如钱锺书所著的第一、第二版《围城》。李先生收藏有很多鲁迅的书，秋禾师在《中国旧书业百年》一书介绍中国当代私家藏书“专藏”特点时就提到，李世扬是鲁迅作品版本收藏家。

2004.12.12 星期日 金华 晴

在金华的一天

早上先到金华图书馆与单晓铭馆长会合。

金华图书馆有个副名，叫“严济慈图书馆”。这原来是个“四位一体”的图书馆，集民办图书馆、公共图书馆、高校图书馆、科技信息中心为一身。曾几何时，对于“民办图书馆”的合法存在，还是一个颇有争议的问题，真可谓“公说公有理，婆说婆有理”。时过境迁，如今“严馆模式”这样一种私人投资办图书馆的模式，早已被大部分人认同，其“联合投资、股份合作、拥有产权、共享资源、民办公助”的指导方针更为人们所津津乐道。其实，图书馆姓“公”也好，姓“私”也罢，只要能保持公益机构的形式，能为知识的传播和文化的继承做出贡献就行。

我们随单馆长到了图书馆三楼，惊讶地发现这里竟有一个小花园。馆长说这花园一年四季都有花开。我想，在这样“馆中有园、园中有馆”的图书馆工作，心情自然愉快。

出了金华图书馆后，我们直奔金华双龙洞。

双龙洞入口处刻有叶圣陶（1894—1988）的《双龙洞游记》，是我们在中学语文课本上就学过的。洞口两侧悬着两个酷似龙头的钟乳石，故名“双龙洞”，但两龙头在外洞，而龙身却藏在内洞。我们平躺在船上，通过一道细小的缝隙，到了双龙洞的里头，也就是“双龙”的龙身。这里为喀斯特地形，洞内随处可见奇形怪状的钟乳石、石笋，有些钟乳石柱上还正有水往下滴呢。

洞内光线昏暗，出了洞口豁然开朗，只见空地上摆着几张茶桌，原来此处开设了一个小茶馆。我们一行坐下来饮茶闲聊了一会儿。

初见南京的午夜

下午启程回南京。袁老师与我们搭乘同一趟列车，晚上7点左右他在杭州站下了车，我们和秋禾师到凌晨1点多才到达南京。

这是我第一次见到南京的午夜。都市白天的喧哗全被吸到了地底下，剩下的只有静谧。

橘红的夜灯一闪一闪地亮着，出租车快速驶过，从玻璃窗往外看去，道路两旁的法国梧桐便倏地一棵棵直往后退，如被检阅的士兵。实际上飞驰而过的是车上的我们，它们静止着。我想，从此以后，法国梧桐在我脑海里除了用高大、枝叶开阔形容之外，还有了另一个士兵般的形象。这是白天我走在嘈杂的马路上所联想不到的。

此行我们对秋禾师的“大阅读”理念有了更感性的认知。他平日在教授我们专业知识、学术方法外，常说要“读万卷书，行万里路”“读有字书，识无字理”，而参会、调研、游学等，就是其实践的一种方式。走出课堂去修学旅行，让我们在广阔的“天地阅览室”感受、了解丰富多彩的大自然和广博深厚的社会生活，从而能将学校所学与自然、时代发生关联，既开阔了视野，又增长了见识。

北京参会五日记

作者简介： 钟燕辉，2000年考入南京大学信息管理系学习，2004年开始随秋禾师修读硕士课程，研学方向为旧书业、书评学、阅读学等。2007年毕业后，先于上海入职出版业4年，后随家人迁移至南洋岛国新加坡。机缘巧合，先于华语电视台任撰稿近3年，现就职于一家学术出版社。

游学前一日接近中午的时候，接到安然的电话，说有“好消息”，让我猜是什么。想了很多种结果，但都没有想到是让我随秋禾师去北京出差数天，而且当晚就要出发。于是赶紧打电话给朱静亚师姐了解情况，原来是她去译林出版社求职面试和出差时间发生冲突了，只好放弃两年之前便安排好的此次北京之行，由我替代她前去。

晚上7点多出校门，坐上才开通不久的地铁一号线，很快到达南京火车站，发现这里已一改过去脏、乱、差的形象，终于可以给南京人出行带来一个崭新的开始了。8点半，和秋禾师在候车厅前会合，坐上了南京开往北京的Z50次列车。晚上9:06，火车缓缓开动，我的北京之旅就此开始，我所闻、所知以及想象中的北京终于可以去实地验证啦。

2005.10.14 星期五 北京 晴

初至北京

软卧车厢里的一夜我竟无眠，早上6点，听着耳边火车轰鸣的声音，想来已经离北京不远了。望向窗外，满眼都是竖立的玉米秆，已是一马平川的华北平原了。我想象中的北方应该就是这样的天高地远。

不到7点的时候，火车缓缓驶入了北京火车站。下得火车，就感觉到风中带着一股干干的凛冽。排队等候出租车的过程中，还非常巧地遇见了南京图书馆古籍部的徐忆农老师，她也是坐同一趟火车到北京来出差的，不过我们的目的地并不相同。告别了忆农老师，我们随后打车到达此行的第一个目的地——朝阳宾馆。

因为还没有办理入住手续，所以秋禾师和我不能在宾馆吃早饭，不过，这恰好让我体验了一次地道的北京风味的早餐。秋禾师对朝阳区并不熟悉，但是看到一个居民小区便很有经验地拐了进去，果然里面就有一个小小的早餐店。北京特色的油饼已经卖完了，不过我第一次品尝到了勾芡的豆腐脑，这是和清淡的南方风味完全不同的北方吃食。吃过早饭，会合了已经在山东工商学院图书馆工作的徐门大师姐朱敏，便往朝阳区文化馆而去，由《芳草地》主办的“第三届全国民办读书报刊研讨会”就在这里召开。

《芳草地》原来是朝阳区文化馆主办的一份小报，专门用来刊发朝阳区业余作者的文学作品，在读者中也有不小的影响。作者范围不仅限于业余，也吸引作家为杂志写稿，目标是把它办成一份高品位的、有保存价值的、让人喜爱的杂志。目前，与《芳草地》相类似的还有《开卷》《书人》《书友》《日记报》《书简》《读书人》《清泉》等一大批民办读书报刊。

我推开会议室的门，发现里面已经有不少人在了，会场内气氛异常的热闹，虽然桌子上也放了席卡，但是没有人愿意被拘束在座位前面，老友相聚开心叙谈只是一种，还有便是手持书和笔的“追星族”，姜德明、牛汉等老先生面前围满了要求签名留影的人。姜德明先生，对我们来说，应该是最熟悉的作者之一了，他如我想象中一样是一个清瘦的老者，朱敏师姐则觉得姜先生比她想象中来得更加和蔼可亲。

我们此行还带了不少中国阅读学研究会主办的会刊《悦读》，我趁着分发的机会，逐个看了看席卡，发现了止庵、陈子善、蔡玉洗、董宁文等这些熟悉的名字。更有许多来宾是各个民办读书报刊的编者。这些民办读书报刊的编者、作者们是最不追求名利的人了，很多都是不计酬劳地参与编辑刊物。而许多作者愿意把稿子投给这些刊物，恰恰表明了他们的成功就在于充满书香，而无商业气息。深知读书之味的爱书人、藏书人、写书人编的刊物，才能真正地溢出书香、深入人心。

到会议宣布开始的时候，已经将近上午10点。主持人首先介绍了出席的来宾，说明早上只请几位老先生发发言，主要留给大家联络感情，这样的安排看来也是大得人心的。10点多，梅娘的出现再次将会场的气氛推向了一个高潮。老太太看上去精神矍铄，带着一股威严气质。老师曾在火车上说起，和这样的文坛老前辈在一起开会，将会是我此行的大收获之一。我没有读过梅娘的作品，她的周围也总是站满了人，不能再靠近，不禁感到可惜。

午餐时，秋禾师可能看出我和朱师姐对会议的兴趣已经不大，便建议我们下午可自行去故宫游玩，这让第一次到北京的我们喜出望外。可惜人生地不熟，任凭司机把我们带到故宫的后门——神武门，我俩喜滋滋地逛进去，却大失所望，从电视、电影的镜头中看到过无数遍的皇宫、御花园怎么会如此矮小、狭窄？逛完了故宫中轴线的西边还一直在郁闷呢，而且人又多，除了斑驳的建筑物之外，我们已经看不到多少皇宫的威严、奢华。好在柳暗花明又一村，待得我俩胡乱地重新转到中轴线上，终于看到了想象中那宏伟的宫殿建筑。但是许多人扒着大殿的门向里面看的景象，又是大煞风景。走马观花地看完了故宫、天安门广场，又到了前门、王府井，旅游的心得到些许满足。

回宾馆后，秋禾师拿出一沓《第三届全国民办读书报刊研讨会会议手册》，让我带回南大分发给同门，说可给将来有机会来北京实习出差的同学参考。我一翻方知，原来其中有很别致实用的“访书路线”指南，对我们而言确实是非常实用的小册子。

2005.10.15 星期六 北京 晴

国际阅读学会亚洲发展委员会北京年会

今天我们的主要安排是参加国际阅读学会亚洲发展委员会组织的——2005 年北京“亚洲读写教学国际学术研讨会”，而我此行的主要目的之一，便是在这个会议上替师姐朱静亚宣读论文。

会议在首都师范大学图书馆一楼报告厅举行，我们参加的是汉文分会场的会议。与昨天的会议氛围明显不同，参加者之间抱着平等交流的心态而来。许多与会者都是教育学领域的专家，他们所讲的都是我未曾留心过的领域，我这个听众，已经有了一些外行看热闹的意味了。当香港大学的欧阳汝颖教授做报告的时候，秋禾师不失时机地用案例分析教育了我和师姐，将我俩的注意力转移到她的演讲技巧上，随手写了张纸条提示说“讲授仪态自信而生动，时而严肃，时而亲切，富有成熟技巧，语速表情得当，体现了当场沟通力和语言表达力，是我们高教中素质缺乏之处”。确实，在我这些年接受的教育中，没有培养学生这方面能力的相应课程，而这些能力的练就，又需要不断实践。

下午，我上台宣读了朱静亚师姐的论文《阅读学的“拿来主义”》，因为是读他人的作品，虽然是第一次在公共场合发言，却并无压力。在注意不要读错字的同时，我注意留心自己的仪表和神态，并且不时注意环视一下会场的听众，大概就是因为这一点，秋禾师对我的表现评价为“很从容”，我心中觉得算是圆满完成任务了。

接着朱敏师姐上台宣读她的论文《姜德明的书籍世界》，因为师姐在临行前才就这个会议的主题对这篇文章做了最后的修订，所以开始的时候略显紧张。但师姐讲着自己熟悉的姜德明先生，在进入状态之后，便开始眉飞色舞起来，很有感染力。

而下午发言的其他教育者们，则从细处着手，以自己的实践工作为例，一个个愉快地讲解了他们的研究项目，我感觉他们确确实实是在享受自己的工作和研究。

一场不期而遇的喜筵

今天的晚饭是昨天便预约好的一场喜筵，主人是北京大学信息管理系教授王余光老师的博士生刘洪权师兄，他毕业后就职于安徽教育出版社，也是我们参与的《中国阅读通史》的组稿编辑。刘师兄此次带了新婚妻子小奚来见王师、师母及诸同门，我们也在被邀入席之列。我们对送什么礼物纠结了一番，还是秋禾师的主意好，说索性以邀他们夫妇共游香山来作为答谢礼。

下午的时候，王老师的几位学生汪琴、许欢等也来听会，傍晚便从首都师范大学同我们一起前往。我们几个拖着行李进入新开元大酒店时，参加喜筵的各位早已就座了。钱婉约老师带着王老师的大部分女弟子坐在一桌，而王余光老师则和新婚夫妇一桌，给我们留的位子也在此桌。席间觥筹交错，十分热闹。

夜游北大

晚饭过后，秋禾师带我们到附近的承泽园、蔚秀园和北京大学校园一游。

承泽园始建于1725年（清雍正三年），系果亲王允礼的赐园，中间历经多任主人，后归北京大学所有。走进承泽园，各式违章搭建的小房子、新修的围墙已让这个园子面目全非。不过走几步后就忽略了那些后来建造的建筑物，发现老房格局还是保存得很好的，有的屋顶上长满了杂草，在月色下看起来分外荒凉。再往里面走，可以看到干枯的河塘边有几株长得异常粗壮高大的柳树，这在南方是很难看到的。在如此朦胧的月色下，我要通过眼睛看，而后在脑海中想象书上描述的“进门不远东西一条小溪，溪上横架白石平桥一座……全园布局前部空旷，以山水为主，后部严谨，以建筑空间为主，贵在清新。幽竹傍岩，修廊曲折，厅堂楼阁，既分又合，为京西独具北方风格的一座园林”（选自《北京名胜古迹辞典》，燕山出版社1989年版）。却不知日日生活在这里的人，有几个还知道这里辉煌的过去，又有几人还会有如此的思古幽情？

后来回到南京，秋禾师找出他收藏的周汝昌所著《脂雪轩笔语》（上海人民出版社2000年版），其中有《承泽园轶事》一篇，周先生文中所述还是20世纪40年代的情景：“那时是张伯驹先生的居处。我与张先生过从甚密，几乎每日下午都要去坐坐……”“我所到的承泽园，其实只不过是全园东半的一小部分（其西半主体为吴鼎昌所居，未曾到过），并无多少景致。入园有一大过厅，空旷、敝旧。正面只一花园，厅左有游廊一段。厅后张府内宅，亦未曾擅造过。如进大过厅后不向西而东偏数武，有小楼二重，楼上住的是画家秦仲文，楼下则是袁大公子——即袁世凯洪宪称帝后的‘大太子’。”周先生还提到早先的承泽园布局与《红楼梦》之大观园有很多相似之处。

承泽园东北侧不远处就是已经辟为北京大学教师宿舍区的蔚秀园。除了池塘，这里更加看不到原来的风貌了。联想到整个北京城乃至全中国的古建筑，都在慢慢地被高楼淹没,不禁唏嘘感慨。在人类发展的过程中,生存总是被放到第一位来考虑的问题,其他的东西在这个功利目标面前都显得无足轻重。不知百年之后,我们的后辈,还能看到多少中国的传统建筑呢?

出蔚秀园东行,过马路即进入北大校园。在朦胧的月色下,整个校园显得格外静谧。因为有秋禾师这位“老北大”带路讲解,我们得以在一个多小时内参观了北大自图书馆往北的山水林木和老教师住宅区,据说这是最精华的部分。老师“以人为本”,讲北大的建筑不忘介绍曾经或者现在住在里面的学者、大师,如宗白华、刘国钧、季羡林、金克木、张中行等。边讲边行间,我们绕着荒凉干涸的池塘已行走了一周,回到了灯光掩映中的北大行政楼前,实地体验了一番曲径通幽之感。

回到宾馆已是将近午夜12点,与朱敏师姐各自倒头便睡。

2005.10.16 星期日 北京 晴

香山行

“停车坐爱枫林晚,霜叶红于二月花。”今天我们师徒三人为了答谢刘洪权师兄昨日的喜筵,邀他夫妇二人同往香山观赏红叶。老师的这个答谢法,比我们提议的送茶具之类的礼物可风雅多了。虽然夜游北大的疲乏还没有消减,但是对香山的向往之情,着实令我俩兴奋起来。

早上9点多,我们一行五人,先到老北京风味的“老家肉饼店”饱餐一顿,然后到就近的燕园社区超市采购齐全食品,开始了香山之行。

在出发之前就听说北京的好天气不多,秋禾师说我们在的这几日,几乎用尽了金秋北京最佳天气的四分之一。我不知道这样的说法中有几分夸张,待到达香山脚下,瞧见了车水马龙、熙来攘往的景象,就感觉这个说法真不那么夸张了。今天是周末,又恰逢好天气,难怪人多了。从山脚远远望去,香山并没有如我想象中的那样“漫山红遍”,只是在绿色中偶有暗红色点缀其间,“层林尽染”倒是名副其实的。

买了门票,进得门去,第一个景点是碧云寺。好在人们都冲着红叶而来,给这处佛门留了一个相对清净的环境,让我们能够在里面慢悠悠地逛。碧云寺始建于1331年(元至顺二年),1748年(清乾隆十三年)在原来的基础上进行了大规模的修整和扩建。寺院坐西朝东,依山势从山门至寺顶共有6层院落,逐进而高。雄伟的殿堂层层迭起,肃穆庄严;满山松柏参天,浓荫蔽日。南跨院的罗汉堂仿杭州净慈寺而建,堂内有木质漆金罗汉500尊,此处妙的是虽然各个罗汉表情各异,但是都透着一股慈悲的气息。罗汉堂北为孙中山先生纪念堂,1925年3月孙先生逝世后曾停灵于此,有其汉白玉雕像和一些文物陈列。

北跨院即北京“八大水院”之一的水泉院,岩壁下一泉为卓锡泉,明代即闻名于京城。池上有桥,池畔有亭。院中山石叠嶂,松柏苍郁,环境幽美,是北京现存最古老、最精美的一处寺庙园林。待我们转到此处,发现游人甚少,环境又如此静谧幽美,都说是最好的野餐地点,于是决定先减负增自重,将早上所采买的啤酒、酸奶、牛肉、面包、香肠等通通消灭到各人的肚子中。然后,大家便带着酒足饭饱的满足感爬香山去了。

本来慢慢地拾阶而上,一路清谈,一路看红叶,才是我想象中的香山赏红叶的情境,但是在滚滚向上的人流前,什么闲情逸致都被打消了。一开始我们还另寻小径,但是才手脚并用地前进了一小段,就发现前路难寻,只好又回到大路,跟着人流奋力登攀。老师打趣地说此情此景就好像是“时代的潮流”,我们都是被裹挟着向前。大家都身不由己,几乎不能超越,也不能随意在半路上停止,只能一个挨着一个地向前行。走走歇歇一个多小时之后,朱敏师姐和我率先到达山顶。但由于平时疏于锻炼,到山顶时都已经是气喘吁吁,汗湿衣衫了。

下得山来,到公交车站一看,被长长的队伍吓了一跳,估计就算挤上车也是要人挤着人,如来时那样回去的,于是老师突然改变主意,提议就近解决晚饭。待我们吃完东北菜肴,果然返城的人流已经疏散殆尽。于是我们坐公交车悠闲地返回宾馆。

夜游清华

昨晚夜游了北大,今天爬香山体力消耗更大,可能老师见我们的兴致仍很高,便联系了在清华大学图书馆工作的王媛师姐(王余光老师门下今年刚毕业的硕士)做我们的导游,让她带领我们夜游清华园。

因为有王师姐这位"新清华"带路,我们走的也是清华园内最精华的路线。经过了朱自清写《荷塘月色》的荷花池,我们首先参观了清华老图书馆,这是一栋极具西方风格的建筑,有着带喷泉的小庭院、罗马风格的拱形窗。经介绍我们才知道,这里并不是一次建造成的,该馆的第一部分于1919 年建成,1931 年进行了扩建。为与原有建筑谐调,在建筑外观形象上,扩建部分沿用与老馆相同的红砖材料,相同的意大利式屋顶以及相同的罗马风格的拱形窗,使新旧两馆浑然一体。

除了校部办公重地的"工"字厅晚上不开放,我们又看了清华的体育馆、大礼堂、科学馆等处。如果说北大的建筑是中国传统建筑的上佳之作,那么清华的建筑体现的就是清代晚期和民国时期中国在接受西方文化洗礼和保持传统文化之间的一种心态了。

2005.10.17 星期一 北京 晴

丰业红旧书市场

按照昨天制订的计划,早起后我们退掉了北京邮电疗养院的房间,带上行李,吃过早饭,便打了两辆车,兴冲冲地按照《逛旧书店淘旧书》(中国文史出版社 2001 年版)的编者王晓建书友的指示朝丰业红旧书市场而去。虽然有详细的地址,但是司机不知道具体方位,将我们师生三人带到了鲁谷路,见到马路对面有一个"丰业红家具城",就将我们和行李一起放下绝尘而去。我们在路边始终等不到刘洪权夫妇,而路对面的家具市场与心中所想的旧书市场又相去甚远，师生三人商量之后，决定再朝前找找，于是拖着大堆的行李走了几百米，还是没有发现目标，重又回头寻找，如此在第三次经过家具市场时，才确定这就是我们的目的地，结束了我们在北京大马路上的“流浪”。倒是刘洪权夫妇晚出发、早到达，早早地开始了淘书之旅，刘师兄淘书的重点在于民国时期的旧平装书，后来发现他的收获并不多。

进入市场一楼，大厅中杂乱地放着各式的沙发、床……旁边站着几个悠闲的营业员，显得很是萧条。书店主要在家具市场的二楼，有长长的两排，大概五六十家吧。市场的后院也有零星的几家书店，我们先从这几家开始逛。第一家的老板是个干瘦的老爷爷，见我们进去，并没有什么话说，默默地站在一边看我们挑拣。而秋禾师是打定了主意要把我们的行李寄存在这里的，所以用心地一本本找过去，确实获得了不少成果。最后我们寻得十几本书，并不怎么还价，掏钱买下，然后顺利寄存行李，得以轻松开始接下来的淘书之旅。

此后，我注意观察秋禾师的“淘书眼”，原来他进入一个书铺，先是忽略那些装帧花哨的近年来的新出版物，多注目书装、开本和纸色。秋禾师往往先在真正的旧书之架上寻觅，待看到感兴趣的书之后，再迅速翻阅，搜寻感兴趣的篇目，有重点地细看一下。秋禾师最注意的是中国古旧书业的课题和中国当代阅读史的材料，所以他关注的便是文章中“书”“旧书”等关键字眼，一本书就算有一篇文章一段资料有用，那就可以买下来了，不过这样的时候也很少。尽管如此，他还是买下了二三十本旧书。这个旧书市场的供应者应该是收废旧书报的人，价格便宜，而且总有砍价的余地，但是好书不多，有的店铺看一眼就可以走掉。到后来，我也学着一点门道，可惜我心中并没有明确寻觅点，还是如在图书馆中那样胡翻乱阅，收获自然不大，最后清点下来选购的只有两本书。

一本是《安徒生童话选》（叶君健译，人民文学出版社1979年版）。由于我最近在看《安徒生剪影》，对安徒生甚是感兴趣，一眼就在书堆里发现了这本好书。拿下来看，蓝色封面上，一个看似粗糙的美人鱼剪纸，述说着孩子们才有的乐趣。翻看内页，还有多幅精美的插图，书的品相也不错，于是开心地买下。

另一本是《我的前半生》（爱新觉罗·溥仪著，群众出版社 1980 年版）。买这本书纯粹是因为我两天前才看过故宫，感觉读着会有意思。但是后来老师发现《故宫丛谈》（萧正文著，科学普及出版社 1994 年版）一书，拿下来让我比对着读的时候，我才发现自己在学习、看书上终归是缺少“链接”的思维，零散读了许多书，却很少从一本书辐射开去读。我想只有像老师这样才能真正找到适合自己的学术方向，做好学问。

另得《现代六十家散文札记》（林非著，百花文艺出版社 1980 年版），《中国美术简史》（周之骐著，青海人民出版社 1985 年版），《书籍装帧设计教程》（张进贤著，辽宁教育出版社 1997 年版）等书，老师让我带回阅读。

尽管如此，等我们逛完楼上长长两排书店，手上也有了满满三袋书，一看时间，已是下午 3 点半。计划中想一游的恭王府在 4 点半就要关门，只好作罢，便临时打车到了琉璃厂旁的“老浒记酒家”，会合朱敏师姐的本科好友、在《新京报》工作的戴舒华同学，一起消磨上火车之前的时间。

此间，我和朱师姐、戴师姐还慕名跑到就在附近的琉璃厂文化街一游。琉璃厂的铺面早已整治一新，梁柱上新描的金色、繁复的花纹，甚至给了我一种金碧辉煌的错觉，我和师姐都有些失望，这里虽然还有琉璃厂旧时的建筑，但是许多文章中描写的琉璃厂的老北京味已经几不可寻了。这里的店铺经营的是古董、字画、古旧书籍以及“文房四宝”等，听起来都可以和文、古、雅这类的词语沾上边，可惜多数已经关门。于是我们三人在邃雅斋、来薰阁的牌匾下留影后便结束了琉璃厂之行。这些在很多文人笔下出现过不知多少次的古旧书店，在如今古书都做了古董来卖的年代，也已经不是读书人、爱书人逛的地方了吧。

晚上9点多,告别了还要在北京多逗留一日的朱师姐和戴师姐,我们来到了火车站,我这才感觉到终于要结束此行了。

2005.10.18 星期二 南京 晴

南京先锋书店"城市文化丛书"品书会

因为北京之行的缺睡少眠,昨晚上火车后,将什么声响都抛到九霄云外去了,居然很快就入睡了。一觉醒来,差不多已经到浦口一带了。待回到南大南园宿舍时已是早上7点多。

午饭后稍事休息,我便和安然一起到先锋书店的五台山店参加南京师范大学出版社刚问世的"城市文化丛书"的品书会。这四本书中,我对写南京的《家住六朝烟水间》比较熟悉,读过第一版,知道第二版将加入许多插图,对它的面世也期待了很长时间。其他三本分别为写苏州的《三生花草梦苏州》、写上海的《迪昔辰光的上海》和写扬州的《二十四桥明月夜》。

到了先锋书店的咖啡厅，“城市文化丛书”已经被摆放在展台上。袒露书脊的设计，灰暗古朴的封面，翻开书，内里有丰富的插图，且多数为老图片，不知道是作者们费了多少心思寻过来的，将一个个文化城市的感觉缓缓地呈现在我们面前。此套丛书的策划和装帧设计都是书衣坊的朱赢椿老师，朱老师的创新和创意再一次给了我们惊喜。

四位作者——南京的薛冰、苏州的王稼句、上海的陈子善、扬州的韦明铧先生都出现在品评会上，一一畅谈自己对城市文化的想法。我似乎还沉浸在北京的氛围中，心中暗暗盘算着，如果也来编辑一本写北京城市文化的书，止庵会怎么写呢？如果换作姜德明先生呢？北京城太大，可以写的东西太多了，要选取一个好的视角还真是不容易啊。

步出先锋书店，才感觉到此次的北京之行真正要告一段落了。此间参加的会议和读书、阅读有关，游玩的地方也无不有着深厚的文化底蕴，而别具一格的夜游更是视角独特，耐人寻味，还有回到南京之后当天就赶上参加品书会，此行真正可称为一场“文化之旅”了。

草原笔会日记

作者简介： 童翠萍，生于江南，居于岭南，南京大学硕士研究生毕业，编有《书衣翩翩》（生活·读书·新知三联书店2006年版），文章散见于《中国图书评论》《大学图书馆学报》《图书馆杂志》《南方都市报》等。2015年考入中山大学攻读图书馆学博士学位。

全国第四届民办读书报刊发展研讨会暨全国读书型作家学者2006年内蒙古草原笔会,于2006年8月26—30日在内蒙古召开,秋禾师动员其在京实习的诸生赴会,说“此行五日也当胜读五周书矣”,我和师姐永钐、师妹林英闻此语欣然前往。我一直生活在江南,第一次到塞上草原,加之见到诸多之前久闻其名而未曾见其人的师友,遂作日记为念。

2006.8.25 星期五 北京—呼和浩特 阴转阵雨

因买的是晚上8点的K263次硬座,今日便没有去实习单位——三联书店,留在住处养精蓄锐。早上8点半起床,上午去家乐福,购第二天火车上用的早餐。返回时,又一次在路口环岛地下的三个连环通道中走错。通道总有一些卖日用品的流动小摊,平时不大留心,这次看到一个卖宠物的,驻足观看了一会儿。松鼠、小兔等被关在一个个仅能容身的铁笼里,松鼠不停地变换角度咬笼子,两只不知名的小鼠在轱辘形的笼子中不停奔跑,跑来跑去却依旧只能待在原地。倘使它们知道再怎么努力也无法逃脱,还会去抗争吗? 不忍再看,离去。路上思索,人生不正是因为不知道底牌,才会不断地去努力、去改变吗?

归闲看今日《新京报》和《地狱门前:与李真刑前对话实录》一书。午睡后,收拾行李。下午6时许出发,偏赶上阵雨,车堵得厉害,只得中途下车转乘地铁,下车后一路飞奔进站,一上火车,便开动了。险!

车上颇挤,行至宣化,人稍少。夜漫漫,时睡时醒。

2006.8.26 星期六 呼和浩特 雨过天晴

清晨5时许醒来,夜里下过雨,窗户玻璃上凝着水珠,估计外面气温有些低。6时许到呼和浩特市车站,空气清新带着一丝凉意,叫人神清气爽。打车至内蒙古大学桃李湖宾馆,沿途见店铺和路牌皆用蒙、汉两种文字书写,城市格局宽松，较之北京、南京开阔许多。

在桃李湖宾馆找到接待人员——内蒙古卫视《蔚蓝的天空·顶级探访》节目组的张伟平、托雅（一个蒙古族女孩，今年刚从内蒙古大学毕业，"托雅"在蒙古语中意为"霞光"），拿了房卡（我和林英住510室，永钐住514室），稍事休息。北窗外是满都海公园，晨练者颇多。远见阴山山脉之大青山，呈长带状横亘于东西，峰谷难辨。

早上8时许至一楼餐厅吃早餐。见此次活动的组织者《蔚蓝的天空·顶级探访》节目组制片人、《清泉》报主编张阿泉先生及内蒙古大学党委宣传部的白托娅女士（亦蒙古族女子，蒙、汉文皆通）。阿泉主动询问谁是童翠萍，说看过我在《悦读》第一期上的书评文字，这使我一下子缩短了与他的心理距离。

餐桌上见北京市朝阳区《芳草地》杂志主编谭宗远、甘肃张掖中学黄岳年、包头作家冯传友三位先生。宗远先生说话依旧是中气十足、声音洪亮。2004年，我在京实习时曾到其供职的朝阳区文化馆拜访过他一次，此次异地重逢，当引以为故友了。早餐食羊肉烧卖、素菜包，喝牛奶、奶茶。

餐后回房休息，东方出版社的李惠女士来谈。会前，张阿泉先生将我的手机号码给她，方便我们结伴而往，终因未买到卧铺票，她只好单独乘飞机前来。

午餐和上海的陈克希（虎闱）、成都的龚明德、进贤的邹农耕等先生同桌。在2005年10月上海首届古旧书会上，我得以识见克希和明德先生，"一回生，二回熟"，颇觉亲切。南京的蔡玉洗、董宁文先生，武汉的古远清先生及其夫人，南通的陈学勇先生及其夫人，长沙的萧金鉴先生稍后到席。

餐及一半，宗远先生提着两包书自旧书铺而来。大家翻检传阅，有三联书店1981年版的《干校六记》（乃此书初版本）、刘绍棠的《小荷才露尖尖角》（精装本）等，让人艳羡。席间，宗远先生问及我们在京的实习情况，直感叹"年轻真好"。

午睡后，3时许我和永钐、林英亦去寻访宗远先生上午去过的旧书铺。太阳很晒人，气温升高许多，与早上的清冷似两重天。出内蒙古大学东门,南行三五百米,在十字路口有一"文化商场",从匾额上署的时间估计,当建于1996年前后。其内除有新旧书店以外,还经营数码产品、礼品、文具等。二楼四间旧书铺——墨香古旧书店、雨墨古旧书店、盛苑书店、小韩艺术学术书屋,所售多有好书。我们一一巡检,各有收获。我淘得《书林漫步》(陈原著,三联书店1979年版),《我与文学》(郑振铎、傅东华编,由上海书店根据生活书店1934年版影印,为保持原书风貌,只加了一护封),《荷花淀》(孙犁著,人民文学出版社1959年第一版,1979年第三次印刷,薄薄一册,狭长32开本)。

在小韩艺术学术书屋,我惊见一册《〈围城〉汇校本》(四川文艺出版社1991年第一版,1992年7月第七次印刷)。2003年我曾在学校跳蚤市场上购下一本。2005年上海古旧书会上,我和秋禾师曾各带了一册《〈围城〉汇校本》请此书责任编辑龚明德先生题签。此番又与此书不期而遇,况明德先生恰在呼市,可谓"可遇不可求"之书缘,立马向近旁林英推荐并建议请明德先生题签。但小师妹未能认可,我转而荐之于永钐。

与店主闲聊,得知此处文化商场周围除有内蒙古大学外,还有内蒙古社科院、师大、农大等,因此生意还算好做,他这间十来平方米的店月营业额有5000余元。店主说他从事旧书业八九年,常到北京、太原、西安等地进货,但是货源越来越少,这一行越来越不好做了。

晚餐时果不出所料,永钐甫将《〈围城〉汇校本》拿出手,便成为全场关注之焦点。明德先生欣然题词,大家竞相传阅,笑称此书已增值至200元。克希先生看后,在一旁提笔补充,众人则直呼此书继续升值啦。克希先生见我淘之《我与文学》影印本,说有些不诚信之店主会将护封拿去,冒充原版销售。他教我辨识办法:原版书上文字印刷得有凹凸感,影印本则无。克希先生是沪上知名新文学版本鉴定专家,此言当不虚。

晚餐有拔丝奶皮、血肠、羊肉馅饼等,为南方所无之物,拔丝奶皮滋味甚好。只是对餐桌上用喝水杯敬白酒之豪举，心有余悸，每有推辞不过时便请永钐帮忙，她酒量极好且酒风爽快。蒙古族的白托娅老师劝酒时热情放歌蒙古族情歌、嫁歌，十分动听。

餐后回房间已是晚上 9 点，看下午买的当地晚报、晨报、信报。新到一地，看当地报纸应是了解该地日常生活的不错选择之一。

《呼和浩特晚报》头版头条称，在中国内蒙古第三届草原文化研讨会上，专家认为草原文化是目前已知的黄河文化、长江文化并列的中华文明的三大主源之一，并阐释草原文化是指时代生息在草原地区的先民、部落、民族共同创造的一种与草原生态相适应的文化，这种文化包括草原人民的生产方式、生活方式以及与之相适应的风俗习惯、社会制度、思想观念、宗教信仰、审美情趣、文化艺术等，其中价值体系是其核心内容。

晚 10 时许，洗漱休息。

2006.8.27 星期日 呼和浩特 晴

今天是此次研讨会和笔会的重头戏。我、永钐和林英提前到桃李湖宾馆六楼会场，分发永钐自南京带来的中国阅读学研究会会刊《悦读》第二期，并代董宁文先生分发《开卷》。我据桌上座位牌认出济南的于晓明和自牧先生，上前问好，自牧先生拿出一册《日记杂志》之 41 卷《半月日影》专号，在环衬上画出"崇真"二字题赠秋禾师。此册专号将一年分为 24 份，邀张昌华、马嘶、徐明祥、林辉、陈子善、高信、张阿泉、来新夏先生等 24 人，各撰半月日记合成一册，尤显编者匠心。

上午 9 点整，阿泉先生主持研讨会开幕式，介绍与会代表：于晓明、自牧、陈学勇、古远清、谭宗远、龚明德、陈克希、蔡玉洗、董宁文、萧金鉴、吴新宇、吴德运、邹农耕、尹亚娜、李传新、黄岳年、李惠以及内蒙古的书人文友等。内蒙古大学党委宣传部部长乔旺先生致欢迎辞后，部分代表做主题发言。

龚明德先生阐释“读书型作家学者”即“倾听型作家学者”，与“宣泄型（或曰‘排泄型’）作家”相对立，又云“清泉”之“清”含清高、清雅、清淡、清白、清贫等意。

蔡玉洗先生总结此次民办读书报刊研讨会的特点：一是会议主题拓展到包括读书型作家学者，突出“读书”主题；二是参会人数如雪球般越滚越大，形成与主流文联相补充的支流，民间读书文体纯粹真诚，与官方文章有异；三是以往研讨会限于读书类报刊，现在包括书话类、文学类报刊，民间声音不断壮大。

阿泉对民办报刊做了一个形象的比喻：这是时代火车的车厢连接处，虽然晃动，噪声大，没有座位，但可以抽烟，可以自由地说话。

开幕式结束后，代表们到内蒙古大学桃李湖畔合影，继而参观该校图书馆。在一楼问一位正在整理图书的工作人员，馆藏书因为种种原因总有被淘汰的，这些书是否是论斤卖掉。答曰，不可。馆藏书中有馆际交换的，赠送来的，上头有文件规定，即使处理，也不可以论斤卖掉流传社会，必须送纸厂，还需看着化浆。听了这话，谭宗远先生遂提出“知识爆炸”新解：这些书送到化纸厂，制成爆竹，一放上天，呼，嗙——知识爆炸！

参观图书馆四楼蒙古学古籍文献展阅室，此处藏有蒙文《西游记》《红楼梦》《三国演义》《水浒传》《聊斋志异》等。最蔚为大观的是清康熙五十九年（1720 年）北京朱字木刻版蒙文《大藏经》108 卷。此外还有 18 世纪法文版的《鞑靼世系》《帖木儿武功记》《中华帝国和中国属鞑靼地区地理、历史、年代记》，皆为 20 世纪 80 年代购于北京旧书店。

除了图书馆，乔旺部长带大家参观内蒙古大学民族博物馆。一楼为“毡包情”主题，有马拉轿车、生产器具、生羊皮、熟羊皮、发菜、肉苁蓉、蒙古包等。乔部长允许我们进蒙古包参观，与门相对的是一长凳，当是蒙古包内最尊贵的位子，中间是煮茶、盛肉的锅灶，右侧是猎枪等男人用的器具，左侧是炊具水壶等女人用的工具。乔部长拿起锅灶边筐中的燃料——牛粪，说游子远行归来，闻到牛粪燃烧的味道就知靠近家乡了。

二楼为“马背情”主题，展示蒙古族不同部落的饰物、服装、马鞍、药具、生产工具、生活器具、萨满教用具、乐器等，颇开眼界。

回到桃李湖宾馆用午餐，食烤羊排、莜面、土豆等。莜面口感很好。乔部长介绍，莜麦亩产只百十斤，当地农民只能广种薄收，因此一户人家有数千亩地很平常。

餐后午休，然后继续上午的研讨会。谭宗远先生称自己 1969 年赴内蒙古建设兵团，1976 年返京，在内蒙古生活近 10 年，一直关注内蒙古。他就一稿多投、校对等问题征求大家意见。

董宁文先生提出扩大民办读书报刊影响的两大措施：一是以刊物为制点，通过编书提升影响；二是加强民办读书报刊之间的联系。对于这两点，宁文先生及其所编之《开卷》皆做出表率——由《开卷》杂志衍生而出的“开卷文丛”已出至第二辑。依托《开卷》之平台，他先后编辑出版了《我的书房》《我的书缘》两书，颇受好评，现在《我的闲章》《我的笔名》已在编辑筹备中，并且民办读书报刊研讨会的开创者便是他和《开卷》。

自牧先生表示愿意在淄博承办下一年的研讨会，并畅谈办会设想，末了吐露现在的最大愿望是《日记杂志》能克服资金困难继续办下去。资金瓶颈当是所有民办读书报刊共同面临的问题。

《日记杂志》执行主编、《名流周刊》主编于晓明先生以《日记报》（后改名为《日记杂志》）为例，继续阐发民办刊物面临的经济问题，并提出种种设想开拓资金来源，经营好文化产业。

各位代表相继发言，称与会团体是一个思想活跃、敢想敢言之群体，这样的研讨会能够畅所欲言云云。其间我代秋禾师宣读永钐自南京带来的贺信和上海《图书馆杂志》之《悦读时空》栏目的约稿函。这两日，我、永钐和林英都作为一个整体被介绍给大家，我称秋禾师未能赴会，特派出“三个代表”——门内硕士生三个年级的代表，来向各位老师请教。会后,主持人留出半小时给大家签名、送书、留影。

晚7时左右,欢迎晚宴开始,食牛肉、手撕羊肉、酸奶、糙米等,观内蒙古大学艺术系学生表演的民族歌舞。乔旺部长携白托娅、张伟平女士等轮流至各桌载歌敬酒。至我们桌,唱的是《阿尔斯楞的眼睛》(“阿尔斯楞”在蒙古语中意为“雄狮”):

要说飞快的骏马呀,要数咱草原的马群;要说勇敢的小伙子哟,数那放马的阿尔斯楞。啊,他那驯马的本领哟,赢得了人们的赞赏,他那动人的眼睛,迷住了姑娘的心。

同桌的龚明德先生示意他们围着董宁文先生唱,于是唱至“他那动人的眼睛,迷住了姑娘的心”一句,只见宁文先生一脸不好意思,而旁边明德先生则一脸“坏笑”,颇逗。歌毕,明德先生开心地怂恿宁文连饮了两杯白酒。后,明德先生又怂恿正在表演的艺术系蒙古族男生至我们桌唱蒙古族情歌,未成。他指指我,用浓重的川音说这次就饶了我。我赶紧拱手作揖致谢。

餐至晚上9时许,回房间洗漱休息。

2006.8.28 星期一 呼和浩特 小雨转晴

丝丝细雨,凉爽湿润。未见龚先生,据说其昨晚已返。

早餐食莜面、肉夹馍等,喝奶茶。餐后乘车赴昭君墓,在呼市新世纪广场“中国乳都”做短暂停留。车上与陈克希先生同座,相谈甚欢。克希先生展示其随身携带的名为“雅集实录”的小本子,上有与韦泱、薛冰等人的交往记录,亦提及暑假在他供职的上海书店实习的我的师妹吴静。

至郊外昭君墓,雨止转晴。本次研讨会联系人兼摄影师冯传友先生介绍说,在内蒙古传为昭君墓的有多处,大多无法考证。而对于观光客而言,需要的只是一个发幽古之思的凭借而已,正如苏东坡写《赤壁怀古》不必较真当时眼前是否真是古赤壁一样。此处青冢系挖掘大黑河的河泥堆砌而成，高30余米，两侧有台阶至顶，顶上有一平台及亭一座，亭内竖碑一座，碑上刻昭君像。在平台上环顾，四周空旷平坦。冢下两侧分别是昭君出塞器物陈列室、匈奴器物陈列室，但是图片多于实物。另有一些仿古建筑，无甚看头。永钐穿古时服饰，仿昭君登车留影。

阿泉在冢前昭君、单于雕像旁采访陈学勇先生录制节目。张伟平找我说，待会儿阿泉先生会有采访安排，问及来内蒙古的感受，我不习惯在镜头前说话，遂发短信将此事转嫁永钐，自己则躲开。见谭宗远、萧金鉴、古远清等三五位先生坐在广场台阶上，亦加入此“排排坐”闲聊之列。大家目光被萧金鉴先生的凉鞋吸引，一是觉得他光脚穿凉鞋易受凉，二是其黑色凉鞋底和鞋帮用白色塑料绳捆绑颇扎眼。萧老年近七十，不远千里从长沙前来赴会，其情可感。

等节目录制好，上车继续赶路。沿途见成排的白杨树、大片玉米地，间或几株向日葵，天开地阔。村头、屋后、地里，不时看见三五成群的奶牛、绵羊、马匹。在百什户村墙头，见建设“社会主义新农村”之宣传标语。

车驶入蒙牛乳业集团和林生产基地，沿途所见之澳亚国际牧场占地500多公顷，但不曾见想象中“风吹草低见牛羊”之景，一则因为尺余长的牧草刚被收割，二则因为牧场奶牛是圈养的。

下车，进入挤奶示范区，挤奶方式分转盘式、机器人式、鱼骨式。印象深刻的是转盘式：直径近10米的一个大转盘分隔成一栏一栏的，一直在缓缓转动，奶牛自觉上转盘，由机器进行挤奶，8分钟转完一圈，奶牛从原路退出，另一头牛再进入。据讲解员介绍，奶牛分组、分班、分舍，纪律性极强，先挤完奶的牛退至一边，一直等到全舍奶牛到齐才回牛舍。一头奶牛日产奶30公斤，年产最高11吨，可是刚出生的小牛只能喝牛妈妈20天奶！奶牛一个生育过程为8个月，终其一生不断受孕，7年后身体被榨干，宰杀卖肉，怎一“惨”字了得！知晓这些，日后喝牛奶当别有一番滋味在心头。

看完挤奶，进入生产基地，参观被誉为“全球样板”的液态奶的生产流程。感觉“蒙牛”的企业文化做得很好,这样一种氛围似乎无处不在,却又难以具体列举。蒙牛乳业集团从 1999 年创立,发展至今,成为中国乳业之翘楚,确有其道理。别的不提,光是开辟示范区,接待各方参观,就是经营品牌的一大创举。我以为一件事情,怎么做要靠聪明,但决定做与不做却需有大智慧。有时候,抬头看天远比埋头赶路更重要。

回程路上,遇上一群奶牛和绵羊正横穿马路,汽车停下让道。回到宾馆已下午 1 点,匆匆用午餐,回房打盹。下午参观有“漠南第一府”之称的绥远将军衙署。宣传册上介绍云:

公元 1737 年(清乾隆二年),清王朝为巩固西北疆边陲的稳定,在归化(今呼和浩特旧城)东北五里的地方兴建驻防城一座(今呼和浩特新城),乾隆皇帝亲赐名“绥远城”,并派将军驻守,官封武将一品,将军衙署即为绥远城将军之府邸,有房屋 132 间,占地 16 355 平方米。它是我国现存同类衙署中保存规模最大、现状最好的武官衙署,价值极高。

而今保存下来的较之原貌要少了很多,所幸主体建筑还在,对旧时官员府邸“前堂后寝”的格局终于有了感性印象。大堂门口对联“议论作社稷谋,事业为黎民福”,放在今日依旧“时尚”。

阿泉依旧抽空找与会代表做访谈。访谈毕,上车赶赴另一景点。途经伊斯兰一条街,两旁是统一建造的伊斯兰风格建筑,整齐有余,但个性不足。

至大召寺下车,此处香火颇盛。导游语速过快,加之有另一导游讲解互扰,一路参观下来只知此寺已有 400 余年历史,其余不甚了了。和陈克希、邹农耕两位先生出大召寺右拐,入“塞上老街”。这真是一条“老”街,房屋年代久远,风格不似江南,经营古玩、土特产等。

5 点半上车,等候 20 分钟人员方到齐,赴内蒙古师范大学参观中国少数民族作家研究中心。由该中心主任特·赛音巴雅尔(人称“老特”)带领参观讲解。研究中心展示了少数民族作家著作及其生平介绍,有一片墙壁和屋顶贴满少数民族作家照片,名曰“文学的星空”。另有6尊已故少数民族作家的塑像:满族作家老舍、蒙古族诗人纳·赛音朝克图、彝族作家李乔、赫哲族作家乌·白辛、维吾尔族诗人铁依甫江·艾里耶夫、藏族诗人伊丹才让。有人建言:苗族的沈从文、蒙古族的萧乾在这塑像群中当有一席之地。老特解释,沈从文生前有遗嘱,死后不塑像,萧乾的塑像今后会添置。

7时许用晚餐,连日肉多素少,颇想念瓜果蔬菜。

谭宗远先生下午未随大家外出参观,又去“巡检”旧书铺了。晚餐后,他携两三日来所淘之书匆匆返京。他和龚明德先生皆性情中人,爽直敢言,为人刚正,与之交游,不仅有趣且受教。今见二人相继返程,颇觉不舍。

欲回房间,发现永钐和林英外出闲逛,我的房卡留在房内供电,转而至514室与永钐同屋的尹亚娜女士闲聊。尹阿姨是上海石化研究院的工程师,恬静内敛,与之相见颇投缘。问及她在上海工作生活的感受,明年暑假我或可去沪实习体会一番。又翻阅《日记杂志》之“半月日影”专号,看张阿泉、来新夏两先生半月日记。

近晚上10点,永钐、林英归,带回两只西瓜,大家分食其中一只。托雅敲门,代阿泉先生赠我一册2003—2004年24期《清泉》线装合订本,并提醒第二天应早起退房。

2006.8.29　星期二　呼和浩特—召河草原　晴

早起,收拾行装,退房,用早餐。早8时,乘车北赴召河草原。途经大青山,我方明白为何在桃李湖宾馆房间里觉得大青山峰谷难辨——这是一大片山群,一座连一座,一层叠一层,遥望时重重投影重叠,呈长带状。山上覆盖着一层草皮,基本没有树,偶尔在北坡见到几棵也是矮矮的。公路从山间蜿蜒,见到为筑路炸开的山石斜坡上一丛丛粉色小花开得极绚烂,奇的是此花只长在石缝中,草坡上未见其踪迹。车在山间穿行半小时许进入阴山北面第一个县城武川,沿途所见,感觉此县与江南县城差距当以20年计。

在路旁看到武川县打出的“莜面之乡”的广告牌。莜面即燕麦粉,被称为“内蒙古三件宝”之一,而内蒙古最好的莜面出在武川。明天返回呼市时,会务组会安排在武川用早餐食莜面,很期待。

驶出县城,见大片田地。南方的田地是阡陌交通,划分成一小块一小块的,而眼前的田地无界无边,庄稼都是一长带一长带地种,一带有一带之颜色——浅绿、墨绿、金黄间杂黄色,煞是漂亮。间或见农民收割青贮,作为牲畜过冬之食。中途下车拍照,只见天空湛蓝清澈,万里无云,太阳虽烈,凉风习习,叫人神清气爽,烦恼一空。

继续往北,逐渐进入草原区,见牛、马、羊,但不多。10点15分,抵稀拉穆仁草原乞颜部落牧场,牧场的人着蒙装骑马相迎,先是在汽车两旁拥簇着,后在车前策马奔腾引路。陈克希先生曾在北大荒骑过马,便在车内点评谁的骑术好。

下车时,蒙古族姑娘在出口唱歌迎接,敬献哈达。我第一次知道,哈达除白色以外,还有蓝色,象征蓝天白云。

大家纷纷在就住的乞颜部落蒙古包附近拍照留影。第一次见到向往已久的大草原,异常兴奋。抬头是晴空万里,天蓝如水晶,云白如新棉;远处是一簇一簇的蒙古包和马群,草原起伏,望不到边际;脚下丛丛绿草,一种腹大尾翘名曰“叫驴”的昆虫在爬行。这儿是半干旱地区,草都贴着地皮生长,叶小,因此也不曾有“风吹草低见牛羊”之景。

草原日晒太厉害,后背被晒得发疼,一小时后,大家纷纷躲进蒙古包。与会代表分住3个蒙古包,男的两个,女的一个。此处的蒙古包已经“变味”了——外面用水泥打地基,包内中央一圆桌,桌外围是一圈尺许高的平台,放着被褥,应是睡觉之处。与门相对的上座“墙”上挂着成吉思汗的画像。大家分食桌上的奶茶、油果子、黄油、奶皮等小食后,各自休息,我趴在“床”上,通过蒙古包撩起的一角,痴痴地看羊群和白云在草原上不断移动的投影。

午餐在另一个大蒙古包，正对门那一侧供奉着成吉思汗的一尊塑像。餐食有土豆烩羊肉、草原上的野葱、西红柿鸡蛋、土豆丝、黄瓜条等，羊肉膻味重得让人不敢下箸。

下午3时半，开车赴二三里地外的红格尔敖包。敖包乃蒙古语，“堆子”之意也。草原广阔无垠，蒙古各部落为了标明道路和部落疆界，故以石块堆砌敖包，上插旗帜，以示路。后逐渐演变成了祭祀神灵和祖先之地，但一曲《敖包相会》的流传让世人多误以为敖包乃男女相会之所。红格尔敖包是呼和浩特、包头两地最大的敖包，主体敖包两侧各有4个小敖包，上面都挂满了蓝、白哈达。

敖包所在处地势稍高，视线愈加开阔，加之云层增厚，烈日势衰，西南风扬起长发和哈达，甚惬意，与尹亚娜女士尽情拍照留念。

后来十来人相约骑马回蒙古包，我挑选了一匹白马。人生第一次骑马，极新奇，只是马儿一跑快就颠得难受。下马时，轻抚白马脖颈，算是致谢。

回到乞颜部落，继续坐在蒙古包外喝奶茶。稍远处，拴了一天的骆驼终于被解禁，在夕阳下快乐地奔跑蹦跳，让一直以为骆驼只有沉稳状态的我忍俊不禁。另一处，一匹黑马在草原上打滚。这些精灵，本该是大草原的主宰呵。风逐渐大了起来，太阳下山后气温很快转低。萧金鉴、蔡玉洗、董宁文等纷纷租来军大衣御寒。我坚持了近1个小时，终于忍不住寒意，只得回蒙古包避风。

7时左右吃晚餐。餐前有一个烤羊背的开彩仪式，很有特色，大家推荐蔡玉洗先生主持。不过这主持可不好当，整个过程得饮尽3杯白酒。仪式后，乞颜部落的蒙古族姑娘给客人敬酒、献哈达，偶有人怕饮酒躲闪，姑娘们便面露不悦。烤羊背和手撕羊肉的味道确实好。

晚餐后是会务组举办的篝火晚会，阿泉请来表演团助兴。在篝火旁遇于晓明先生，闲聊，倾听其对多读勤写、积累人脉、“四书五经”与做人、文人与非清贫、文化名流、立志高远等方面的见解，感觉此人交游广泛，思想独到。

晚会招引来了一些闲杂人等，一些人借着酒后余勇“群魔乱舞”，现场搞得乌烟瘴气，阿泉愤然离席。我和尹亚娜女士结伴洗漱（盥洗室在另一蒙古包），回来时见阿泉正在餐厅蒙古包外，于是驻足闲聊。他气愤难消，说在哪里都会遇到讨厌之人。

已过午夜，四周逐渐安静下来，天上无星，茫茫原野，漆黑如墨，第一次感觉到这么静谧、这么安静的纯粹的夜晚（工业越发展，人离大自然距离越远）。近凌晨1点，和尹女士回蒙古包休息。

2006.8.30 星期三 召河草原—呼和浩特 雨后天晴

昨夜4点，被雨点打在蒙古包上的声音吵醒，噼哩啪啦，至6时方止，睡梦也被雨点打得千疮百孔。早7时许起，浑身酸痛——昨日骑马之后遗症也。在蒙古包餐厅吃早餐，有牛奶、奶茶、米粥、花卷、鸡蛋等。计划中的食武川莜面被取消，甚觉遗憾。

昨晚听雨点打在蒙古包上的声音，以为雨下得很大，岂料今早出门一看，仅仅打湿地皮而已。不过，草色却似乎较昨日青翠鲜嫩许多。旁边有几匹马正心无旁骛地埋头吃草，以至我走近，它们连头也不抬一下，毕竟享受雨后嫩草的机会于它们而言是不多的。

上午8点左右，大家登车返呼市。我坐在蔡玉洗先生和林英的前座，侧耳倾听蔡先生对林英说起学英语的重要性——学英语是学另一种思维方式，学好英语，自己的活动范围会拓宽很多。

汽车行驶20多分钟才驶出大草原，10点左右至呼市桃李湖宾馆，在大厅等候返程票。因现在是内蒙古旅游旺季，票不易买，不少人只买到明后天的票，大厅里充满焦躁的气氛。

午餐离别宴时，阿泉先生拿出两本《清泉》合订本让我转送至秋禾师和范用先生。在给范老题签时，他说范老这些年来"守着一屋子好书、一屋子往事、一屋子寂寞"。唉，这个自称为"我很丑也不温柔"的老头儿啊，真叫人心疼！

下午2点左右，告别阿泉、克希先生和尹女士等人。

我和永钐、林英搬迁至内蒙古大学外的朝阳饭店就宿。午睡、洗衣、外出用餐。餐后逛街，内蒙古大学南门外的个性街并未觉出"个性"所在，民族商场、维多利购物中心与其他城市的大商场也无甚大区别。

商场八九点便打烊，三人于晚9时归。在住处看电视剧《红楼梦》，恰是宝玉和晴雯生离死别一幕，不免掬一把伤心泪。又至司棋撞墙一幕，不觉泪水又盈满眼眶。20世纪80年代的这部电视剧确实拍得好啊。联想到最近为再拍《红楼梦》，在人民大会堂轰轰烈烈开展"新红楼寻梦中人"之炒作。能否寻到合适的演员已退居其次，吸引人们的眼球怕是此番折腾的终极目的吧。

近11时，洗漱休息。

2006.8.31　星期四　呼和浩特　晴

上午9时许起床，至住处隔壁"真正豆腐坊"吃早餐。餐后归，闲看电视剧《中国式离婚》，此剧对与人相处之道颇有启发：一次两次或有心或无意的撒谎，积累至某日终会将两人信任的基础销蚀殆尽，及至此时，本可挽回之事亦变得无从挽回。

记得林华在《女子看书》（收录在《断想》一书，上海三联书店 1998 年版）中以自己读《红楼梦》为例，论证“阅读体验是和学识经历成正比的”：

> 小学时代的我，只能看懂书中的故事。大学时代的我，就会从人物的性格塑造、作家的生活背景及创作手法、作品在文学史上的地位等方面来理解作品。工作以后的我，在阅读时融入了我自己的各种人生经验，其收获和体会自然又深了一层。

这是阅读和学识经历相得益彰的例子。林女士论及的三个阅读阶段，亦可作为阅读的三个层次。其中当以第三个层次为阅读的最高层次和终极意义，亦即获取人生智慧——“人有了智慧，或可逃过人世间的一些劫数”（台湾作家隐地在《隐地序跋》一书上的题赠之语）。反过来，倘以获取人生智慧来指导阅读，阅读的内涵将大为丰富。因为，“世事洞明皆学问，人情练达即文章”，“天地阅览室，万物皆书卷”，读书、看报、行路、阅人、观电视电影等，皆可纳入“阅读”之范畴——在“读有字书”外，“明无字理”。此一感也。

中午 12 点钟退房，将行李寄存服务台，在附近餐馆就餐，候餐时览《呼和浩特晚报》《内蒙古晨报》。下午又去民族商场、维多利购物中心、王府井百货逛街耗时，三人皆有收获。6 点半，至朝阳饭店取行李，打车至“小肥羊火锅城”吃晚餐。磨蹭至晚 9 时许餐毕，至火车站，遇东方出版社李惠女士。K218 次列车晚点近半小时，11 点多方登车离开青城。一夜安稳觉，这些天确实累了。

丙戌清明杭州、常熟游学记

作者简介： 李海燕，江苏如皋人。武汉大学出版发行专业2005届本科毕业，南京大学信息管理系2008届硕士研究生毕业，现任职于南京市金陵图书馆，编辑阅读推广馆刊《阅微》。系中国图书馆学会图书评论专业委员会委员，兼任中国阅读学研究会副秘书长。

丙戌清明前后，有幸随秋禾师与同门朱静亚师姐、肖永钐师姐、赵宗波一起，赴浙江工商大学参加中国阅读学研究会第八次年会，年会主题为“阅读行动与知识创新”。会议结束后，又随师转赴常熟理工学院做阅读推广讲座。人在旅途，体验皆平时在校生活所无法觅得者。且被邀同行者有陈慧鹏师兄，系淮阴师范学院图书馆馆员，其人阅历丰富，健谈热情，一路承其照顾，旅途更添充实。

2006.4.3　星期一　晴，闷热

午前到达杭州。

秋禾师问我们计划谁跟谁同住，我理所当然地以为我们两个低年级的女生会住一屋，两位师姐则住一起。不料徐师出“招”道：让静亚师姐与我住一间，永钐师姐和宗波一间，这样大同学带着小同学，以便于高低年级间沟通交流。

饭后回房间小憩，下午的学会理事会不需要我们参加，所以就可执行我们的“小计划”了。由慧鹏师兄领着我们去杭州的文化商城，类似于南京的长三角图书批发市场。我们在晓风书屋的批发部逗留得最久。门面并不大，书的品种也不是很全，但兼顾了时尚读物和学术著作。慧鹏师兄的选书眼光独到且敏锐，很快挑了好几本书。我则在精挑细选之后买下了《诗词格律》（王力著，中华书局 2000 年版），是《诗词常识名家谈四种》之一。封面设计很古雅、空远，开本也小巧，属于“大家小书”的类型。

晚饭之后，按照秋禾师的原定计划，我们几个同学，加上甘肃《图书与情报》杂志社编辑陈笑悦，中国阅读学研究会理事长、河南师范大学文学院教授曾祥芹先生门下硕士生王婵，一起夜游西湖。正好我有两个大学同学在浙江摄影出版社工作，住地与西湖很近，于是约出同游。在去西湖的出租车上，经过文三路上的枫林晚书店，灯火正辉煌，只可惜未有时间游观。

2006.4.4 星期二 晴，夜有暴雨

早晨6:30起床。想来自上大学，还没有这么早起过，跟着秋禾师出差也是一件苦差事哩。但与学校按部就班的生活不一样，差旅中，出于相对的独立和未知的新鲜感，总有一股劲头在心中暗涌。

今天的计划是：乘校车去下沙校区，上午在报告厅举行开幕式，下午在人文学院会议室开座谈会，晚上几位老师给学校的同学们做讲座。我和宗波负责全程录音和拍照。

到达下沙校区，明显感觉到这里比市区绿化得要好一些，满眼都是春天的颜色。先是代表们合影留念，其中有来自高校、中学的老师，有出版社和期刊社、报社的编辑，有图书馆的研究员。西泠印社社员、福州市文联副主席林公武先生也带着他的女儿，正在福建师范大学读硕士二年级的林宁一同来了。

开幕式之前，各位代表在名册上签名，顿悔平时没有练一笔好字，真是签也不是，不签也不是(事后，林宁竟也说起签名的事情，颇悔平时没有跟她父亲林先生好好学写字)。落座后，发现报告厅主席台两侧悬着两幅字，虽不甚理解，但满是文化意蕴。

开幕式由中国阅读学研究会副理事长兼秘书长甘其勋研究员主持，先是浙江工商大学几位领导致辞，人文学院院长徐斌教授的发言简单而有意味，很有人文气息。

接下来就是主题发言，曾祥芹教授阐述了阅读学研究会成立的历史、宗旨和阅读学的研究现状等。其后，阅读学研究会副理事长、人民教育出版社副编审刘真福，阅读学研究会副秘书长、韩国淑明女子大学访问学者陶丹教授，林公武先生，上海《图书馆杂志》执行主编王宗义研究员，河北教育出版社社长、总编辑邓子平，河南《作文指导报》社长李萌，南开大学信息资源管理系教授徐建华，《中国图书年鉴》编辑部副主任赖洁玉等一一发言。接着是秋禾师主持赠书活动，由曾教授向人文学院代表赠书赠刊。最后，林公武先

生向学院赠送墨宝。这才明白,原来那两幅字是林公武先生手书,送给人文学院的。一幅为“正其谊不谋其利,明其道不计其功”,另一幅是钟鼎文,为“人文源于阅读,阅读推动创新”。赶紧打开照相机“咔嚓”了几下,林先生的字,我一向就是敬佩的。

餐后,随代表们来到人文学院会议室进行研讨。代表们围绕着各自对阅读的看法,对创新的理解,结合自己平日遇到的困惑,各抒己见。这样的讨论是最能产生碰撞,擦出思想和创新火花的。我们几位随行的研究生也被点名,静亚师姐和永钐师姐都侃侃而谈,慧鹏师兄根据他所在图书馆的阅读情况做了发言,我和宗波则由于没有准备,仅说数句而止。事后,秋禾师交代我们,既然加入研讨平台就要做好随时发言的准备。这一点可记住了,跟着导师出差,得多长几个心眼儿才行。

晚上,甘其勋研究员、林公武先生、徐建华教授、秋禾师在下沙校区还有讲座。晚饭中,多了几位很年轻的老师,虽跟我们年龄差不多大,但显得很干练。想起在从西湖到清河坊的出租车上,陈笑悦说不知道为什么觉得我们还很“学生气”,我想大概就是因为我们少了这样一种成熟、机灵、干练的缘故吧。

之后的讲座,四位先生都有各自的题目,有点像是上课,一节连着一节,但中心点只有一个——阅读与人生。甘其勋研究员的题目是“阅读孕育创造力”,林公武先生的题目是“读书为人成才之本”,徐建华教授的题目是“闲话佛教”,秋禾师的题目是“智慧和智能:知识改变命运”。

甘老师讲得很投入,大概一时忘记了时间,结果徐建华教授拿了一块手表,又是努嘴示意又是使眼色,可甘老师怎么也注意不到,完全沉浸在演讲当中;林先生是书法家,喜欢板书,写了擦,擦了写,竟板书得密密麻麻;徐教授的题目本是“职业规划”,但经各位老师一商议,临时做了改动,他风度翩翩、游刃有余的演讲给同学们留下了很好的印象;秋禾师则是通过解析报纸新闻所揭露的当今社会上的一些现象,水到渠成地分析出其中所隐含的道理,给同学们留有自己思考的余地。

2006.4.6　星期四　晴

因秋禾师在常熟理工学院要做导读讲座,故一大早就启程出发去常熟。

在前往常熟的长途汽车上,理工学院的老师打电话问接站、住宿等事宜,秋禾师强调不要接,我们自己打车过去,就住学校的招待所,条件简单点没关系,方便就成。途中,秋禾师大概看出我对杭州的喜爱,问我对杭州的印象如何,我一时也不知道说什么。事后才知道杭州图书馆想办一份杂志(后定名为《文澜》),秋禾师有意安排我暑期实习,故有此一问。饭后,秋禾师拟回招待所午休,为晚上讲座备课,他安排我们游观古城,晚上的讲座我们也可以不参加旁听。秋禾师给我们放假了!

常熟,得名于"土壤膏沃,岁无水旱之灾",别称"琴川"。自公元283年(西晋太康四年)建城以来,古城已有1 700多年历史。常熟人最爱说的一句话就是"常来常熟",这话可真自然妥帖,有意思得很。秋禾师在车上早给慧鹏师兄列了一张游观的单子,有昭明太子读书台、翁同龢故居、脉望馆、文玩市场等地,都是文化意蕴浓厚的去处,我们只需按图索骥就好了。晚上当我们随意在路边的小饭馆吃过饭,东逛西看觉得有些累的时候,正好秋禾师的短信来了,说他的讲座已经结束。

回到理工学院招待所时,秋禾师正和曹培根教授聊天,见过之后我们便回各自房间。秋禾师和慧鹏师兄一间,静亚师姐是常熟人,剩下我们三个住两间房,永钐师姐充分显示了她的师姐风范,说让我们两个小同学做伴住一间,她自己住一间。

时间尚早,我们便开了牌局,几局下来,兴致竟也盎然。慧鹏师兄回房间时,曹教授已然离去,慧鹏师兄旋即归来,说"秋禾师也想打牌",我们晕了,何时听说过秋禾师也要玩牌啊?不一会儿,秋禾师翩然而至,漫云:"你们是要打牌呢,还是我们一起去夜游校园呢?”

我们虽心中有疑惑,但是在导师面前不敢造次,便收拾了牌局,似乎选项的答案是不言自明的。随后他对我们解释道,刚才之所以说是来与我们一起打牌,而不说出要夜游校园的真计划,怕的是曹教授坚持以“地主身份”作陪导游,这样既耽误他的休息时间,我们师徒一行还要一路应酬,走走说说也不自在。原来是这样啊!秋禾师总是能够自觉地站在别人的角度去思考问题,那种洞察力、预见性和人文关怀时刻可见,这大概便是他日常所谓的“知识理性”吧。在校的时候,虽然觉得他对我们的要求比较严格甚至苛刻,但仔细琢磨,他都是先以身作则,而不是单向地对我们提出要求和期望,比如研学过程中的爱惜时间、细致入微,比如日常生活中的换位思考,努力寻求互惠双赢的结果……

晚上的校园很凉爽也很安静,经过学生宿舍区的时候倍感亲切。理工学院的校园出人意料地大,边走边聊的感觉则更好。秋禾师先是跟我们讲了一些理工学院的旧事和未来的发展,也聊起一些平时不会对我们说到的两性交往的“小道理”……后来又说到暑假实习的问题。他递给我一张纸条,说是“三辉图书公司”北京编辑部正招聘能做图书宣传的员工,问我是否愿意暑假到那里去实习。这是在杭州时梁老师提供给他的信息。

唉,秋禾师真的太尽责也太辛苦了,每年单是我们的专业实习问题就要他操多少心啊!微熏的晚风,温暖的话语,同样是消磨一段时光,散步闲谈的收获确实比打牌要有意义得多。

2006.4.7 星期五 晴

一大早起来,空气很清新,好像是几个早上以来第一次有这样的感觉。真好!

苏馆长来带我们到学校门口去吃早饭,看到昨天就想进去一看究竟的庞薰琹美术馆。门口雕塑大师刘开渠所雕庞薰琹先生(1906—1985)的半身像,矗立在一片青松之中,

脸部表情细致而生动。庞先生是中国工艺美术事业的奠基人,在纪念馆内的壁碑上有这么一段话:

我是一个普普通通的中国人,
爱好美术。
生于一九〇六年,十岁时开始学画。
以后,几十年中,主要的靠自学。
不论中外古今,有名的与无名的,
画师们的佳作,
都是我师。
但是,我始终走我自己的路。
我的一生,是探索探索再探索的一生。
如果,我的作品,
能使你感受到一点美感,
那就是我最大的幸福。

质朴真挚,读了顿生敬意,但可惜的是,从美术馆馆长口中得知,为纪念庞先生诞辰100周年,馆内展物均转移到了常熟博物馆。秋禾师告诉我们,他昨晚的讲座就是从庞先生艰难成才的经历开场的。三年前的9月,他带徐小丽参加在该院承办的第七次阅读年会时,曾观看过馆中的展品。不过他的自传《就是这样走过来的》已经由三联书店出重印版了,或许多少可以弥补这一次的遗憾吧。

随后,苏馆长和肖雪花老师带我们去宝岩生态园游观。

途经尚湖(相传姜尚曾垂钓于此,故名)而进入生态园。先见到一片杨梅树林,据肖老师说,到了梅雨季节前后,杨梅成熟了,一年一度的杨梅节也就开幕了。

穿过杨梅林,苏馆长说,我们今天不走平时上山的路,而是随意地选条路走一走,得些野趣。未曾想到,走了一会儿,竟走到了曾朴墓,享亭有一联是化柳亚子之联而来:"野史一编传孽海,文宗千古仰虞山。"其墓与父曾之撰之墓为二冢墓穴。冢前竖"晚清作家东亚病夫曾朴先生墓"碑一通。墓旁有一树颇怪异,只有细而笔直的枝干,二三米高,顶端萌生几片绿叶，生机盎然，气节凛然，全无山中杂树东倒西歪的“病夫”模样。这真是天工造就的一种人格象征。

车行至虞山南麓的环山公路某处，肖老师说此处大概是钱柳二墓所在，建议下车观瞻。柳如是墓享亭联语为从她诗句中摘抄的两句诗：“浅深流水琴中听，远近青山画里看。”似乎还是她的手迹。墓碑上刻着：“河东君之墓。”墓穴背山面湖，周围都是一望无边的油菜花。

同侧间隔约 50 米就是钱谦益墓。享亭联语为：“遗民老似孤花在，陈迹闻随旧燕寻。”三座墓穴，主穴为钱氏父母钱世杨、顾氏之墓。曾有人叹曰：“钱柳之墓，生不能同生，死亦不能同穴，非不能同穴，还遥遥相望。”

秋禾师介绍说，去年秋天他带江少莉和童翠萍两个同门弟子也曾到此观瞻。他指着那一小段油菜花夹道的田埂土路说，这上面可不知踩踏过多少文化名人的脚印呢！近的如北京的周汝昌、上海的黄裳先生等都曾寻访至此，那时候恐怕还没有今天这模样。经导师提醒，才发现墓真是有点古老了，可是享亭竟新得那么不协调！

车到东湖校区，我们大略地参观了校园，以及还在规划中的图书馆，据说将会很大气很壮观。图书馆的老师们都对图书馆事业怀着一种赤诚的热情和美好的期盼，这一点，在他们的表情和言语中表露无遗，令我们也受到了感染。

餐后，苏馆长和肖老师坚持要送我们去常熟汽车站，并且一直等到我们上车才走。不久，静亚师姐也从练塘老家赶来会合了，她跟我们一起回南京。可是，在秋禾师和图书馆的两位老师闲聊时，我们几个同学竟心血来潮，在一边玩起了扑克牌，本意只为打发些时间，丝毫没有在意此举可能给主人方造成的不良观感，竟成为此次常熟之行的“败笔”（秋禾师评语）。

与主人挥手道别后，车离常熟站，秋禾师环视我们一圈，忽然发问：“是谁出的主意要打牌的？”我们面面相觑，不知此话是从哪里说起，我们又错在哪里。他徐徐说道，当苏馆长忽然对他来了这么一句“您的这几位弟子可真能忙里偷闲啊”时，他顿时颇以为羞。因为学生应以“学”为主，既然出来修学旅行，可以扎堆交谈，可以四处观望，可以看报看杂志乃至做沉思状发呆……偏不能在公共场所打牌；何况任何一个图书馆的领导，都是厌烦有强烈牌趣的馆员的！他说，假如苏馆长是图书馆的招聘官的话，那么，我们最后的这一手牌，就把自己给弄出局了。

原来如此！"吃一堑，长一智"，也许这就是我们学生成长所需要付出的"代价"吧。不过还得像秋禾师时常说的，要由此及彼，举一反三，融会贯通，才算"聪悟"，一个研究生光是聪明和聪慧还是不行的。

"细节决定成败"，作为秋禾师的弟子，我们再一次获得了一种教育和启迪。原来导师总是对我们耳提面命，不仅要注意细节，而且要细致入微，因为微节无穷，世界就是由无数人脑难以洞察、难以想象和难以预见的微妙组成的。再有心，也只不过是竭力让自己做得比一般人更好些、更周全些而已。

回到南京，走在熟悉的校园里，发觉连头带尾出门还不到一周，却感到这有趣而又有益的五天是多么漫长。虽然身体很疲惫，但我觉得这些苦和这番累是非常难能可贵的！因为我们的阅历得到了丰富，我们的知识得到了检验，我们的心智得到了锻炼，甚至连我们的"教训"也终将转化为一种经验。这些来自社会实践的"真知"，就是我们从今往后无比宝贵的人生财富了。

从『南国书城』到『笔墨湖州』

作者简介： 林英，少时长于湖南浏阳。在武汉大学求学4年后，被保送至南京大学读研。曾在厦门大学嘉庚学院执教。于2015年考入武汉大学出版发行系攻读博士学位。

今年是范钦诞辰500周年，也是天一阁建阁440周年，为此纪念，天一阁博物馆方面今春开始就全力筹备“中外藏书文化国际学术研讨会”。上半年，当我还在武汉大学读本科时，就在研学导师徐雁教授的嘱咐下，借得武汉大学文理分馆馆长黄鹏先生的新著《中国藏书家通典》拜读，并写有《撷藏书家精华，扬典籍史光彩——〈中国藏书家通典〉读后》一文。后该文被收录进研讨会专辑《天一阁文丛》第四辑中，我也因此有机会随秋禾师一道参会。会后，我们又一道前往湖州，前后游学共6天，所见所闻与平日在校生活迥异，体验多多，故记之。

2006.11.9 星期四 南京—宁波 晴

早晨6:15起床，迅速洗漱完毕，于6:45下楼与安然师姐会合出发，一路顺利从容。

感谢秋禾师的费心安排，让从武汉大学到南京大学继续求学的我，能很快地熟悉和适应这个全新的环境。暑假在北京实习，老师安排我与少莉师姐、小童师姐一道；接着与永钐师姐、小童师姐一同赴内蒙古参加“全国第四届民办读书报刊发展研讨会”；到南大后，又与海燕师姐一起去梅园中学取书，一起接待武汉大学吴永贵老师的夫人叶老师等。同门时相过从，交流情谊，关照学习，所获多多！此次与安然师姐同行，秋禾师自是多次发来短信，叮嘱我要多与师姐谈心，多向师姐请教。

车厢内还算安静，间或还能听到前排乘客的聊天内容，时不时会有“宁波”“天一阁”的语音飘到我们的耳畔，私下揣摩他们会不会也是去参加中外藏书文化国际学术研讨会的呢？欲知详情，得待其后分解了。

火车在长江三角洲一带穿行，沿途可以看见座座起伏的小山、片片金黄的稻田，实在令人舒心。今年秋天特别长，天气也很好，每天秋阳高照，因此外出秋游的愿望也尤为强烈。此次白日乘车，把秋景从南京看到宁波，也算以车代步秋游一番了。

下午3时许到达宁波后，便打车直奔天一阁。没想到才下出租车，秋禾师竟已出门来接我们了。

此时，作为宁波市文化重点建设工程——“天一阁新建古籍书库”的奠基仪式正在天一阁博物馆现有书库北侧举行，这是天一阁创建440年来第三次新建藏书楼。据悉，新建书库占地面积5 509平方米，古籍书库的总建筑面积为3 600平方米。藏书楼将根据国家善本古籍保管条件进行设计，集古籍文物之收藏、修复、研究、整理、阅读、接待等诸多功能于一体。

奠基仪式后，我们便以天一阁入门处的范钦雕像为起点，在秋禾师的导游下游历天一阁。老师知识渊博，讲解精要到位，以至于有些游客一路跟随，津津有味地听老师的讲解，一位小学生模样的女孩一直紧随我们，甚至差点忘了跟父母会合。

来宁波之前，老师曾嘱咐先做一些功课，对天一阁有个大概的了解，自己因此也写了篇《神游嫏嬛福地天一阁》的文章。于是在游览的过程中，边看边调动已有的知识储备，从范钦雕像到宝书楼再到东园，文字的记忆与新鲜的观感不断地交错和碰撞，仰头记起书本中天一阁的介绍，低首又是实实在在的芸草、古籍，感觉妙不可言。

在千晋斋观览晋代石砖时，老师指点说，若能取这些砖上的文字做封面上的书名，则将是无法模仿的设计，且砖上的花纹也很适合做封面的底纹。这也许就是老师在课上课下所提倡的“专业主义精神”吧。

晚5时许，入住文昌大酒店。时已到晚餐时间，一同进餐的有：未曾谋面便在秋禾师雁斋复本上签题送我《中国私家藏书史》（大象出版社2001年版）的范凤书老先生、南开大学徐建华教授、著名藏书家韦力先生等。上午在火车上不是曾推测前排乘客中也有来宁波开会的吗？此时谜底已揭开，一脸慈祥的南京师范大学教授江庆柏先生正与我们同坐一席，真是“无巧不成书”呀！

饭后秋禾师倡议夜游宁波街景，同行者有徐建华教授、韦力先生以及福州市文联副主席林公武先生。不多时，便

来到一条步行街,街中间有一座名为“四明古韵”的桥,其对联颇有哲理意味:

笑迎万千客无论过客顾客
请上廿一桥莫道是桥非桥

沿途还有好几家书店的店名都取得别有意味,如“有一家书店”“正前方书店”等,让人过目不忘,这也体现了店主高明的经营之道。此次在甬上召开的是有关藏书文化的会议,与会的先生们自是对书情有独钟者。每从一个书店出来,大家手中的重量便增加几分。众人一边说着这么多书到时候怎么弄回去,一边却又是一看见书店便挪不开脚步了。

晚9时许回到宾馆,一行前去拜访了德高望重的来新夏先生。来先生满头银发,目光炯炯,其夫人焦老师和蔼可亲,与这样的老人清坐聊天是一次知识与人文的双重享受。

2006.11.10 星期五 宁波 晴,晚有小雨

今天上午是中外藏书文化国际学术研讨会开幕式和主旨报告,下午的会议则分为3个分会场,分别是藏书文化研讨会、《天圣令》的发布和研讨、中国现存藏书楼的联谊活动,与会嘉宾可以各选所需。

上午9点半,会议准时于文昌大酒店召开。文化部社会文化图书馆司副司长刘小琴,中国社会科学院历史研究所党委书记、副所长刘荣军,国务院古籍整理领导小组原副组长傅璇琮,著名历史学家、南开大学教授来新夏和宁波市副市长成岳冲、市政协副主席周子正等出席了开幕式。

参加本次研讨会的嘉宾,有来自中国社会科学院历史研究所、国家图书馆、中国人民大学、浙江大学、南京大学、浙江图书馆等几十个单位的代表和专家,还有来自日本和韩国等国家和地区的专家学者,以及宁波有关高校和研究机构的人员,共140余人。

研讨从多个角度进行，内容丰富，令人收获良多。

会议开始，宁波市副市长成岳冲和中国社会科学院历史研究所党委书记刘荣军致辞，接着国务院古籍整理小组原副组长傅璇琮先生发言。傅先生是宁波人，对家乡的文化事业建设颇为关心和支持。他说他此次来宁波开会是带着特殊的乡情的，并对天一阁在藏书文化方面所做的工作给予了高度的肯定，也对天一阁研究提出了两点建议，一是研究传统要自主创新，天一阁的藏书文化是中国传统文化的一部分，因此对藏书文化与中国传统文化之间的关系可深入进行研究；二是天一阁藏书文化的研究对构建和谐社会具有意义，高瞻远瞩地指明了天一阁藏书文化研究的方向。

傅先生与秋禾师合作编有“书林清话文库”，由河北教育出版社出版。该文库涵盖读书、淘书、著书、评书和藏书等话题，是读书人能各取所需的系列书，可读性强，颇得学界青睐。我亦有幸得两本，其一是林公武先生所著并特意为我签题的《夜趣斋读书录》，其二为虎闱先生的《旧书鬼闲话》，都甚为喜欢，为我添得不少“夜趣”。

随后是“天一阁藏书文化研究基地”的揭牌仪式，这标志着天一阁博物馆与中国社会科学院历史研究所的强强联手，资源共享。天一阁是世界上最古老的私家藏书楼之一，其可利用的资源和有待深入研究的内容异常丰富，与高等学术研究机构的合作，将有利于天一阁资源的挖掘利用及藏书文化的深入研究。

著名历史学家、南开大学教授来新夏先生的《综述天一阁的历史地位》，对天一阁的历史概况和文化地位，以及保存至今的原因都做了精要的介绍，高度肯定了天一阁把自身定位为博物馆，成为收藏、维护、展示的场所，起到了保存文物的功能，并预言天一阁必将以较快的速度发展。

八年前，上海师范大学戴建国教授从天一阁中"淘"到了一宝——《天圣令》，有学者称"如果说汉代简牍、敦煌文献是无价之宝的话，《天圣令》的文物价值丝毫不亚于它们"。会上，中国社科院历史所的黄正建研究员跟与会代表一起分享了他在整理《天圣令》过程中的所得所感。黄先生认为范钦能有意识地收藏官书、政书，体现了其对法典的意义具有深刻的认识，并且具有通贯的历史眼光。他还表示天一阁博物馆能在整理《天圣令》过程中给予大力支持，也体现了新一代主人继承了天一阁的优良传统，具有"学术乃天下公器"之胸怀。黄研究员还进一步阐述了《天圣令》的学术价值，引起与会者对《天圣令》的强烈兴趣。

李刃乃浙江瑞安市文化广电新闻出版局副局长，会中他谈到像孙氏玉海楼这样规模相对较小的藏书楼存在的问题：藏书楼的内涵在扩大，外延却在缩小，人们对于藏书楼的兴趣降低；经费不够，只管保护，不管利用，同时保护手法单一；品牌没有建立起来，不能与有关单位联合，藏书楼无法很好地发挥其价值。

下午会议继续进行，我们在第一分会场参加藏书文化研讨会。

宁波市政协陈宁雄指出天一阁是图书馆人员的"麦加"，其藏书楼形式、书籍保存和利用对现代图书馆都有很大的启示。

宁波大学戴光中教授质疑天一阁最初建成时并非藏书楼，而是一座"贵宾楼"；同时他还为范钦正名，认为范钦藏书并非秘不示人。他指出，我们现在经常说，天一阁的管理制度有“代不分书，书不出户”，实际上范钦临死时只说了“书不可分”，而没有说“书不出户”。

宁波市文化广电新闻出版局文物处副处长徐建成先生也提出了一些新颖独到的见解，认为范钦并不是一个职业的藏书家，范钦的藏书实际上是范钦立家兴业的谋略，是为了获得文化上的霸权。不同的观点启发与会者进一步的思考和探索。

其间，与会代表均获赠《浙江藏书史》上、下册（杭州出版社2006年版），作者顾志兴也在现场，于是请其签名留念。

会议下半场与会嘉宾分别就“清代宁波藏书业的发展及其贡献”“孙中山读书生活的文化价值”“哈佛大学燕京图书馆藏朱舜水遗墨考述”“徽州宗族藏书文化试析”“编纂私家藏书史的倡议书”等话题进行了座谈交流，最后还有来自台湾元智大学的詹海云教授和南开大学的徐建华教授发言，徐教授对天一阁提出了两点希望：拓建基地平台，形成一馆一刊一社，甚至建立藏书文化基金，提高天一阁的向心力和凝聚力；扛起保存、弘扬、发展藏书文化的大旗，树立品牌意识。

傍晚6时，于文昌大酒店参加正式宴会，本桌除我们师徒三人外，还有林公武先生、徐建华教授，以及《中国文化报》和《中国文物报》的两位记者。菜式为：美味捌碟、干贝冬茸羹、油炸双味、白灼基围虾、葱油多宝鱼、清蒸大闸蟹、粉丝小鲍鱼、梅干菜扣肉、莫干山肥牛、鱼鲞蒸田宝、荷塘小炒、杞子炒芥蓝、美点增双辉、花色水果。餐叙气氛甚为融洽。其间，上清蒸大闸蟹时，林公武先生让我和师姐先挑，长者疼爱晚辈，我俩欣然接受。

餐毕，秋禾师、南开大学陈德弟教授、安徽大学桑良至教授、日本国立奈良女子大学横山弘教授以及师姐和我一同外出散步。

先沿着市西河至海曙公园，环境清幽，市容整洁，一行人聊兴亦浓。陈德弟教授说，对于“如囊萤，如雪映，家虽贫，学不辍。头悬梁，锥刺股，彼不教，自勤苦”这段话，人们想到的往往是古人好学刻苦的精神，其实深究进去可以得出：那时一般家庭虽然贫困到没钱买灯油，却还能找到书看，这说明当时书籍流通已经很普遍。谈到如何治学的问题，秋禾师指导我们可以先就某一专题广泛涉猎，经过一两年的努力后，便可开始着手研究，自己也逐渐能在该领域内树立起学术自信来。随同老师出差，不仅可以增长见识，锻炼情商，更重要的是可以“转益多师”。

2006.11.11 星期六 宁波—普陀山 阴天转晴，晚有雨

今日为主办方组织的文化考察，有两条线路：一条是奉化溪口一日游，另一条是普陀山一日游。我们一行选择了去普陀山。

上得海轮，船舱阔大，大约能容纳300来人。船上各色人等，声音嘈杂，可林公武先生却“万人如海一身藏”，静心记起日记：

> 晨2:30醒，即未入睡，5点起床，为小叶、小江、小林题赠，6点下一层，6点半开始行驶，7点半至渡口，乘坐甬渡3号轮，海风阵阵稍觉凉快，由热而转凉，精神颇爽。轮上人流混杂，沸声聋耳，形形色色，尽显百态，佛地清静，已无妙境，我心即佛，如是我说。

上到普陀山，经“梅福禅院”时，发现其板报做得很有特色，两端分别是一张手绘画，画得极有味道。其中一幅是两个小和尚在扫落叶，画的左上角写有：“扫地扫地扫心地，心地不扫空扫地，人人都把心地扫，世间处处清净地。”另外一幅是一小和尚在菩提树下吹笛，写有这样一段话：“一股短笛，趁着山风，掠过树梢，断断续续，是那样悠扬。挡不住晨风细雨，却穿透朝花夕拾，看破那富贵浮云，无念亦无欲。趁着清风，跨过树梢，清醒着我们的心灵。”妙语连珠，深刻睿智，顿觉清静和禅意。

“圆通禅林”的门联也同样充满禅意：

终日笑语虽世事纷繁能放下即为解脱
经年坦腹看胸怀洒落常宽容才是吉祥

途中见范凤书老先生踽踽独行，便上前问候交谈。范老先生是研究私家藏书方面的专家，如今已七十高龄。这次来宁波开会，他事先已到南京、杭州等地图书馆查资料，会后还将前往江浙一带访藏书楼。他说每年二三月份他都会出门走访一些藏书楼。范老先生年高如此，还治学不辍，让人钦佩不已。

普陀山乃佛教圣地，随处可得佛缘。如“二龟听法石”，一块大岩石上，附着两块酷似乌龟的岩石。其中一只展肢伸脚，似往上爬；另外一只居于岩顶，回头相望，仿佛正招呼后者，两龟一前一后共同听法修行。路边随处可见禅语，“能说不能行，不是真智慧”，“凡是能站在别人的角度为他人着想，这就是慈悲”……让人于热闹的普陀山上感受几多禅意。

2006.11.12 星期日 宁波—湖州 晴

由于秋禾师应邀去湖州师范学院做读书指导报告,我们师徒三人以及林公武先生便从宁波坐汽车前往湖州。

中午12点多到达湖州,入住浙北大酒店,酒店门口的廊柱上写着元代诗人戴表元的名句:“行遍江南清丽地,人生只合湖州住。”虽不能常住,但能下榻一二日,略略体验“人生只合湖州住”的妙境也是件很幸福的事。

午餐由湖州文化研究所所长张建智先生设宴,在浙北大酒店的碧浪居进行。该餐厅为何取名“碧浪”呢?看到了墙上挂着的字框:

> 湖州城南郊岘山漾,碧浪如玉,又称“碧浪湖”,湖中沙洲小屿,筑有浮玉塔,历代为湖州百姓浏览胜地。苏东坡、赵孟頫、刘伯温、文徵明等名士来此采莲醉月,流连忘返。

原来是取“碧浪湖”之名也。

框内还配有赵孟頫的一首关于“碧浪湖”的诗呢!“玉湖流水清且闲,中有浮玉之名山。千帆过尽暮天碧,惟见白云自往还。”

下午3时许,我们由张先生和湖州师范学院图书馆馆长王增清老师做导游,前往湖州一个千年古镇和孚镇的荻港村。一路上,秋禾师与王馆长一直在聊陆心源及皕宋楼的话题。陆心源的“皕宋楼”与江苏常熟瞿绍基的“铁琴铜剑楼”、浙江杭州丁氏的“八千卷楼”以及山东聊城杨以增的“海源阁”一道并称“晚清四大藏书楼”。皕宋楼在当时受到很高的评价,在李宗莲所作的《皕宋楼藏书志序》中,他还以之与天一阁做比较,以为天一阁不及皕宋楼有五,即:

> 天一书目,卷只五万,皕宋楼则两倍之,一也;天一宋刊不过十余种,元刊仅百余种,皕宋后(天一阁)三四百年,宋

刊至二百余种,元刊四百余种,二也;天一所藏,丹经道箓、阴阳卜筮,不经之书,著录甚多,皕宋则非圣之书不敢滥储,三也;范氏封扃甚严,非子孙齐至,不开锁,皕宋则守先别储,读者不禁,私诸子孙,何如公诸士林,四也;范氏所藏,本之丰学士万卷楼,承平时举而有之犹易,若皕宋则掇拾于兵火幸存,搜罗于蟫断臭朽,粗精既别,难易悬殊,五也。

但不幸的是,在清光绪三十三年(1907年)三月,陆心源之子陆树藩将皕宋楼所有的藏书以十万元的价格售与了日本财阀岩琦氏静嘉堂,此举令国人心痛不已。汾阳王仪通曾悲吟十二首,其一为:

三岛于今有酉山,海涛东去待西还。
愁闻白发谈天宝,望赎文姬返汉关。

皕宋楼不在了,但皕宋楼的书还在静嘉堂。因此如王馆长这样的一批热爱关心湖州文化,并且乐意为湖州文化做些成绩的人士,于今年5月前往日本叩开了静嘉堂的大门,受到静嘉堂极为热诚的招待,并获赠了多种影印本书籍。

驱车前往,很快就到达了荻港。“荻”为一种形状像芦苇的多年生草本植物,叶子长形,紫色花穗,生长在水边。此地盛产荻,而又多水港,因此谓之荻港。荻港处杭嘉湖平原,四面环水,河港纵横,自古便有“倚港结村落,荻苇满溪生。黄昏渔火光,不见一人行”的诗句赞美她。

荻港素有“丝绸之府,鱼米之乡”之称,在明朝曾经兴旺的时候,这样一个小村就有一万余人。这里曾出过很多名门望族,其中章氏为荻港的第一望族,华中师范大学前校长、著名史学家章开沅先生便是荻港章氏家族的一员。甚至还有一位瑞典王子曾到这儿来寻根呢!原来瑞典王子罗伯特·章的祖父章祖申是从这儿走出去的外交官。

傍晚时分,我们一行在荻港村委会书记章书记、荻港渔庄的老板徐敏利女士的陪同下,在荻港渔庄的茶楼享受着夕阳西下、渔舟唱晚的美。我们六七人，围坐一张小方桌，品着湖州特产薰豆茶，嗑着瓜子，吃着花生，看着柔和的夕阳透过窗子打进来，窗外鱼塘被铺成一池的碎银，三三两两的垂钓者正在清点自己一天的收获……如此情境，我们仿佛都成了画中的景。

荻港渔庄中，水边的芦苇在风中摇曳着，一群白鹅正在水中扑打着翅膀，而古朴的小屋则静静地立在水边，廊亭里爬满了瓜果之藤……真是一派安宁的乡村景象！我对乡村景象是熟悉的，江南的小村落因多了水的映衬，显得格外清丽。

荻港村随处可见样式各异的小桥，"书缘桥""乐善桥""积善桥""余庆桥"等，单从名字上便可看出村民们朴素的"耕读传家"的理念和行善积德的思想。此处的村民多和蔼朴实，对来往的游客也是充满了好奇。一位老爷爷一直紧跟着我们同游；刚在一处看见一个小姑娘，待我们走远到另一处时，抬头忽然又看见了她，还正对着我们笑呢，原来她从后门窜到前门一路跟随我们！

沿着京杭大运河一直往前走，运河岸边是古老的木结构廊房，呈现古朴的风貌，想象当年水运发达时，这是怎样一番繁荣的景象！随后我们拐到内河，两岸的老房子呈对称结构，红色的灯笼点缀着棕褐色的楼房，显得颇有生气。此时正是晚饭时间，居民们都在家中忙碌，一派安居乐业的景况。两侧的房子中还能找到老式的茶馆。茶馆里一排排结实的木椅木桌，座位上头悬有一个个铁钩，方便茶客挂自己带的竹篮什物。茶馆的一角是个老式理发店，剃头师傅正在给客人刮脸呢！

晚餐在徐缘渔庄饱尝乡村美食。有各色菜饼，清爽可口；还有烂糊膳丝，据说这是荻港的一道名菜，香软爽滑。老板徐女士不时也会过来应酬，徐女士虽然文化程度不是很高，但很健谈，老师先生们也乐得为她的经营出谋划策。大家一致建议徐老板用字画把池塘边的茶馆装饰一下，同时可以办一个如南京有名的民间刊物《开卷》一样的小册子，向游客们传播这儿的文化和这个渔庄的文缘。甚至小刊物的名字都替她想好了呢,就叫《荻溪》。这样一个渔庄,女主人已投资了两千多万,初具规模,并且在她的用心经营下,慢慢地也营造得很有品位和味道。她用斗笠做灯罩;用废绳扎成鱼篓形状来做装饰;一排排整齐的灯笼挂在大厅,颇有气势;取当地名门望族曾经的堂名做餐厅名,有墨耕堂、承志堂、敦裕堂、清芬堂、鸿仪堂等,我们晚餐便是在清芬堂里进行的;还请名家、书法家留下墨宝……

饭后,林公武先生便为这美丽的荻港题下了"美不胜收"四个隶书体大字。是啊,美景不胜收。也希望这儿的美景能够依旧,依旧"千年"之貌,依旧"古镇"风情。

返回浙北大酒店后,我们四人兴致仍高,于是便散步至湖州市的中心广场。广场中央有一座雕塑,状似一座桥梁,待走近后得知为"湖颖桥"。雕塑下还篆刻有一段铭文"湖颖桥记",大致记有湖笔的历史渊源及成就,塑此"湖颖桥"的因由等。

湖颖即湖笔,相传秦将军蒙恬曾居湖州善琏改良毛笔,采兔羊之毫,"纳颖于管",是为"湖笔"之祖。到晋朝,笔工众,笔业兴,湖笔得以蜚声遐迩。历唐宋元明清,技艺逐臻于大成,因此被公认"湖颖甲天下"。2001 年,湖州举办国际湖笔文化节,于是塑此"湖颖桥"。

湖笔向以尖齐圆健"四德"著称,并且按笔毫原料性能可分为"五毫",为羊毫、兼毫、狼毫、紫毫和鸡毫,"湖颖桥"两侧据此配以"四德""五毫"两亭。"四德"亭中悬挂有四只大笔,盖每只笔各代表湖笔一德吧;"五毫"亭则将十来只毛笔悬挂于亭中,我们琢磨了半天亦没能参透此般何以体现"五毫",又是何深意。

2006.11.13 星期一 湖州 晴

上午 9 时许,由浙北大酒店出发,前往湖州师范学院图书馆。湖州师范学院 2003 年新建的图书馆以"艺坛雄才"

沈左尧先生的名字命名,为“沈左尧图书馆”。

我们一行先去拜见了湖州师范学院图书馆的馆长,秋禾师与他们深入探讨了预期明年秋在湖州举行的陆心源藏书国际研讨会,并建言研讨会可从三方面进行:

1. 陆心源人物的评价;

2. 从皕宋楼延伸到晚清四大藏书楼的讨论;

3. 研讨市场经济文化建设下,保护现存古典藏书楼和古籍版本的意义,呼吁保护现存的藏书楼。

在王馆长等的陪同下,我们前去参观“赵紫宸赵萝蕤纪念馆”。赵紫宸曾任燕京大学宗教学院院长,世界基督教联合会六位主席之一,是杰出的爱国主义者;其女赵萝蕤为我国著名的翻译家,国际著名的惠特曼·艾略特研究者。未到纪念馆之前,便听老师随口说起,京城学林的老辈口耳传说,赵萝蕤老师可能就是《围城》里“唐晓芙”的原型,于是心里便添了几分好奇。在钱锺书先生的笔下,唐晓芙是“摩登文明社会里那桩罕物——一个真正的女孩子”,那么其原型会是什么样子呢?一进纪念馆的门,便看见她的雕像,呵,真正是“妩媚端正的脸,有两个浅酒窝”!

午间于学士路678号金帝大酒店用餐。其中有一道菜比较奇特,叫“桃凝羹”。“桃凝羹”是取桃树上的凝状物为原料,经多道工序加工后,加淀粉等做成的羹,很多湖州人都很爱吃。因为新鲜,便多尝了几匙,口感极好。平时经常可以看见桃树上长满凝脂,谁竟有如此巧思想到能用它来做菜呢?

餐毕,我们前去参观沈行楹联艺术馆,沿途看见湖州师范学院的校训石,石头上赫然写着“明体达用”。沈行即沈左尧,师从傅抱石、徐悲鸿,在绘画、书法、篆刻、摄影方面都有很深的造诣。艺术馆内除有沈行先生所书的楹联、所治的印章外,还收藏有徐悲鸿、傅抱石、陈之佛、吴作人、黄苗子等名家的部分书画作品。作为一个地方院校,能有如此富有文化的眼光,设立纪念馆和艺术馆,实在难得。

下午2点半，秋禾师为湖州师范学院的学生做关于“阅读与人生”的报告，我和师姐随林先生前去莲花庄。莲花庄乃元初著名书法家赵孟頫在此建的别业，里面还有著名藏书家陆心源的潜园。慕名而去，可是因为指路牌少，绕了很久都没有找到潜园。后来好不容易找到潜园了，却发现仅仅就是一个园子……事后听秋禾师说他曾在顾志兴先生的陪同下逛过莲花庄，觉得很不错，看来我们没有找对地方。

事后听说那里还有一座“湖笔博物馆”。博物馆于2001年9月建成开馆，在莲花庄公园的东侧。它是集湖笔历史文物陈列、工艺流程展示、精品湖笔展览与销售，以及元代大艺术家赵孟頫书画作品展览为一体的、地域特色浓厚的传统文化博物馆。据称里面展品丰富，湖笔源流厅里有彩绘陶纹、盟书玉片、笔船及历朝湖笔200余件；赵孟頫艺术厅中珍藏有赵孟頫及其艺术同道的书画传世作品37件、书迹刻石38块，其中有赵孟頫的手刻石《胡笳十八拍》坊、王羲之的《快雪时晴帖》、颜真卿的《祭侄文稿》等。湖笔工艺厅中还可以看到制笔技工现场演示湖笔传统制作工艺，可惜我们均未能一遇。

回到宾馆后，林先生帮我和师姐在书扉页上题签。因为一同参加了宁波天一阁的会议，于是请其为我在两册《天一阁文丛》上题签，其一为“是次来甬参加中外藏书文化国际学术研讨会得识徐雁教授之研究生林英同学，且读到所撰之文至为欣慰，来日定能在学术界有所作为，前程无量，特此以赠”；其二为“好学深思”。

晚餐于浙北大酒店进行，除我们一行四人外，还有张建智先生、湖州师范学院王院长、王馆长、湖州文化名人徐重庆先生以及两位与我跟师姐年龄相仿的女老师（其中一位还是南大的校友呢）等。晚餐气氛浓烈，徐重庆先生谈兴甚浓，虽然他平时是“秀才不出门”，可胸中却颇多掌故，跟我们说了很多趣闻，许多是平日里很难了解到的现代史故事。

餐毕，徐重庆先生还送了我们四人每人一本《八旬翁诗文选》。该书是赵易林先生所著的一本非正式出版物，2006年4月由杏梅园隅斋藏版印行。

2006.11.14　星期二　湖州—南京　晴

今天我们将从湖州返回南京。早上与老师、林先生及师姐于浙北大酒店用自助早餐，席间老师给我们讲授了很多如何处理生活问题的方法，很庆幸能得老师这样时时点拨。

早餐后，我们特意转到红旗路上的“王一品斋笔庄”去一探湖笔风采。一路走着，高楼林立，突然看见前面一座平房，青瓦红墙，屋檐微微向上翘起，在钢筋水泥丛中显得格外古拙，正欲兴奋地指与师姐看时，只见房子的落地玻璃窗上写着“王一品斋笔庄/湖笔徽墨/宣纸端砚/文房四宝/中外驰名”，原来这就是王一品斋笔庄了，难怪难怪。

“王一品斋笔庄”这五个字为郭沫若所题，饱满中透着俊逸，极谙书法的林先生对此赞叹不已。笔庄的店堂布置得颇为宽松，亦有文房的味道。有笔、纸、墨、书（兼售关于湖笔或湖州文化的书籍），墙上还挂有字画，文化气息很浓。秋禾师在此购得湖州文化书二种，另购湖笔一套送与其父写字之用，林先生则收获印规一只。林先生还说要在印规上刻字以为纪念呢，懂书法篆刻的人，随时可为生活增添艺术的乐趣。

下午回到学校，小钟师姐已等候在校门口了，多亏有她帮忙才得以把多包行李拎回寝室。几天的出差之旅到此也就画上了一个句号。

第五届民间读书报刊年会纪行

作者简介： 凌冬梅，浙江桐乡人，1984 年生。喜诗词，好郊游。曾入蜀四载，尽尝蜀道之难，思乡之情；后负笈南京大学研学书文化。2010 年 6 月至今为嘉兴学院图书馆馆员。著有《浙江女性藏书》（浙江工商大学出版社 2015 年版）。

我于2007年9月初从四川大学本科毕业后考入南京大学徐门研学。10月底,同门刘艳梅带给我《书人》《书脉》及秋禾师的附言,大意是让我对这些民间报刊要有大致的了解,11月中旬可能安排我去江西进贤参加第五届“民间读书报刊年会”。这是我第一次接触民刊。在我有限的阅历中,“民刊”是一个陌生的概念,而对于这些自费办刊人的行为,则更难以理解。或许,此次江西之行将帮我揭开这个文化谜团吧。

2007.11.14 星期三 南京—进贤 晴

在宿舍收拾好一包衣物,一袋食物,奔赴南京火车站。今日阳光和煦,一如我的心情。

13点41分,火车准时鸣起长笛,“咔嚓咔嚓”前往江西方向。这让我想起第一次去成都求学,火车离开上海的瞬间所涌起的那份漂泊感,恍如昨天。而今天,所有的只是新奇和怀念。新奇在于江西于我是一个陌生的地方,似乎到处跳跃着陌生的音符;怀念在于旅途这份感觉依旧,悠然躺在铺位上,翻看杂志,很是惬意。

初次拜见沈、陈两位老师

午休过后,依照秋禾师指点,拜访了同行的沈文冲老师夫妇和陈学勇老师夫妇。

未见两位老师前在脑海中勾勒了无数画面,想象着即将见到的老师是仙风道骨还是温文尔雅,终究没能想象出来。不可否认,对于社交阅历尚浅的我,一想到要拜见的不是同辈而是颇有建树的两位长者,心中不免惴惴。

短信联系后,穿过数节车厢,于过道中遥望到同样在翘首而望的一位中年人,一副宽大的眼镜悄然透露着主人的学者气息。双方都揣摸了下对方,几乎在同一时间说:

“您是沈老师吧?”

“你是小凌吧?”

于是,无数次想象中无法确定的见面场景就这么简单地定格了下来。

随后沈老师又引见了陈老师。

沈老师中等身材,面善而儒雅,陈老师长者之风洋溢,两位师母更是性情温和。寒暄了一番后不自觉地提起秋禾师。两位老师竖起拇指由衷地感叹:现在这样为学生着想的老师可不多!心中一阵温暖,师从秋禾师确实是我之幸运。

两位老师都热衷于藏书,旧书文化知识颇深,教授了我一些旧书方面的知识,很受用,同时我也遭到了善意的批评。当陈老师无限惋惜地谈及嘉兴秀州书局的《秀州书局简讯》时,满眼期待地望着我:"小凌,你来自嘉兴,知道嘉兴秀州书局吧?!"

刹那间一股寒意涌起,一头雾水。我躲避陈老师的目光,无限汗颜而摇头(我虽籍贯嘉兴,其实是在嘉兴下辖的桐乡,无奈对于嘉兴竟还没有南京熟悉)。对此,陈老师有些痛心疾首道:"小凌啊,我可得批评你,作为这一专业的学生,怎么可以不知道嘉兴的秀州书局呢?!"随即反省一下,真是自己知识面太窄,对历史人文知识不够关注。

补记:回校后迅即查看了嘉兴秀州书局的相关介绍。秀州书局,位于嘉兴市海盐塘路,是嘉兴市图书馆开设的一家书店,以经营文史哲图书为主,兼营艺术类图书。1994 年 4 月 6 日开张,由著名作家冰心题匾。自开张以来,秀州书局坚持每 20 天出一期《秀州书局简讯》,以沟通读者、作者、编者。可惜于 2006 年因着某些事情被迫关闭。

时间在两位老师的谈话中悄然而去,我作别老师们回到了自己的车厢。不久接到秋禾师短信,询问我旅途情况如何,于是如实以告。

第二次交谈

翻看了几页书后,瞌睡铺天盖地袭来,遂投降入梦。

正好梦中,似乎有声音由远及近在呼喊"小凌——小凌——",我不予理睬,梦中的我深信这是幻觉。

"小凌——小凌——"

我恍然惊起，睡眼婆娑中分辨是真实还是梦幻。看到竟然是沈老师。

“终于找到你了！”沈老师如释重负般。

我一头雾水：我不就在这儿吗？

原来沈老师已经在此徘徊数次。因我睡上铺又面朝里，整个人躲在严严实实的被子里，沈老师愣是没有发现。好端端一个大活人怎么说不见就不见了？沈老师责任心又强，既然秋禾师把我托付给了他，总得知道我的行踪啊。于是他就在这节车厢中不安地徘徊。

终于，看到了我逃离被窝的头发，便出现了之前的呼唤。沈老师大老远跑来就为着看我吃了晚饭没有，这让我心生感动。

于是靠窗而谈。听沈老师讲起他《毛边书情调》的出版始末，讲起他自己对“毛边书”的情谊，也讲起《藏书》，南大图书馆的《古书借阅规则》等。

正听得起劲，身边突然冒出一人：“老沈，你的面条坨啦！”

原来是陈老师。“你的泡面啊，快去吃吧，再不吃就冷了坨了。”陈老师笑，“你走吧，我来接班。”

“看这老沈，把面一泡来找你，就把面条给忘了。”望着沈老师的背影，陈老师道，“一讲起书，他可以把什么都忘了，呵呵。”

正说着，车过绩溪，陈老师激动：“到绩溪啦，我得回去告诉他们去，这可是胡锦涛的家乡呀！”

话音未落，陈老师迈着矫健的步伐一溜烟回去了。这老师，还真有趣！

“嗖嗖嗖”回到上铺，正欲吃“德芙”，却见对铺旅客挪动着他庞大的身躯，正费力而满头大汗地往铺位上爬，却卡在了半道。最后手脚并用，才摔沙袋一样把自己摔到铺位上，如同浸了水的烂泥一样瘫倒，良久，艰难地挪动，摆正自己的身体。他擦了擦汗水津津的脑门，气喘吁吁地对我说：“哎，我这么胖，太吃力了。”我目瞪口呆，将到嘴边的巧克力迅速放回口袋。我更担心他的下铺，真怕睡到半夜听得床

“嘎嘣”一声巨响!

2007.11.15 星期四 进贤 晴

凌晨4点50分左右到达进贤。深秋的晨风有些刺骨的凉意,不自觉地一个哆嗦。此时,东方未泛鱼肚白,而进贤方面的会务人员已守候在出站口。

沈老师夫妇下榻于军山湖酒店,我和陈老师夫妇被安排在县委小宾馆。由于昨晚对铺鼾声如旱天雷般惊天地泣鬼神,我数羊整整数到了凌晨2点才迷迷糊糊地睡着,所以困乏不堪的我倒头就见到了周公。

午饭毕。与沈老师夫妇、张静莉编审、王景编辑、陈克希老师及其弟子鲍振华一行六人前往八大山人墓。

汽车出进贤颠簸了近1个小时到达目的地。一行人颇为兴奋,沈老师、克希老师饶有趣味地向我们讲述八大山人的轶事。

八大山人(1626—1705),是我国明末清初的写意画艺术大师。原名朱耷,又名朱道朗,号良月,八大山人是他晚年的号。他是明太祖朱元璋第十六子宁王朱权的后裔。1644年(明崇祯十七年),明朝灭亡,满洲贵族入关统治全国之时,八大山人十九岁。不久父亲去世,他内心极度忧郁、悲愤,便假装聋哑,隐姓埋名遁迹空门以求自存。他的画上常有一种奇特的签押,仿佛像一鹤形符号,其实是以“三月十九”四字组成,借以寄托怀念故国的深情(甲申三月十九日是明朝灭亡的日子)。

1648年(清顺治五年),妻子亡故,八大山人便奉母带弟“出家”;三十六岁时,想“觅一个自在场头”,找到南昌城郊十五里的天宁观,是年改建天宁观,并更名为“青云圃”,1815年(清嘉庆二十年)状元戴均元将“圃”改为“谱”,从此称“青云谱”,也就是我们现在所前去参观的地方;六十岁时开始用“八大山人”署名题诗作画,在署款时,常把“八大山人”四字连缀起来,仿佛像“哭之”“笑之”字样,以寄托自己哭笑皆非的痛苦心情。

说话间望见一碧水之湖，翠绿杨柳怀抱，白色石桥中架。走尽石桥，苍木掩映下，青砖白墙院落透露着古风气息，上有郭沫若题词“八大山人纪念馆”7个金色大字。一行人开始拍照留念。

院内三宫六殿，中与天地相容，东西接庑殿四座，俱青瓦朱门粉墙，精而不华，古朴典雅。各设有展览柜，内存八大山人及他人作品。

绕去八大山人墓之所在，途经一小池塘，碧绿水藻满布，红色落花些许，一黑尾白鸭悠然自得于其中，藐众游人似空气。八大山人墓周围古木荫郁，奇特的是几乎所有的树基部都有一大窟窿，似乎曾被雷劈穿一样，但是树木依然顽强地生长着，透露出一种不屈的精神。树枝丫蜿蜒伸展而下，撑在墓上，俨然是在守护着它。众人甚是惊奇。

因时间限制，匆匆一游而返。回宾馆已是下午6点30分许。晚饭时，客人多已到达，席间一时间欢声笑语不绝，觥筹交错不断。此时秋禾师与南京一行友人还在赶往南昌的路上。

2007.11.16 星期五 进贤 晴

早餐时，见到了几乎所有的与会代表：薛冰、秋禾师，钟叔河、陈子善、龚明德、陈学勇、王稼句、曾主陶、邓子平、林公武、彭国梁、自牧、黄成勇、萧金鉴等10余家民间刊物主编及50多位全国各地的书友，阵容相当强大。

8点30分许，众人分乘4辆车走读采风。初次参加这样的会议，初次见到如此多的文坛人物，我如同一个小孩子一样唯有悄悄打量，侧耳倾听的份。

上午：古村周坊，毛笔市场，文港酒店午宴

上午9时许，到达位于进贤县西南的文港镇毛笔古村——毛笔之乡周坊。

果然是古村，放眼而望，黑瓦青砖、断壁残垣尽收眼底。

看到古村，自然想起成都的黄龙溪、桐乡的乌镇，同是“古”，然风格迥异。相比而言，周坊的房屋更加残破些，更具有“古”的气息。若把周坊开辟为旅游景点，其前途该是相当光明的。只是成为景点后，也该不再是今天这幅画面了：路的两边该是林立的商铺，商铺里摆放着号称是本地特色实则遍布全国的小商品；当然，成了景点后便不能让游人随心所欲而来，入口门槛是肯定要设立的，否则如何收取参观费？假设古村再有个曾经的名人，那门票的价格得再加高几成，就是所谓的“名人效应”……于是古村将充斥着现代商业的气息。

青砖屋边，数个当地白发翁媪好奇地打量着我们这些“不速之客”，看我们对着这些他们习以为常的破落屋子又是照相又是指指点点、评头论足。“你站在桥上看风景，看风景的人在楼上看你。”我们来参观古村，亦为当地村民所参观，用句网络时髦话，貌似我们是打火星来的。

踏着村民的诧异眼光，穿过青石小径，绕至一农户，屋里妇女正在制造毛笔。毛笔，自小而见，并不稀奇，稀奇的是制作的过程，那些散乱的鬃毛如何梳理为精巧的笔头，那些散落的零部件如何浑然为一体。在农舍外边我看到悬挂着的一片棕黄色毛笔头，如同陕北屋檐下悬挂的玉米。

几间破屋一过，豁然开朗。见到湖泊我总是抑制不住地兴奋。“石令人古，水令人远。”“山得水而活，得草木而华。”村落也一样，因水而活。看吧，清澈的水中，一群花鸭子见到这么庞大的队伍傲然游去，只留给我们一个个遐想的背影，丝丝涟漪荡漾。

正对着湖的是一古院落，青瓦灰砖中蕴藏着历史的风尘，斑驳的木质门窗中透露着时间的沧桑。院子的大门该是翻修过的，拱形，朱红色墙砖，上有“紫芬流芳”4 个大字。左右两边是一副对联：“功如雨露滋万物，德似阳光照九州。”大门左右各有一石碑，记载着这个院子的辉煌历史。

院中虽枯枝断砖皆是，却拾掇得井井有条。一个两三岁的小娃儿，穿着浅蓝色衣服摇摇摆摆于院子中间，正以清澈的眼眸打量我们这些行色各异的大人们。秋禾师童心煞起，笑嘻嘻抱起娃儿，小娃倒不怕生，依偎在老师怀中悠然地摆弄玩具。按下快门，古屋、断砖、青瓦和现代都市人形成了鲜明的对比。

之后又逛了这个村落的其他地方，大同小异，要得刚出炉毛笔一支，很漂亮。

离别周坊，去参观进贤毛笔市场。

这毛笔市场满像小商品市场，只是二楼所有店铺都经营毛笔，有各式各样的毛笔。或许毛笔认识我，可我真不识得毛笔。小学时描过红，笨手笨脚地弄得墨汁飞溅，不仅在本子上描上了狗刨字，还描到了身上脸上。那时很崇拜我的语文老师，写得一手好字，不仅右手写得行云流水，而且左手也相当娴熟，还可用脚挥洒自如。也许写毛笔字于他是一种享受吧！可惜到了我们这个时代，硬笔市场发生掠夺性外扩，终于把中国传统的软笔给挤了下去。从此，硬笔书写推广普及，软笔成了一种艺术而高高在上。

走马观花，半小时转眼过去，于文港大酒店午宴。

未到江西之前朋友们曾神色庄严地告诫我：江西的菜可是出名的辣啊！言下之意是让我小心水土不服、消化不良。只是我一听到“辣”这个词就异常亲切，恍如见到了失散多年的姐妹般只差热泪盈眶。我并非天生好辣之徒，完完全全是后天使然。高考填志愿一时兴起，大笔一挥“四川大学”，揭开了我蜀行四载春秋的帷幕。话说“食在中国，味在四川”，果然没错。川菜融色香味于一体，但是最具特色的是它的麻辣。其他不提，只说火锅：初次见到绝对会让你毛骨悚然，只见一锅的辣椒花椒在翻腾，吃完直觉得肚里火烧火燎。我就这么入乡随俗了，且对“辣”情有独钟，达到非辣不食的境界。然自求学南京后，清淡的菜肴似乎少了那么点味道——辣的味道。故当朋友们“警告”我江西菜很辣的时候，我反倒欣喜若狂。可是几次饭吃下来，只觉得辣是辣了，但辣得“轻描淡写”，如隔靴搔痒，不够淋漓尽致。

宴毕，文人们舞文弄墨大展身手。当是时我和陈师母等在外边闲摆龙门阵，错过了观赏，甚是遗憾。

下午：金山寺，酒窖遗址，李渡烟花总部晚宴

初听金山寺，自然想起白娘子和许仙那段感人心肺的凄美爱情传说。20 世纪 90 年代由赵雅芝主演的《新白娘子传奇》可是感染了一代人啊。我对这个电视剧极度迷恋，甚至连它的片尾曲也喜爱至极。不过此金山寺非彼金山寺。江西金山寺位于江西省临川区云山镇的金山岭上，背倚金山，俯临抚河，占地 10 000 多平方米，气势恢宏，金碧辉煌。具体建寺年代不详，但最迟于唐宋年间已建成。在此寺内还设有江西的尼众佛学院。

汽车在蜿蜒的山路上缓慢爬行，我在车窗内看得心惊肉跳，偶尔一个急剧下坡，感觉腹中似翻江倒海。打量了下司机叔叔，他倒气定神闲，成竹在胸一般。一车人的性命可都在他的手中啊！最终我选择了闭目养神，看不见危险的时候感觉最安全，心甘情愿做了回鸵鸟。

到山上，跳下车，放眼，很有一种“会当凌绝顶，一览众‘屋’小”的气度。

一路上山下山皆由寺中尼师法号妙龄者为向导，师父口才非凡，滔滔不绝中让我学到了很多佛学方面的知识，比如如何跨进寺院的门槛，如何正确地拜佛……寺中最辉煌的是千佛殿，一进去忽感光芒射人，原四壁皆是镀金佛像。从千佛殿下山，沿着比较原始的石阶山路逐级而下，穿着高跟鞋的我叫苦不迭，如同一只巨大的螃蟹横行而下，速度之慢由先前的打头阵渐渐沦为队尾。山路边信徒所燃香火不绝于目，寺中师父们虔诚之心可窥一斑。

山下是江西尼众佛学院，目前还在扩建中，据说有学员 200 多人。我们的向导师父自称 19 岁出家已经在此学习 9 年了，让人瞠目结舌！离别之前，还拜访了寺中住持印空大师。

从金山寺下来后前往李渡无形堂元代烧酒作坊遗址，途中从全球最大的烟花生产基地中穿过。才进遗址大门，一股酒香扑鼻而来，愈往内走香味愈重，到酒窖遗址前则芳香浓郁得醉人。第一次觉得酒是如此芳香，或许长久闻着会达到千杯不醉的境界。

对于文物我向来是以仰望的目光来欣赏的,可惜不懂。匆匆看了个大概,除了酒香扑鼻外无大的感触。复入旁边陈列文物的屋子,但见出土文物陈列井序。只可惜,我对于这些破碎的瓷片毫无感觉,心中没有任何涟漪。后观看了这个酒窖遗址的纪录片,亦无甚感叹。

离别酒窖,于李渡烟花集团总部晚宴。

晚上:《闽都文化》茶话会

县委小宾馆一楼茶座。极品铁观音茶香四溢。

林公武老师召开《闽都文化》茶话会,由秋禾师主持。

林老师缓缓讲述《闽都文化》创办的历史、个中的因缘、创刊的不易后,各位文友开始热烈讨论,类似于"头脑风暴"或者"圆桌会议"。由于当时忙于摄影,无暇顾及记录内容,或许本末倒置了。幸亏福州闽都文化研究院的李铁生携带有录音笔,想必他已整理完毕了吧!

晚10时毕,回寝室。

深夜:卧谈,与文思讨论如何写作

与文思如何谈起写作已经忘却,或许是从讨论这些文人才子切入的吧。谈到如何写作,文思说那些大家都曾告诉她真正写作、写好就是要把那些泛滥的感情砍掉,留下最朴实平凡的语言。

注:文思,北京《书脉》的美女编辑。初见文思是在15日深夜11点多的样子。那时百无聊赖的我已熄灯,正思索着如何入梦,忽听得服务员的叫门声,遂开门,但见一高挑清秀之女,随即如枣花蜂蜜般甜美的声音入耳:你是秋禾师的学生吧,打扰了,我是文思,来自北京……(大意如此)我打开大灯,以便照明。但文思坚持开床灯,怕打扰我睡觉,后又把床灯调至微弱,让我感慨她如此心细。

我不禁一个哆嗦,问道:"怪不得我写不好,原来我喜欢感情泛滥式的文字,那可怎么办?"

文思笑答:"或许这些都要等到有丰厚的阅历、达到一定境界才能做得到。我们现在如果就喜欢这些的话,不就错过了一个时代吗?”

也是!或许等我到了某个阶段就会自然而然地喜欢那些感情不再泛滥的文字了吧,就好像现在已经不再迷恋曾经痴狂的童话一样。

收起自己泛滥的感情去写作确实很有道理。曾经在《读者》上看过流沙河的文章,用词平凡却意味深长,语句普通却感情深厚,这些都是需要阅历去做铺垫的。现在的我们对于多维的社会接触得太少了。就好像我一朋友说的:我们家乡是没有菊花的,所以从来体会不了陶渊明“采菊东篱下,悠然见南山”的意境。所以要多体验生活,而不是“躲进小楼成一统”。只是身处于网络盛行的时代,更多的男男女女正在成为“宅男”和“宅女”。

谈论中,文思向我推荐了董桥、黄裳等人的作品,说是对这些大家的文章,反复细读才能领略他们的文风,久之,则多少会受其感染,自己的文风也会向他们靠近。“近朱者赤”说的就是这个意思吧。文思本是董桥迷,而黄裳则是文泉清(北京《书脉》执行编辑)的偶像。我虽爱看书,却是杂乱无章地看,喜欢那些小资情调十足的文章,受到感染会感时伤怀。怎样选择书,还是很有讲究的。

2007.11.17 星期六 进贤 小雨

清晨在宾馆服务员的敲门声中慵懒地爬起,却看到比变脸还快的变天,竟然下起了雨。随身携带的雨伞似乎已在摩拳擦掌。“饱带干粮晴带伞”,这是我在大二某个晚自习后遇大雨向门卫借伞不成时他送我的一句话。伞没借到,这句话却影响了我到现在或许将会是一生吧。此后,我的包里总会放上一把伞,无论天晴天雨。

早饭毕,前往民间读书报刊年会会场。

会场就设立在县委的大会场内。入座后,由龚明德主持开幕,后县委书记、县长、南昌市人大常委会主任等相继发言。从他们的话中,总结出这次大会的主题词:读书、文化;大会的精神:民间、读书。

众人合影于拱形充气大门处，然后民刊研讨会正式开始。

按：所谓“民刊”，即民间刊物，是指没有取得公开刊号也不能对外发行，只能在一定范围内传阅的刊物。民间刊物的可敬之处，在于它的非营利性，以倡导阅读、提高阅读品位为宗旨。本次全国民间读书报刊会上展示的北京的《芳草地》和《书脉》、江苏的《开卷》和《藏书》、内蒙古的《清泉部落》、湖北的《崇文》、湖南的《书人》等，皆属此类。

钟叔河老先生作为此次会议的特别嘉宾首先讲话。

钟先生的湖南口音听起来很舒服，似乎有些四川方言的踪迹。老先生主要从自己的经历谈起，提倡多读书、读好书、如何读书以及如何藏书，特别谈了他一生读书、编书、写书的重要经历及其经验教训，说读书多缘于自己喜欢。先生最喜欢的古人是张岱，今人为周作人。后先生又说“柴米油盐之后，就该放上‘书’了”，丝毫没有傲气和清高之感，与会的每个人都报以热烈的掌声。

钟先生发言完毕，又有陈学勇、陈子善、薛冰、林公武、李城外、张维特、王稼句先生发言，从不同角度对民间刊物寄予了期望；下午场由张阿泉、董宁文轮流主持，先后有邓子平、徐雁、蔡玉洗、彭国梁、刘经富、谭宗远、陈克希、鲍振华、董宁文、自牧、杨云辉、汪应泽、沈文冲、张哲、王振羽、杨小洲先生发言。

陈子善：华东师范大学博士生导师、张爱玲研究专家。

李城外：咸宁市政协副秘书长兼文史主任，咸宁市向阳湖文化研究会会长、市作家协会副主席。著有《向阳湖文化人采风》（上、下），主编《向阳情结——文化名人咸宁》（上、下），均由人民文学出版社出版。

张维特：《中国图书商报》副主编。

王稼句：著有散文随笔集《笔桨集》《枕书集》《补读集》《砚尘集》《谈书小笺》《煎药小品》《栎下居书话》《苏州山

水》,编有《吴门柳》《姑苏斜阳》《苏州旧梦》等。

董宁文:笔名“子聪”,自2000年起任《开卷》执行主编。

邓子平:河北教育出版社编审。

蔡玉洗:江苏南京凤凰台饭店总经理。

彭国梁:中国作家协会会员,新乡土诗派代表诗人之一。有诗集《爱的小屋》《流浪的根》等。

刘经富:南昌大学人文学院副教授,著有《义宁陈氏与庐山》,由中国文史出版社2004年出版。

谭宗远:北京朝阳区文化馆《芳草地》杂志编辑。

自牧:原名邓基平,作家。出版有散文集《百味集》《抱香集》《疏篱集》《雪澡集》《四面集·澉堂日录》《六坡集·自牧卷》;诗集《绿室诗存》;报告文学集《劳动之歌》;文学日记集《人生品录——百味斋日记》《自然集》;评论集《淡墨集——自牧及其作品》(潜庐编)等。

杨云辉:岳麓书社编辑。

汪应泽:安徽《传奇传记》编辑部责任编辑。

张哲:中国旧书网总经理。

王振羽:凤凰出版集团办公室主任,中国作家协会会员,以传记文学和评论写作知名。

杨小洲:自由书评人。

从他们的讨论中,可看出民刊的一些特点。

民刊不以赢利为目的:陈学勇在会上慷慨陈词“很愿意为民刊写文章,但是民刊不必向我寄稿费”,赢得了与会人员的热烈掌声。“各个民刊的主编都没有强烈的物欲,只希望实现自己的理想”(徐雁);“不以取得刊号为最后目的”(王振羽)。

民刊的读者群体:陈子善把民刊的读者群体定义为“小众群体”,也就是说民刊的传播是在一定范围内。

民刊的宗旨:“民刊传统的‘以文会友,以书会友’精神”(陈子善);“交文友、交书友、交朋友”(李城外);“读书(民刊)提高生活质量”(陈学勇)。沈文冲老师讲述的收获正好印证了这一宗旨。

民刊的特色:“民间刊物没有禁忌,并且每本刊物比较精致,携带比较轻松,能够看到文友在文中的调侃,很高兴”(王稼句);“民刊是20世纪90年代以来的一种很好的文化现象”(陈学勇);“最真诚的文字发表在自己的园地上”(徐雁);“民刊的成员不受年龄的限制不受地域的限制”(蔡玉洗);“留下一些真实的生活、声音”(王振羽)。

目前民刊的发展状况:“(民刊)发展快,目前有20多家发展不错的民刊,社会影响越来越大;政府包容民刊的发展”(薛冰)。

目前民刊存在的问题:“目前受到‘自娱自乐,卡拉OK’的影响”(陈子善);“目前的不和谐因素:身份的灰色(民刊:非体制性,非主旋律,是花束中的满天星)”(徐雁);“经济原因,主流文化和民间报刊的矛盾导致了民刊生存的艰难性”,“(以江苏为例)民间读书发展不平衡”(蔡玉洗)。

民刊的走向:“既要有别于公开出版的刊物,保持自己的特色,又要健康地发展,要把读书的情趣和当下的社会生活、经济生活结合起来,力求创办出民刊的特色,希望在每年的年会上看到新的面孔”(陈子善);“民间刊物的心态应该调整,成为地方特色”(薛冰);“既然是民刊,就该着眼于‘民间’二字”(林公武);“在和谐中求得大协作,避免目前出现的重复发稿问题,尝试打造‘民刊十八家’,争取在第六届民刊年会时成为一大亮点”(徐雁);“民刊和官刊该是两条平行线(不交叉、不冲突),就是说民刊有官刊不可替代的特色,但不和官刊相抵制;民刊中不出现官方的声音……民刊要对出版的生态发言,不求‘中看’但求‘中用’”(蔡玉洗);“要保持民刊的纯真性、纯洁性”(张阿泉);“要保持民间报刊的‘清高’,要有百姓的声音”(谭宗远);“民刊需要重视网络化发展”(张哲)。

对民刊(年会)的期望:“这样的群体希望能够继续‘和谐’下去,不出现‘七年之痒’;首先是个人怀抱的‘和谐’,因为各个民刊的主编都没有强烈的物欲,只希望实现自己的理想,都是本分的读书人;其次是同仁关系的‘和谐’,同志趣即‘以文会友’,以这种和谐串联起人脉、人气”(徐雁);“让民刊变得丰富多彩灵活生动些”(彭国梁);“期望明年的年会在山东淄博举行”(自牧);“希望2008年的《书人》杂志做些调整,在民刊上应体现各地的特色……是否尝试用繁体字办一种杂志,求得视觉、语言、版面美”(杨小洲);“民刊应该办得自具特色”(杨云辉)。

整个会议期间讨论热烈,字字珠玑者、滔滔不绝者、幽默风趣者比比皆是。此期间,有专门从南昌赶过来的书迷,捧着一大摞书找各位作家、学人和秋禾师签字。会议最后还讨论和确定了次年的年会主办方,最后花落山东,由自牧的《日记杂志》主办。会议上各位的发言梗概记录如下。

龚明德:这是个自费的年会,与会者都是爱书的人,都是自费千里迢迢而来。今年的年会也出现了新的亮点,即往网络发展——中国旧书网。会议的精神:民间、读书。同时希望钟书河和流沙河这两条河流能汇聚——钟叔河与流沙河是同庚,但数次错过相会,很可惜。期望民刊可以有个集藏、调配为中心的调度站。

钟叔河:谈读书的经历,提倡多读书、读好书、如何读书以及如何藏书,特别谈了他一生读书、编书、写书的重要经历及其经验教训,称最喜欢的古人是张岱,今人是周作人。

陈学勇:说民刊不必向他寄送稿费;民刊出现的意义“是20世纪90年代后期出现的一种很好的文化现象”,自己看民刊到手不过夜,读起来从容休闲,很有感觉。遗憾的是无法收全民刊。提出“读书(民刊)提高生活质量”的观点。

陈子善:参加过两届年会(第一届、第三届),此次为第五届,这是民刊新的出发点,争取以后每年举办一次年会。谈了对民刊的看法,认为每一种刊物都应该承担不同的任务,民刊要有别于公开刊物,以书代刊的民刊如《博古》在正式发行以后失去了民刊的原有特色,对此不赞成。赞扬了民刊“以文会友,以书会友”的精神,也指出了目前民刊存在着“自娱自乐,卡拉OK”的问题。同时提出了对民刊的期望,即区别于公开出版的刊物,保持自己的特色,要健康地发展,还要吸引更多读者。民刊要做到文化的自救、追求与担当,可以不限于读书一事。而作为读书人,要把读书的情趣和当下的社会生活相结合,希望明年的年会上有新的面孔出现。

薛冰:民刊的发展较快,目前已经有20多家办得不错的民刊,社会影响力也越来越大。一个好现象是政府在包容民间刊物的发展(比如此次进贤第五届全国读书年会),所以各家民刊的心态要放好,不要总觉得自己身份不正。同时也要让民刊具有地方特色。

林公武:主要讲述了民间刊物的走向问题,并提出了既然是民间刊物,就要着眼于"民间"二字。

李城外:民刊和民报有各自的优势,自己来此秉着"交文友,交书友,交朋友"的目的。同时对民刊年会提出了建议,即不是以联谊为主要目的,每次年会该有不同的主题。

王稼句:述说了自己爱民刊的原因,那就是民刊没有禁忌,可以在文字间看到大家的调侃,很高兴。遗憾的是《秀州书局简讯》的停刊。同时,民刊比较薄,很适合携带和阅览,这也是一大特点。

秋禾师:近年来民刊一直在发展壮大,民刊年会的举办也说明了民间读书报刊可持续性发展的重要与必要。希望这个群体继续"和谐"下去,不要有七年之痒。如何"和谐"?首先是个人怀抱的"和谐",因为各个民刊的主编都没有强烈的物欲,只希望实现自己的理想,都是本分的读书人;其次是同人和同人关系的"和谐",同志趣即"以文会友",以这种和谐串联起人脉、人气,同人同心同好。民刊的灰色身份、边缘化是点缀在主流刊物边缘的满天星,民刊的人文化、思想性……真诚而不受社会功利影响,在非和谐状态中求得和谐。但是民刊也存在缺点,即一篇文章出现在不同杂志上,从而造成浪费。解决方式就是主编之间要互相交流每期要目,邮件互送,避免重复。同时提出了希望,就是每一份报刊出一名编委联合组成"民刊十八家",打造一套"藏书人、读书人、著书人"的丛书。各主编推荐一位,评出十八家,做好出版策划,争取在第六届年会上成为一个亮点。继续保持民刊风格、草根特性。

蔡玉洗:谈了民刊生存维艰的两个原因,一是办刊经费少;二是主流文化和民间报刊的矛盾。民刊年会的特点一是人员具有广泛性,无论官大小,均为爱书人;二是没有年龄限制;三是不受地域、文化的限制;四是官方支持,读书人不强调与会条件。应该保持这些特色。并以江苏为例,谈了民刊发展的不平衡性,但总体声音还是比较大的。最后提出民刊和官刊应该是两条平行线(不交叉、不冲突),就是说民刊有官刊不可替代的特色,但不和官刊相抵制。民刊中不出现官方的声音……民刊要对出版的生态发言,不求“中看”但求“中用”。

彭国梁:称自己是民刊的受益者——于 2002 年由龚明德带入文史、藏书圈,拜访了一批爱书的朋友,也同时改变了自己后半生的事业。谈到民刊一直关注人,时间办得长了会有些疲倦,提出怎样才能使刊物更加丰富多彩,不那么严肃,认为应该让民刊变得灵活生动些。

刘经富:谈了读书年会与中国古代文人雅士聚会有相通之处。中国的传统文化就是广泛结交文友,古代诗人、文人间的诗会、雅集有一个圈子,现在全国优秀人物、爱书人士也都有自己的圈子。又谈了江西历史文化的断裂,并说江西文化的现状不容乐观,进贤的《文笔》将会为江西带来一个新面貌。

谭宗远:称自己已经是第五次参加民刊年会了。提出怎样做到社会的“和谐”——人人有饭吃,人人有话说。社会“和谐”才能听到百姓的声音。提出了对民刊的希望,即要保持民间报刊的“清高”,要有百姓的声音。同时批评了某些丝毫不看书的人写小说的现象。

自牧:希望第六届年会在山东淄博开,也提出了校对民刊要尽量精到的意见。

邓子平:称自己是“出书人、卖书人、爱书人”,提出了“藏以致用”“学以致用”的观点,简述了藏书家的标准“一是数量,即藏书的量要达到一定的规模;二是系统,即不是杂乱无章地收藏,要形成体系;三是要有一定的研究,即‘藏以致用’”。

杨小舟：称自己是第一次参加民刊年会。从书评人的角度看民刊，提出希望2008年的《书人》杂志做些调整，在民刊上应体现各地的特色。可以尝试用繁体字办杂志，求得视觉、语言、版面美。民刊不仅要继承和发展，还要普及广大读者。从爱书人的角度提出了读书人与爱书人的差别，即读书人读书以致用，爱书人读书仅为阅读。所以，也要有体现爱书人的民刊，每种民刊要有自己独特的风格。

张阿泉：讲了清泉部落的情况，提出民刊的特色是具有草根性。

杨云辉：提出民刊如何办得有特色的问题。

沈文冲：从自己出版的《毛边书情调》讲起，谈了民刊的发展与自己的收获。

张哲：谈的内容主要侧重于网络化。

王振羽：提出民刊的发展目标是不以正式刊物为最后的目的，民刊的特点是留下一些真实的生活、声音。

黄成勇：谈了民刊可持续性发展的问题。提出民刊的产生与生成有两个具体而重要的方面，一是主编应该是肯做事的人、热心负责的人，二是需要有懂行的领导来支持。

至傍晚6时许，会议毕。于县委机关食堂用晚餐。

2007.11.18　星期日　进贤　阴雨

早饭毕，在进贤小宾馆一楼进行茶话会。讨论延续了昨天大会的有关问题。其间有林公武、薛冰、龚明德、文思、张阿泉、武德运、邹农耕发言。

在他们的讲述中，我体会到原来民刊的发展是如此艰巨，因为民刊的不营利性，常常会陷入资金的困境，也让很多人无法理解他们：辛辛苦苦赚钱，然后再把钱拿出来编辑印刷报刊，而这些报刊却是不上市不营利的。这些大家的好书境界可窥一斑。但是在资金的制约下，民刊的发展步履维艰，民刊的编辑们常常发出这样的感叹：怎么办啊？所以，不能再走下去的时候，只好忍痛停刊，让人痛心和遗憾。在这样的状况下，这些民刊能走到今天（尤其是《开卷》8年的历史）实属不易。

最后由龚明德先生做了年会小结，年会圆满结束。

下午，徐雁、薛冰、陈学勇三位老师于会展中心做讲座，主要面对的对象是中小学生。讲座由夏国平主持，主题为"如何营造进贤文化氛围，如何构建进贤的书香社会"。三位老师分别从不同角度切入：徐雁是"营造书香社会"，薛冰是"创作与读书的关系"，陈学勇是"如何鉴赏传记文学"。

秋禾师从"进贤"这个词切入，马上赢得了所有在场听众的好感。继而，他阐述了"读书为基础、思考为主线、落实到文笔"的具体环节，提出了"为什么要读书"这个引人深思的问题，说"人识文断字的能力是后天学习而成的"。他将《围城》的主人公方鸿渐和《汪洋中的一条船》的作者郑丰喜进行了对比，阐述了"命运"这个词，即"命不可自选，但是运可以根据自己的努力去改变"。而如何把自己"运"到成功的彼岸，秘诀就是"多读书，读好书，好读书"。

薛冰老师从自身讲起，谈了如何创作如何读书的问题。而陈学勇老师则是以自己的研究成果即研究才女林徽因入手，讲述了如何鉴赏传记文学，亦是别有一番风味。

互动阶段氛围相当活跃，看着小孩子们不停地往老师那儿递纸条提问题的活泼样，我不禁感慨万分，恍然觉得不久以前我还是他们中的一个，可是现在他们都喊我"阿姨"了，不经意间流逝的岁月真如白驹过隙啊。面对小孩子们提的或抽象或难以用一句话来解答的问题，三位老师都巧妙地回答了，赢得了许久的掌声，毕竟阅历丰富。在此期间，我看到了秋禾师的另一面：才思敏捷，幽默风趣。

讲座于傍晚6时许结束，随后至县委食堂用晚餐。

晚上在县委小宾馆一楼举行笔会，颇有古代文人聚会吟诗斗墨的味道。林公武先生全神贯注地铺纸、运笔，处处透出书法家的精气神来。这一晚他书写的墨宝不下20幅，直写得气血贯通，脸色红润发光。秋禾师帮我求得四字——"桐乡冬梅"。

稼句先生才华横溢又有着古代文人的傲气，酒醉之后更是别有趣味。众人怂恿稼句先生武文弄墨，然酒醉的稼句踩着混乱的步伐，似欲倒却又“岿然不动”：“我……不写，写字是……他们书法家……的事。”众人一再力劝，稼句先生终于在大家的忽悠下，手臂一挥，凛然曰：“拿纸笔来！”要的就是这句话，霎时，极品宣纸铺开，只等他挥洒。但见稼句晃悠悠抽出毛笔一支，眯眼凝视良久：“我……就用这支，我……不换笔。”稼句自言自语：“写什么呢？”秋禾师捧着茶杯笑：“凌寒自开啊，你可答应过这个小朋友（指我）的。”“好！”稼句左手持烟，右手握笔，饱蘸墨汁后，停顿于半空，似乎还处于神游，“我边吟边写啊，凌寒梅花——”边吟边落笔，落笔惊风，一阵挥洒，吟罢诗作成。稼句开始疑惑，迷离着醉眼：“落款写什么？”“赠桐乡凌冬梅啊！”秋禾师提醒道。“哦，对，”稼句一甩头，豁然顿悟态，“赠同乡徐雁先生——”“呀，错了错了，”秋禾师笑得无可奈何，“你弄错了，不是我！”“对的，同乡徐雁。”他审视了一番自己的笔墨，无限满意。遂后他又逐字欣赏起自己的大作：“我的字可是很好的，我的小字更好，看嘛，我不需要换笔，大字小字一起写！嗯，这个字不错……”众人笑得不亦乐乎。

秋禾师帮我求得稼句老师墨宝“凌寒自开”。我本欲“凌寒独自开”，但秋禾师说有“独”字感觉孤芳自傲，确实，去掉“独”字意味更深长些。后秋禾师为同门求得自牧老师墨宝“冰玉”“梅艳”，感慨秋禾师如此之细心。

晚11时许，笔会毕。归寝。

是日，同屋的文思已经在回北京的路上，屋内空荡荡的，好在我不怕孤寂。由于笔会中过于兴奋导致脑细胞活跃过度毫无睡意，只好打开久违的电视，可惜，除肥皂剧无他。自从网络横行于世后，电视这玩意儿逐渐被人遗忘，尤其是“80后”“90后”们。

2007.11.19 星期一 进贤—南京 晴，微冷

早饭毕，和文冲老师夫妇等前往南昌火车站。一行人

握手告别。

途经进贤县七里乡陈家村，下车观看古牌坊，沿着乡间小径而入。这是名副其实的乡村小道，碎石铺道，杂草丛生，蜿蜒于村中。深秋的味道弥漫。一行人浩浩荡荡沿着小径往村庄腹地行走，惊醒了睡懒觉的公鸡，慌乱中“喔喔喔”打鸣；而少见多怪的家犬则向我们狂吠示威，却是外强中干，寸步不敢上前。村中多柚子树，黄澄澄的大柚子不仅挂满了枝头也落满了草丛。这是都市里所看不到的景象。

走尽小径就到了牌坊所在地。据夏国平介绍，此牌坊由“昼锦坊”和“理学名贤坊”组成。其中昼锦坊有近600年历史，为国内现存最早的石结构牌坊。昼锦坊和理学名贤坊形成的院落式建筑为国内独有。

薛冰老师很仔细地拍摄牌坊的各处细节，我则被牌坊旁边的牛母子所吸引，小牛犊与牛妈妈相依相伴温馨的画面让我兴奋异常。

看完牌坊继续上路。我靠在车椅背上，望着窗外变换的土地，浮想联翩。

深秋的田野中，勤劳的农民已经在赶着牛犁地了。有一点我不明白，前面一头大牛犁地，后面总是跟着一头小牛，其用意何在？思索良久，心想难道是要从小培养牛吃苦耐劳、勤劳憨厚的精神？或许是吧，想让小牛在潜移默化中得到驯化。

南昌的路况不太好，所以等我们到火车站时已经是中午12时许。因秋禾师曾交代去南昌文教路旧书市场看看，故沈老师和我与时间赛跑去了文教路旧书店淘书。我们的火车将在14点26分发车，而我们正式从车站出发已经是12点30分许。好在文教路离车站不远，打车10多分钟的样子。

文教路堪称旧书店一条街，规模远甚于成都郭家桥、九眼桥旧书市场。对于书店，我是属于要不逛就不逛，一逛就不想出来的那种人，一进书店似乎就听到那些书都在喊：“买我吧，买我吧。”可惜啊，虽然很想满足它们的要求，奈何囊中羞涩。

一进书店时间就飞逝如流，一晃已是 13 点 40 分了，还得赶火车呢。而沈老师是个十足的书迷，一进书店再不想出来，上车了还依依不舍。最终，沈老师淘得厚厚几本书，我因功力修炼不够只买了本小说。

再次路经藤花书店时，沈老师匆匆跑进去买下了先前看中的书。看着他嗜书如痴的神情，司机师傅说："有文化的人就是不一样。书对于你们而言就是宝，而对我们这些五大三粗的人来说，书没什么用。"突然感觉到秋禾师他们倡导全民阅读理念是多么的重要。

一路飞奔到车站，正好赶上火车。心中的一块石头也随之落下。在火车的"咔嚓咔嚓"声中，我们踏上归程。

在这期间，向沈老师讨教了些淘书方面的知识，也解开了凝聚在心中已久的一个谜团。

上本科时，某天在川大北校门外看到一位老者卖书，似乎是《庄子》《韩非子》等，泛黄的线装书看着很舒服，要价也不高。当时驻足挣扎了很久要不要买，终因不懂如何鉴别真假而放弃。

听完我的述说，沈老师哈哈一笑肯定地说是假的。这些书是先把纸张浸入茶叶水中良久再晾干，看着就有比较旧的样子了。这些书毫无价值，除了作为一种仿制品的目的来收藏。

那么如何鉴别呢？最简单的就是看纸张的质量。因为古时候技艺不佳，纸张质量较差，而现代的纸张则质量好。纸张的旧态很容易造假，但质量造假就比较困难了，只要对着光一照，纸张的好坏马上就显现了……

这一路，沈老师竟给我上了 2 个多小时的课，涉及如何鉴别书籍与如何为人处世。对于如我之辈社会生活经验少之又少的人而言，为人处世确是一门深奥的学问。十分感谢沈老师的教诲，铭记永远。

2007.11.20　星期二　南京　晴，暖

长达 16 个小时的旅途结束了，早上 7 时许回到南京。

于拥挤的地铁口和沈老师夫妇握手道别,感谢他们一路的照顾。然后他们回南通,我回南大。

据说南京已经阴了好几天,但今天太阳却露出了久违的笑脸。正是行人或赶着上班,或赶着上学的时间,此时晨风轻微,思绪清晰,突然感觉每天若能早起该是何等神清气爽。可惜,我们一直都把中午当作早晨,过着黑白颠倒的大学校园生活!

拎着满满一纸箱的书,背着满满一书包的书,负重却脚步如飞、思绪飞扬,回想游学在外的数日时光,领略到的是一番与学生生活完全不同的风景。

真是轻装而去,满载而归。

第二届『福州读书月』参会记

作者简介： 王冰，1985 年出生于江苏常州。本科选择了南京大学编辑出版专业，毕业时获得了免试研究生资格。在 3 年研学期间，得秋禾师悉心关照，从而选择了自己所喜爱的书籍装帧作为研究方向。

2007年9月26日，同门蔡静师姐和我随秋禾师前往参加第二届“福州读书月”的部分活动。在福州市文联副主席兼福建省阅读学会副会长、著名书法家及藏书家林公武先生等的接待下，我们度过了丰富而又充实的五天，令人难以忘怀。

2007.9.26　星期三　南京　晴

一早，秋禾师、蔡静师姐和我，在江少莉师姐和吴静师姐的帮忙下，一起收拾要带走的东西，包括送去福州的书和即将在讲座上发放给观众的部分《开卷》，《开卷》里夹上了印有秋禾师博客地址的纸条，一方面为了宣传，另一方面也是方便观众事后了解关于老师和讲座的其他内容。

整理完毕出发，走到化学楼门路口，身后来了辆出租车，上车后，和送我们的两位师姐道别。老师在车上提醒我们，有人送的时候，上车后一定要记得再与人道别，以避免被送的人只顾着自己上车收拾东西，而忘记了送别者的尴尬处境。老师总是很细心地观察身边的每一件事，然后用小小的例子来教我们如何为人处世。

到了南京火车站，时间还很充裕，我们的2001次列车是在12点10分发车。待上了车，秋禾师帮我们把东西放上头顶的行李架，在放那个大箱子的时候，下铺一个胖胖的女士抬头用冲人的口气说：“哎，哎，哎——这里我还要放东西呢！”秋禾师马上说：“好，好，一会儿我帮您放上去。”戏剧性的是，那女子语气立刻缓和下来，并且很高兴地道谢。我看在眼里，记在心里，这就是“退一步海阔天空”的处世之道。

火车开动，大家为第一次乘卧铺车的我纠正了很多以前“误以为”的认识，比如卧铺边的座位并非是规定好一座一票的；拥有下铺票的人不代表就独占了下铺；另外，上车后要把车票换成列车员手里印有铺位号的塑料卡，这样可以方便列车员查看空铺，充分利用铺位，同时也在最后换票时提醒乘客到站下车。

列车几乎在每一站都停，从南京到福州要经历23个多小时。秋禾师、师姐和我一人拿一本书看了起来:老师是为两天后要做的题为“朱熹读书法的精神魅力”的讲座而读,蔡师姐看的是一本《读品》,我则因为前两天没来得及预习行程讲座内容在看打印的稿子。

拿出零食和干粮,秋禾师开了啤酒,我们仨边吃边聊起来。说到手上在看的东西、吃的东西,以及这次行程的安排,我们需要注意的细节,不知不觉就说到做人的道理,不由得感叹老师丰富的学识和人生经验,以及面对不同问题时所做的深入思考。

“鱼丸来啦——”听到卖饭的吆喝声,我们想起了吴静师姐和浦清莲师姐在先前的福建行记中提到的鱼丸,说是到了福州之后吃到的正宗鱼丸“鲜嫩的鱼肉内包了肉馅,极大个,一口咬下去汤汁鲜美,火车上的小推车里卖的五块钱一碗的鱼丸自然就不能相提并论了”,“用料非常足,自然是火车上五块钱一碗靠麻油提味所不能比的”。十分好奇这正宗鱼丸到底是什么样子的。

不管怎样,看着热腾腾的汤,抵挡不住诱惑,我和蔡静师姐还是合吃了一碗火车上的鱼丸。伴着葱香,鱼丸一个个在汤里漂浮滚动着,乒乓球大小,热气扑上来,心里暖暖的。咬下去感觉挺韧,不像江浙地区的鱼丸软趴趴的,里面包肉,口味很像关东煮,汤很鲜,喝下去像是吃了顿饱饭,十分满足!说老实话,我很喜欢这鱼丸,在火车上,能用五块钱买这样一碗热热的鱼丸,实在是很划算。

吃饱喝足,休息时间到,火车晃晃悠悠,我沉沉地睡了一觉,醒来已是傍晚。一会儿秋禾师也过来了,我们继续边吃边聊,路经嘉兴,蔡师姐去门口买了粽子回来,一人一个。大约9点多,突然熄灯了。这是我第一次,伴着火车的晃动和声响睡觉。

2007.9.27 星期四 福州 晴,有云

醒来已是上午9点半,收到秋禾师发来的短信,让我注意窗外的闽北景色。立刻拉开窗帘,看见热烈的阳光下有

一条闪着金光的碧绿水带。蔡师姐说,她7点多起床时就看见这条闽江了。火车隆隆,我这才反应过来自己已身在福建。

这是一片多么迷人的景色啊!绿水蓝天,伴着绵延的山,波纹交织的水面不断地向前延伸,云被太阳照射着晕出金光,与纯净的蓝色背景一起倒映在碧水之中。不用自己选择,便可以时而俯瞰、时而仰视、时而远眺、时而近观。砂岩形态奇特,上面覆盖着整齐的植物,水时浅时深,真是漂流的好去处。

公路沿山依水而筑,电线从这个山头拉向那个山头;空中的飞鸟、水面上摆成阵的竹竿和各式各样的船,展现出一个绝美的动态三维空间。

进入市区,我们渐渐远离了这片景色,如果继续往南走,会不会相伴更久?

接近中午,乘务员过来换票,秋禾师也过来了,指着窗外的枯荷、芭蕉给经验贫乏的我做介绍,这些都是古今中国书画家钟爱的景物。我们仍旧看书吃东西聊天,只是现在没有了那群热闹的年轻人。言谈中,秋禾师又提及了我的研学方向,并给我制订了最近的计划,让我把书装插图方面的图书目录都理一遍,并做一个系统了解。

终点站到,我们大箱小箱大包小包地下车,踏上榕城的土地。出站就看到了前来接站的林公武先生和司机洪师傅。林先生还是像去年在南大见到的那么精神,给人站如松、行如风的感觉。

坐上车,看着窗外这个不一样的城市,听着林先生用闽地普通话向我们不停地介绍:这是槟榔树,那是芭蕉,路边的是印尼来的芒果树和20世纪60年代栽的樟树,还有那闽王王审知的塑像。这里的路很多以数字命名,如五四路、八一七路(1949年8月17日福州宣告解放),体现了时代特色,却也失去了一些更早留存下来的文化……

头顶是长三角地区很少见到的蓝天白云,面前是宽敞的道路和虽有些旧却也挺气派的各种建筑,让人想见以往的繁华。这里现在与江南夏天的气候相当,温度偏高,太阳很大,但也不是最热的时候。

短短十几分钟的路程,各种信息已经不由分说扑面而来,让我应接不暇。

温泉公园是明天读书月开幕式的举办地点,我们来到公园旁的世纪金源大饭店,走进“澳门街”,在刘孙枝经理的接待下享受了来福州后的第一顿美食。

刘经理是福州东方书画社社长,瘦瘦高高的个子,挺拔的鼻梁,很浓的眉毛,既不是过于清高的那种文人,也不像只喜铜臭的那类商人。

这“澳门街”里颇有种金碧辉煌的感觉,走入其中,茉莉花茶飘香,人很多,十分热闹。经历了一天一夜的火车生活,我看着各式中西餐饮,精神大好,胃口大开。点上来的多为福建小吃,我们围坐一桌,边吃边听三位闽地人介绍闽地特色。面线糊泡油条、炒线面、鱼丸……半桌子没见过的美食,有个蔬菜像是番薯叶,另外还有虾仁夹心,油炸出来的小饼味道也不错,秋刀鱼甚是鲜美。

听说了蔡静师姐和我在火车上对鱼丸的热情,东道主们立刻为我们点来了传说中至少五块钱一个的鱼丸。鱼丸端来,我们都吓了一跳,这一个鱼丸的直径起码抵得上两个乒乓球!我们急切地开始品尝,汤非常鲜美,加了很多的调料,和火车上的鱼丸味道并不相似。咬下去有点软软的,一个吃完便已半饱,肚里也容不下太多其他的菜了。我们心满意足地享受了一回正宗鱼丸,总算是没有遗憾了,最后肚子里下了个结论:没有可比性。

饭店中环境幽雅,鱼丸个大汁多香喷喷,是大美味;火车上饥肠辘辘,鱼丸个小便宜热腾腾,也不差啊!不知道一再强调这边鱼丸比火车上好太多的林先生和刘经理看到我这番话,会不会不高兴呢。

关于福州鱼丸,我在网上见到了下面这两句话:

薯粉鱼肉打成浆,瘦肉葱花细剁香。
巧裹跳跃沸水里,蓝花瓷碗清汤上。

据说最好的鱼丸，做好了扔在地上，可以跳起一人高。想起《食神》里的撒尿牛丸，真是异曲同工啊。

酒足饭饱，林先生安排我们直接去住处放行李并休息一会儿。住宿安排在建在福州城区中心鼓楼区东南隅于山上的于山宾馆。于山顶有一空地，叫九日台，老师后天的讲座便安排在"九日台音乐厅"开讲。

休息一中午后，林先生带我们去附近走了走。今天特别热，我们步行出门，不多久就到了附近的福州画院，里面正有书画展览，林先生的字也在展出。看完继续走，便是福州文庙了。福州文庙，又称"先师庙"，俗称"圣人殿"，位置在鼓楼区圣庙路。新中国成立后，这里曾经成为学校、红卫商场、少年宫等场所，1961 年 9 月被福州市人民委员会公布为第一批市级文物保护单位；1996 年 9 月被福建省人民政府公布为省级文物保护单位。

福州文庙是福建省目前现有文庙中建筑规模最大的一个，门口东西两翼墙上镶嵌着"江汉秋阳""金声玉振"联句石刻，使用楷书阴刻于花岗岩上。

进门即可看到经过修缮后的大成殿，作为文庙的主体建筑展现在面前。

门槛很高，踏入其中，心里浓浓的敬意油然而生。大殿内被围了起来，很安静，外层有一些类似编钟的装饰，靠近里面的中间位置则安放着二十多米高的新制青石雕刻孔子坐像。孔子坐像左右前侧分别安放着颜回、思青、曾参、孟子青石雕刻坐像，稍小一点，有三米多高。

最具气势的是东、西、北三面，围绕孔子坐像所立的七十二贤人青石雕刻造像，每一尊像都形态各异、栩栩如生，下面各有一块记录个人姓名、生卒年、成就等的碑石，因为人物生存年代久远，很多信息不详，但是还是很有意思。老师发现了一个问题：春秋时期人们使用简牍，而这些石像手中拿的书形式竟然为纸质卷轴装。果然专业人士容易看出问题，这也许是石像设计者没有想到的。

左右连接大成殿的部分房间被辟作"孔子圣迹展"和"福州教育史展"的展厅。我带着刚刚老师发现的问题来看那些橱窗中的介绍,发现有的好像连带函套的线装书都画出来了,不禁想起装帧家周晨老师的设计理念,一个时代的图画有一个时代的特点,千万不能乱用啊。

出文庙,一路走,街边的小店各种各样,精致丰富又热闹。紧接着,林先生带我们穿入一条小巷子:朱紫坊。据林先生说,这条巷子紧邻安泰河,曾经是达官贵人的居住地。历史上安泰河是福州的护城河,现在被栏杆拦住,两侧树木都把树枝伸入空中,形成了拱桥一般的形势,虽然景色秀丽,但河水泛出给人不洁感觉的深绿色和阵阵臭气让我们感到很惋惜。

因为宋代通奉大夫朱敏功、儒林郎朱敏中、朝请大夫朱敏元、南安令朱敏修兄弟四人都居住在这里而登入仕途,"朱紫盈门",所以留下了"朱紫坊"的名字。坊内建筑保留得很完整,木制墙面已经有了一些倾斜,后期被用来加固的木条也已经蒙上了厚厚的一层灰,大户人家门上的花纹都清晰可见。估计他们出门常要通过曾经清澈见底的护城河吧。

朱紫坊被称为近代"海军世家"聚居地。在我们观看的过程中,只注意到了萨家(萨镇冰、萨师俊、萨本栋)故居的牌子,萨家大院是城区保存较好的古建筑。

此外,巷子边苍天的榕树,树根缠绕交错,历经百年的气势让人走过时不禁小心翼翼。"古树名木严加保护"的牌子列在前边,树根上斑驳嶙峋,其间有很多烧了一半的香,也许是古树年代久远,大家都将它奉作有灵气的生物吧。

这里还有一个特别引人注意的东西:蹄膀店(破店)。朱紫坊的蹄膀店在福州十分有名,一路上有许多打着"破店"名号的蹄膀店,美名远扬。福州有很多"破店",至于为什么这么叫,大约是因为早先的店装修简陋、价格便宜吧。

我们在巷内留影,进去一些人家参观,感受了一番福州旧梦。搜到清代杨庆琛的一首《朱紫坊》:

画栏容易夕阳斜,燕子难寻王谢家。
朱紫坊前留古巷,芙蓉园里访秋花。

相公功业归青史，诗客声名重碧纱。

几度津门楼上望，西风暮色噪寒鸦。

诗中的芙蓉园在“文化大革命”中被毁坏。

离开朱紫坊，继续走。老城区人行道上的马赛克地面与南京的人行道不同，大概也是这个城市的特色之一吧。

远远瞧见安泰楼，自然而然想到了附近的三坊七巷，却没想到我们下一个目标正是那里。

一路上看，离拆迁部门不远的地方，到处都被拆得七零八落的。

衣锦坊、文儒坊、光禄坊；杨桥巷、郎官巷、塔巷、黄巷、安民巷、吉庇巷。一千多年过去了，这里格局依旧，成为中国现存唯一坊巷格局的老街，成为“明清建筑博物馆”。严复、沈葆桢、林旭、林觉民、林徽因、谢冰心、庐隐、郁达夫……翻动历史，会惊奇地发现，一大串在中国近现代舞台上风起云涌的人物，他们的生活背景都或多或少映现在三坊七巷，稍一数，竟达一百多人之众。

可现在，这些正被慢慢肢解，继而重新打造。宣传画上的“新三坊七巷”看起来很精美，不过不知道造好后到底是个什么样子。其实大家都承认这个“城市名片”，拆迁工程进行的时候，保护工作也在进行着：保安人员守着已经没有了主人的房子，以防盗贼偷取文物。

清朝的木头墙、民国的青石砖、墙面剥落而露出的混杂着瓷器和蛤蜊壳的内里、战争时期劈出的矮门……打满时代变迁的烙印，只是有的已被破坏，有的深藏在内。

我们小心地绕过残垣断壁，踩过地上的废墟，向三坊七巷说再见，来到附近福建师范学校附属第二小学里福州巡抚张伯行建的鳌峰书院遗址。现在这里只是学校的一角，一个亭子、几株古树、隐约看得到题字的石头……世事变迁，想要恢复已经是不可能的了。

继续下一站：位于五一北路的东方书画社。

东方书画社，专营艺术类图书、文房四宝、美术用品、工艺品，并承办画展、字画装裱等工作。我们一进一楼就看到了里面琳琅满目的书。

爬上楼，刘海粟的“福州东方书画社”“三山斋”映入眼中。进入办公室，看到了之前招待我们的刘经理，他立刻亲自动手为我们泡上铁观音。伴着茶香，我看着墙上的字画，品味着文化带来的不同的气息。

离开书画社，刘经理带我们去不远的世纪长城酒店用餐。刘经理外出参加活动，听他人讲起一些爱好文化的商人租字画来提高居室的品位，便也有了一些新的想法。老师一同参与讨论，建议书画社开展新的经营项目，为缺乏时间研究却希望书房有足够档次图书的人列书目，创意的火花在有意无意的言谈中传递和闪耀。

到场的除刘经理、林先生和我们一行三人，还陆陆续续来了表演家王斯琼女士及其女友邱琳（音）、福州晚报美术部主任郭辉、福州市美术馆馆长傅永强。

经过介绍，我们了解到王斯琼是一位话剧、电视剧演员和主持人，爱好摄影，明天即将在福州读书月的开幕式上做主持。可以看出她从艺经验非常丰富，穿着时尚，容貌和气质兼备，保养极好，显得非常年轻。后来我还看到她曾经在电视剧《朱熹在亭江》中饰演朱熹夫人，这与老师的讲座题目有些关联，也算是一种缘分呢！

邱琳一身黑衣，妆容精致，是一位茶室老板娘，席间话比较少，却也落落大方。

郭辉先生给我印象最深也最能引起我兴趣的头衔是“画家”，他曾为教研室画了一幅《寒梅读书图》，老师研究出了其中的“缘”：我们最新一级的同门三人——刘艳梅、凌冬梅、王冰，名字都和“寒梅读书”有一定关联。

傅永强馆长，“名片上有十一个头衔”的他，在晚餐过程中话也不多，不过倒是很照顾我们两位学生，与我们敬酒，并不断地劝我们多吃点。

偷偷看林先生，从晚餐开始他就一直乐呵呵的，相信各位年轻人也都十分愿意跟他一起工作和娱乐吧。

今晚吃到形色似草莓的章鱼、炒线面、具有福州特色的大杂烩、花生酱作馅的糯米糍、血蛤和苦螺、韭菜炒海鲜干……总之,是享受了一番听觉和味觉的盛宴。

回到住处已经很晚了。我细细回味着一天的经历,想到蔡静师姐带我一起讨论敬酒的学问,包括顺序、称呼,还想到老师提醒我哪些地方该注意等,收获丰富。

2007.9.28 星期五 福州 晴,有云

早起吃自助早餐,应有尽有,惊现鱼丸! 师姐和我都开心得不行。

收拾东西后,林先生和洪师傅带我们去温泉公园参加第二届福州读书月启动仪式暨金秋书市开幕式。烈日当头,走进公园,看到左右成了临时书市,不同出版社不同种类的图书陈列于桌上,琳琅满目。

该届读书月由福州市委宣传部、市委文明办、市新闻出版局、市文化局、市教育局、市文联、福州日报社、福州广电集团共同主办,开幕式特地被安排在9月28日孔子诞辰举行,延续了首届读书月"有福之州,书香满城"的活动主题,旨在动员社会各界力量共同参与读书活动,正努力成为一年一度的群众性文化节庆。

首先看到了主持人王斯琼女士,只见她一改昨日活泼的样子,端庄无比,语言老到。老师上主席台参加开幕式时,师姐和我到一边看两旁的书摊,有一本书叫《联话福州》,我们昨天参观三坊七巷之前曾在报亭看到过,作者正签名售书,桌前排起了长队。

开幕式上,福建市委常委、副市长、宣传部长、读书月组委会主任朱华宣布第二届福州读书月正式启动。主办方向30个社区图书室、农家书屋、学校图书角捐赠了图书,并为闽都大讲坛4个系列分坛和10个农家书屋进行了授牌。

结束的时候,我们认识了一位女老师——林怡教授。林老师现任中共福建省委党校文史部教授,在福州开设过多个国学讲座,是个名副其实的学者。她短发,戴着大大的遮阳帽,浓眉大眼,笑容亲切朴实。

我们分两辆车去省委党校林老师的办公室作客,路上

看到西湖公园。林老师对这一带做了介绍,说我们住所所在的于山和另一座同样位于市区的乌山互相对称,中轴线为八一七路,两座山上分别有一黑一白两座塔,也算是对称了。得知我们是跟着老师来参加活动的,她十分赞赏秋禾师对待学生的态度和教学方式。

省委党校三楼的办公室宽敞得很,墙上有林公武先生写的字,林老师的工作台上放满了书,房间两侧分别是整排的大书柜,密密麻麻的文史资料书籍陈列其中。靠门的那个书柜里边书都很旧,据说是林老师看到某处的很多书要处理掉,舍不得扔,便都拿过来了。福州气候潮湿,那些旧书有的看起来霉迹斑斑,似是放了很久了。

我们坐听林老师、林先生、秋禾师谈论史事、时事、文事,语言丰富、观点多样,还说了一些最新的研究计划。然后去附近的“钱塘风”品尝杭州菜。

这下蔡静师姐开心了,吃惯杭州风味又特别喜欢家常菜的她小声向我介绍着点上来的熟悉菜肴:炸汤圆、洋葱炒小馄饨……这都是我之前听都没听过的做法。

林老师聊起她的学生,说到有些学生研究不踏实、不愿意吃苦,她露出了恨铁不成钢的表情。也许一个优秀的学者,总是沉浸在学术中,对学生也一样要求严格吧。

离开“钱塘风”,在林老师的推荐下,我们准备去她刚刚介绍的乌山游玩一番,因为这次没有安排去鼓山,而乌山的摩崖石刻十分有特色,值得一看。

想到之前在东方书画社看到的“三山斋”,又常听大家说福州有“三山二塔”。这“三山”还分屏山、于山、乌山内三山,和鼓山、旗山、莲花山外三山。呈“品”字形的三山、山上的塔、三坊七巷、闽江都是福州的地标。

汽车沿山路往上爬。山上能看到一个道观,两侧写着“岂能尽如人意,但求无愧于心”。乌山是道教名山,据说这样的道观祠堂不在少数,而且乌山也叫道山。

引导牌上说这是“乌石山”,“石”必为其最具特色的一景。水迹斑斑的摩崖石刻积累了长久以来的文化和历史:宋元、明清,诗词、游记,篆、隶、楷、行、草,清晰、模糊……老师指着石上各种颜色的文字考我们怎么念,“秋”的左右被颠倒了,还真认不出来。一幅朱子楷书的“福”字,长三四米,与之前师姐们游鼓山看到的“寿”字相匹。抚摸着紧密交错的树根、根下刻着字形和字义独具时代特色的巨石、石上“文化大革命”时期留下的小洞和焚烧的痕迹,仿佛能亲眼看见那一幕幕或美好或可怕的场景。

游完乌山,我们去杨桥新华书店看看,顺便淘些书。这该是我们必去的地方。

蔡静师姐买了一本心理类图书《我爱问连岳》,我选了一本《我的上世纪:一个北京平民的私人生活绘本》,一本妹尾河童的《河童旅行素描绘本》,和一本偏技术的《书籍装帧》,最终还都是和兴趣相关。

临走前看了下小小的书标陈列柜,有几个风格清新的设计引起了老师的注意,虽然简单,却一看便知是封面,而且感觉很统一,相比现在的一些时新读物花里胡哨的封面,它们的历史价值强多了。

晚宴安排在华侨新村的宣和苑福寿厅。

华侨新村是福州最早的别墅群,早先许多印尼华侨居住于此,据说后来很多华侨离开这里后留下空别墅无人居住,便以十年甚至二十年为期限出租。如今不少私房菜馆和酒吧落户于此,艺术家也会长期驻留在这个地方寻找灵感,是一个很有意境的地方。

我们在入口处便迷了路,胡同内人迹稀少,找了很久也找不到神秘的三十二号楼,等到天都黑了,才真正“摸”进了宣和苑的大门。瘦金体的“宣和苑”三字刻在墙边,朴素至极。这里是个不一样的天地,庭院深深,正对门就是一栋双层楼,竹帘后透出屋内的灯火通明。虽说人不少,但仍旧掩盖不了这里远离世俗的宁静氛围——清风徐来,水面阵阵涟漪,荷叶轻轻摆动,竹林沙沙作响,光线微微闪烁……

走进二楼福寿厅,中共福州市委宣传部副部长、文明办主任杨凡招呼大家在外间坐下,老师把带来的几本书送上,随即几个人分享了彼此对宣传和发扬福州文化的想法。一同就餐的还有陈主任和林主任、闽籍作家林山先生、教授汤老师和苗老师。

菜式特别而丰富，据说都是主人和厨师自己研制的做法，不含味精，口味天然独特。

席间明白过来林山先生便是《联话福州》的作者，也就是今天上午在开幕式上签名售书的那个作家。再联系到昨天在报刊亭和那书的第一面，真是机缘巧合。蔡静师姐和我有幸各获赠一本《联话福州》，忍不住放下筷子和酒杯，跑去让林先生题签。

宴毕，杨部长提议去同在华侨新村的"玫瑰园"看看。

今天是农历八月十八，有人说是今年的中秋月圆日。地上洒满了月光，抬起头，月亮在云层间穿行，云朵的轮廓清晰而朦胧，反射出的光芒如梦如幻。酒足饭饱的我们心情舒畅，被各种植物的气息围绕着，也不觉得热了，边踱着步子边畅所欲言。

目的地，大铁门，对联，记得是"肥肉一身堪入市，钉耙九齿好犁田"，横批"也是朱子"。一进门，感觉就一个字，"大"！右边一大长条池子，正面是别墅的主体，池子边有个梭形槽状的东西，林山先生考我是做什么用的，我反应不过来，说是盛东西的，被告知回答错误，是研磨用的，才想起好像是那么回事，上边应该还有个配套工具。

主人姓名王鸿，是美术学院的教授，身着休闲宽大的素色上衣和裤子，头光光的，戴眼镜，听说话没有什么福州口音。想象他在这玫瑰园中打理宅子和各种植物，不由得联想到悠然自得的山间隐士。

听"玫瑰园"这名字，感觉好像很华丽很有欧洲风格，但其实并非如此。房间出奇大，三层，有种进入早年大户人家的感觉，空旷无比。为了让房间充满生机，屋内有很多特色摆设，墙上大幅的油画，楼梯拐弯处的老式木制化妆盒、化妆镜和之前见到的类似的小型研磨工具……艺术气息扑面而来。

桌上晶莹剔透的茶具折射出不为世俗所累的生活情趣，架子上大大小小井然有序的艺术书籍让我心动不已。

二楼边上的两间房里，各种明清家具占据着所有的空间，繁复精致的、简约大方的……古朴而厚重，让人不愿意大声喧哗。这些旧家具有好几百件，仿佛是宅子的另一类主人。

不知什么时候，不远处的一个长木桌上闪起了几点烛光，主人招待我们去桌边坐下喝茶。主人一边忙着招待，一边大谈茶的学问，从武夷山有名的大红袍、铁观音，到他口中真正的红茶起源正山小品，再到各种茶叶的健康程度、制作方法，以及品茶者的茶“学历”……滔滔不绝。玫瑰园主不仅对茶有深入研究，对福建文化也很了解。

喝着茶来看四处的景色，在这里，艺术和生活结合，古典与现代交错，如若秋日午后前来拜访，也许还能找到儿时梦里的感觉。不过看来看去，玫瑰园里却看不到玫瑰的影子，正诧异，原来还没到玫瑰开花的时节，其实离我们座位不远的地方，就是一大片玫瑰地。离开玫瑰园，走在银色的小路上，觉得今晚就像是桃花源里走了一遭。

回到住处已经不早了。今天的活动安排得也很紧密，再回想昨天的事，竟感觉过去了很久很久，快要记不得了。期待明天的讲座成功。

2007.9.29　星期六　福州　晴转阴

虽然昨天睡得晚，但秋禾师仍旧容光焕发，一见我们就立刻指出今天大家不约而同选择了素色的衣服。自助早餐的鱼丸很受欢迎，正兴致勃勃填肚子的时候，看到了林先生及其女儿林宁。

吃完饭，小心翼翼地收拾好所有要带的东西，我们连同司机一共6个人一同把自己塞进车，然后就往山上的九日台去了。

九日台音乐厅入口处的宣传画上是秋禾师之前做讲座的景象，上边的横幅写着“闽都大讲坛——徐雁教授之朱熹读书法的精神魅力”。把字准备好，放在靠近舞台楼梯的座位上，之后大概安排了一下上台时间和字画展开位置、收起方式，就等观众进场了。我和蔡师姐把《开卷》分发给各位观众，在观众席里看到了杨凡部长、林怡教授、林山先生等熟悉的面孔。

一切安排妥当，讲座开始，秋禾师从容不迫地从后台走出来，我则在下面很紧张。我猜老师刚开始演说的时候，心里也是有些忐忑的，但随着内容的深入和观众的投入，老师似乎也显示出越来越有信心的感觉。看着他那自如的表情、生动的手势，听着他流畅的话语，可以想见老师在还没教书的时候就已具备了在众人面前演讲的才能，觉得自己实在有太多需要提高改进的地方了。

一会儿，秋禾师讲到了朱熹夫子教书论学的名言：

为学之道，莫先于穷理；
穷理之要，必在读书；
读书之法，莫贵于循序而致精；
而致精之本，又在于居敬而持志。
读书无疑者，须教有疑；
有疑者，却要无疑，到这里方是长进。

这时按照原先的约定，我在前，师姐在后走上大讲台，把林先生所写的条幅展开给观众看。看着原来的稿子，发现老师的讲座内容有了很大的变动，结构和语言都在即兴发挥中变换着，尤其是原文中比较生涩难懂的引文，大都被轻松的话题取代，其中还穿插了一段对小说《围城》中主人公方鸿渐读书的评价：读书，须“有疑”，须“穷理”，否则就会像方鸿渐那样“兴趣颇广，心得全无”，最终一事无成，悲剧一场。

这种联系，据老师后来说也是“灵光一现”，不过，这“一现”还是平时积累所得——秋禾师对“方鸿渐悲剧”有着深入的研究和思考，这又和“深阅读”和“深思考”有关了。而内容的变换，则是为了让听众更容易理解，在场的观众年纪小的和年纪大的居多，自然不能讲得太深太难，要随机应变，适合语境。最后，老师自己展示了预设在讲台前林先生书写的条幅：

昨夜扁舟雨一蓑，满江风浪夜如何？

今朝试捲孤篷看，依旧青山绿树多。

到了这里，讲座便在现场的掌声中圆满结束，神经紧绷的我终于也舒了一口气。

讲座中说："唯有'深阅读'和'深思考'，才能为人生插上'书香的翅膀'。"在这个时代，快速的生活节奏让我们总是沉迷于浅阅读，而选择经典，深入阅读，可以真正"与知识为伍，与智慧同行"。另外，"读万卷书"与"行万里路"的有机结合，也是我们成才过程中需要认真学习的。虽然这些都是古人的读书方法，可不都是和我们现在的生活紧密联系的吗？

秋禾师接受完《福建日报》记者的采访，然后同我们一起赴宴，由北京大学福建校友会款待。气氛很融和，都是高等学府出来的长辈，最后能喊得出称呼的大概有福建省文史研究馆卢美松馆长、欧先生及其夫人韩老师、秋禾师同窗黄姗女士、卢为峰先生等。

他们的话题十分丰富，从专业到方向到学历，以及不同年代的学习氛围等。和这么多全国数一数二名牌大学的老毕业生同坐一席，也让我长了见识。

回宾馆休息后出门，下午的第一站是探访"小素心斋主人"傅永强先生。

干净的茶几，椅子中间的花瓶，后面大排大排的书橱，壁橱上的各种器皿古董小玩意，目光所到之处都能体现出主人的精心设计和细心安排：错落有致不算，还十分干净。秋禾师在书橱里看到一本《古今名人读书法》，说这里面完整地辑录了朱熹的读书理论。

墙上看到了丰子恺、潘主兰先生的字，瓦当、古钱拓印、印章……都用红木框封好，有序地陈列着，让我流连忘返。门附近有一些古董，有一个柜子专门放置线装书，厚厚的一摞。

坐定后，一边听傅馆长介绍他的这些收藏，一边捧过"大红袍"品着，依旧忍不住四处地望，从一帧小素心斋书签和墙上的拓印来看，猜想他钟爱瓦当。

第二站是象园公寓——林公武先生居所。

房间的布置很简单，没有做华丽的装修，也没有什么高档家具。真正的读书人，哪在乎这些呢？书！满眼的书！书橱、书架、地板、桌子、凳子、几案、橱顶、柜子……从地到天，密密麻麻，整整齐齐。虽然林先生一再说自己的书摆得乱得很，但在我们眼里，这么多的书能放成这样也真是件难事！

书桌上放着大大小小长长短短的毛笔，每一支都能在林先生手中发挥出它神奇的潜力。

紧接着抬头，看见书房门口上方潘主兰先生题写的“夜趣斋”三字。从《夜趣斋读书录》到来过福建的师姐们的行记，听闻“夜趣斋”很多次，这回终于有机会见着这个匾、入得这个门了。

依旧是书，林夫人开玩笑地说起林先生“先斩后奏”把柜子塞满书的趣事，连连抱怨空间被越来越多的书给挤占了。

看见安然师姐和林英师姐去湖州参加会议的合影留念，被巧妙地放在书柜两层玻璃门之间。房间一侧有张小床，床上简单拉了一个小风扇，可以想象林先生挑灯夜读，而后在这小床上休息的场景。

> 白天上班，唯有读书于夜，临池于夜，撰文于夜。夜为我读书治学之时光，趣唯“三夜”。古人云“精思多在夜中”，吴梅村诗曰“夜深还拥书”，即以“夜趣斋”三颜书室。

这“夜趣斋”又叫“三余书屋”“静乐楼”“夜不闲居”“一明百清轩”。

> “夜趣斋”斋名先后得到谢稚柳、潘主兰题赠，“静乐楼”由顾廷龙、韩天衡等名家所书，丁吉普为其刻“夜不闲居”朱文印……取名“一明百清轩”，乃因其收藏有十余部明版、百多部清版的缘故。同时又取“读书治学，处事格物能举一张

万，解一明众，则必明了清晰"之意，故榜此斋名，由王世襄先生、王元化教授并为书额。

这些斋名都不约而同地体现了主人为求知而孜孜不倦地读书，并从中获得乐趣的精神状态，让人心生敬佩。而这些书均不是为了收藏而收藏——"吾非为藏书而置，乃为读书治学而购……为藏书而收书，吾不取也。书为我用，为我驱使，为我悦色，为我增识，为我活用，方有价值。世上书籍浩如烟海，藏之不尽，收亦难全，何况无此大批钱款。读书人多清贫，不可勉强"。

回到客厅，在茶几前坐下吃两口福州月饼，喝两口福州茶，环顾四周的名家字画。远远看见有许多照片零散地分布在墙上和书柜前，林先生眉宇间透出的坚定和执着，很容易让人想见他读书习字时专注的样子。他在父亲的熏陶和教育下，几十年如一日地进各类书店淘书，并沉迷其中，流连忘返；经历"文化大革命"的逆境，下乡务农，也丝毫不懈怠，一以贯之地读书，以书为师，提升自己的品位和人格，最终在书法、史学、篆刻、古汉语、藏书、版本目录学等方面获得深厚的造诣，这种不浮不躁的状态，现在的学生有几个能做到呢？

书桌的玻璃板下还有一张林先生的父亲留下的字和一些小剪报资料，上面林先生做了密密麻麻的批注。从以前看的一些文章里就了解到林先生这个习惯，通常的人看书都很少在文字旁做记录，而林先生却总在他所阅读的文章边留下自己的蝇头小楷——题记、眉批、感想，读而有所思，思而有所感。

他在《揅经室集》一书中做笔记："藏书为读书，读书为治学；治学为涵养，涵养为励志；励志为修身，修身为养性；养性为立德，立德为立人。"

林先生这里有些橱柜里珍贵的图书是"概不外借及翻阅"的，他拿出自己修补的古籍让我们看，细致的手法，让破损的书籍恢复了原有的面貌，弥足珍贵。

月饼快吃完了，林先生送给我们一人一本书，老师和我分别获赠梁实秋的《雅舍小品》和《雅舍情书》，蔡静师姐获赠《忆福州三山旧馆》。林先生把书桌上多余的书移开去，戴上老花镜，挑出一支细毛笔，磨墨，蘸上墨汁，在送给我的《雅舍情书》扉页上写下："王冰同学随徐雁兄来榕并至夜趣斋览书，特以是书赠之，林公武，丁亥八月十九日。"

最后，林先生捧出好几盒收藏的印章，挑出"公武"和"夜趣斋"为我盖上，看着那密密麻麻大大小小的印鉴，感觉像是到了博物馆一样。

快离开林家的时候，林宁也回来了，她拿出自己的研究生毕业论文请老师指正。

晚餐在聚春园大酒店樱花厅进行。参加这次晚宴的除了我们四个，还有卢馆长、杨部长、陈主任、林主任、林怡老师等。

很奇怪饭桌上姓林的特别多，也许福州这边林姓是个很大的姓吧。回头查阅资料，原来福州自古就有句话叫"陈林半天下，黄郑满街摆"。

包间很大，两边分别有一台液晶壁式电视，刚好在放新闻，播出了秋禾师做讲座的镜头，大家都突然静下来仔细地看。席间林怡老师说起自己还是林公武先生学生时的一些往事，包括自己不到二十岁入党的经历，曾经优异的成绩，让我心里连连赞叹。大家继续之前的话题，讨论福州市民精神内核，最后得出了"平和"和"弘毅"（取"士不可不弘毅"之义）两个在座都达成共识的词。

大快朵颐之后，又像昨天一样，杨部长他们要带我们去不一样的地方看看。

先是之前路过的西湖宾馆，就坐落在西湖之滨，我们去清末福州藏书家龚易图在西湖边的"三山旧馆"遗址。

这里曾是福州最具代表性的园林，是龚易图做官归来将自己的老家重新修整而成的。题名"三山旧馆"，意思是不忘旧，又名"武陵北墅""环碧轩"。

遗憾的是龚氏家族祖上传下的几万卷图书，全都在日本侵略战争中被洗劫一空。

现在，园内的建筑几乎全都消失，仅存的只有一座小洋楼——白洋楼，也就是今天我们所见到的这个楼，整个楼空空荡荡的，早年的建筑痕迹也因为时代的变迁而所剩无几。看着窗子上的图案，踩着脚下吱呀作响的木地板，好像能感到时光的流逝。

真正能看的东西并不多，离开小楼一路走，还能感受到湖边阵阵的风。这两天台风就要来了，下午那几滴其实不是雨，而是被风卷来的江河海水，没曾想过，台风也会这么温柔。

西湖上星星点点的灯光，摘下眼镜就能看到晕开连成簇的美景，叶子阔而肥的亚热带植物，从来都是那么挺拔，这是个迷人的夜晚。

走出西湖宾馆，去了附近的一个“易安居茶室”。这是一间会所，面临西湖，伸入水中。

这是一个喜茶的人都会钦慕的所在。入口小，门上挂一匾额，进入其中有点柳暗花明的意思。别具一格的室内设计，传统的摆设与现代元素相结合，抱枕、挂灯、明清木椅、屏风……配上古典大气的色彩，精致而华丽。走廊上两排玻璃橱窗内的茶具在灯下闪耀出炫目的光，透明欲滴、淡然雅致、古朴厚实，每一款都深深吸引住我们，让人移不得半步。

绕出来，便是亲水的平台，一侧，仿古城墙上的“古堞斜阳”四字在底层的灯光照射下闪出一丝深邃。据说这里是西湖八景之一，自古文人墨客多在此把酒吟诗，因此会所也叫“易安居古堞斜阳茶会所”，多少还是带有一些文化内容的。

我们在水边观赏了一阵，继续看湖面上的星星点点，回到高处，瞧见我们一行人都已经坐下了。每一桌的人似乎都互不影响，大家都细心地品茶，倾心地交谈，避开城市的喧嚣。在这个露天的角落，不觉得一丝寒冷和黑暗，细长桌子的另一头，秀丽的“小妹”（这里称女服务员为“小妹”，男服务员为“小弟”）正低头泡茶。素色的西装中裙、充满活力的肤色、典型的南方人的柳眉细眼以及精致的妆容，好像每一位“小妹”都有点共同的气质。看纤纤素手拨弄茶叶，看茶叶在倾泻下的水柱周围翻滚，茶香氤氲，白润的小茶杯带给人连续不断的温暖。聊林先生的书法，聊各个时代的文学艺术，期间林老师还拿出一本学生时代的手抄本，在座的人都对那手好字啧啧称赞。

空中，深色的云丝仿佛是月亮上层峦叠嶂的延伸，在时隐时现的月亮周围缠绕着。水面，深深浅浅的颜色，清楚地映出天上的一切。

茶宴结束已经很晚了，我们乘车回到宾馆。身在于山宾馆，总不能不去于山看看，于是决定明天一早起来爬个山，游玩加晨练，也不枉在此住了三宿。

快到宾馆门口时，老师又提议不如现在就上山看一下，于是便有了“夜游于山”这个多出来的行程。

晚上，山里显得特别清静，这次我们轻轻地行走其中，如同到了另一个世界，比易安居宣和苑玫瑰园还要有桃花源的感觉。榕寿岩巨树抱石，从头顶一直延伸到大地的根须都显得十分巍然，岩壁上写着巨大的“寿”字，不知究竟是多少年才形成的奇景。凉风阵阵，隐隐闻得到白兰花的味道。黑暗中，一切都变得肃穆，这其中隐藏着千年榕树、古荔、龙眼等树木，大自然也在沉睡，不过飞舞的小虫精力特别旺盛。

山上的亭子有好几个，很多地方有文字石刻，可因为光线实在太暗了看不清楚，拿起小手电也无济于事。刚刚还在榕寿岩的这一面仰视，走着走着就到了另一头，远眺却只见黑洞洞的一片。

再走没多久就到了所谓的最高峰鳌顶，看来这山真的是很小。

游了一小圈，我们就回去了，选了另一条路，留一点未知给明早。

2007.9.30 星期日 福州 晴有云，风不小

清晨起来又去爬山，我们挑了与昨天不一样的路往上走。山上空气清新，人不少，很多都已经晨练完了在回去的

路上。我们享受着温柔的日光，看白天的榕寿岩，这才看清楚了岩石上的“寿”字，似乎福州的好几座山上都有这种具有代表性的较大的石刻。在岩石的背面，也眺见了往后倾的古榕。各个石刻这下也看清了，又反映了福州三山的共同点：为数众多的摩崖石刻。

路经民国七年（1918年）为纪念戚继光在明嘉靖四十一年（1562年）率兵支援福建抗倭而建的戚公祠，只可惜这个时候有好几个纪念堂都不开放。附近有吸翠亭和廓然台，都是非常形象且有意境的名字。

站在高处看脚下的老房子，新建起的阁楼并没有遮住原有的高墙，墙上爬满了密密麻麻的绿色植物，脚边各种小花盛开着，渐渐感觉莫名的轻松。几天下来，好像已经习惯了做什么都和师姐、老师一起，什么事情他们都照顾我，安全得很，就像家人一样，和老师说话也感觉不那么紧张或者有所顾忌了。时间和空间真是个神奇的东西。

回去的路上，看见一座小白塔，破旧不堪。想起来于山有一白塔和乌山的黑塔对应，原来于山的白塔是闽王王审知为其父母荐福建造的，后被毁，又重建。不过此白塔非彼白塔，有些遗憾。

早餐时，见着了林先生。林先生在给老师的《雅舍小品》扉页上写下：“徐雁兄应邀专程来榕参加第二届福州读书节并以朱熹读书法的精神魅力颇受欢迎，我也陪往文庙及三坊七巷一游。昨夜往西湖寻大通庙旧址时小雨阵阵，也别有一番文人雅士情趣，二〇〇七年九月卅日晨，公武。”

收拾好所有的东西，就准备离开宾馆。老师和林先生要一起去参加福建阅读学会社区科教委员会成立会，师姐和我则在洪师傅引路下去买一点福州特产，最后还看到了杨部长他们，做了最后的道别，便一路往火车站赶去。

途中林先生带我们去闽江边看看，这里应该也是江滨公园吧。一个很高的石碑上刻满了字，我们一起在正反面留影。这时候天有点阴阴的，江面上的风吹过来很清新，也许是离城市太近的缘故，江水没有先前在火车上见到的那样蓝那样清，自然不觉得很美。而林先生告诉我们，之前我们火车上看到的就是闽江。

随后,我们沿着江边穿行,看对岸充满时代色彩的建筑,林先生不停地指着不同的地方告诉我们不同的故事,最后真是充充实实地到达车站,不浪费路上的一分一秒。

道别,火车启动,我就要离开这个城市了。

晚饭我很想吃鱼丸,又暖又香,可怎么等都等不到,最后三人吃了盒饭,配了些老师之前在停车车站买的茶叶蛋和一些小菜,是一顿很正式的晚餐。要不是师姐提醒,我还真没意识到这是我们几天来吃的第一顿米饭。吃完饭听见有人喊"鱼丸——鱼丸——",可肚子已经饱饱的了。我们谈论几天来的各种美食,听老师说去各地游行吃到的山珍海味,也能听得津津有味,好像自己也吃到了一样。

晚上,老师叮嘱我们下车一路小心,便早早回车厢了。师姐夜里两点多在杭州下车,我们临睡前互发短信道别。

在火车的隆隆声中睡去,心里想着明天一早就能到家了。

2007.10.1 星期一 常州 晴

早上6点刚过就起床等下车,师姐应该已经到家了,老师应该还在梦乡里。这时,有人推鱼丸经过,口里吆喝着:"鱼丸来啦——"我犹豫了一下,大喊一声:"鱼丸!"可他已经迅速飘过去了,旁边一个女孩看着我直笑。

下了车,爸妈很早就在车站等我。肚子饿,突然后悔没有买到鱼丸……

今天是国庆节,祝大家节日快乐!

太仓沙溪古镇行记

作者简介： 刘艳梅，2007 年毕业于南京师范大学中文系，获文学学士学位，2010 年毕业于南京大学信息管理系，获管理学硕士学位，主要研究方向为编辑出版。现在江苏教育报刊总社从事编辑工作。

因为太仓图书馆主编的交流导读小杂志《尔雅》的因缘，我和林英师姐、荣方超师弟有了一次赴太仓参观游览的机会。江苏太仓是研学导师徐雁的故乡所在，而隶属太仓的沙溪古镇亦是旅游的好去处，我们三人欣然成行。此行师姐和师弟分别有采访太仓图书馆和太仓籍作家朱凤鸣的任务，我则带去《尔雅》第四期的半成品，与太仓图书馆做好交接工作。

2008.6.21 星期六 南京—太仓 晴

从南京至太仓的直达汽车一天有四班，考虑到当时师弟正忙于各种毕业事宜，我们买了午后1点50分的车票，而秋禾师已先一日从苏州木渎赴太仓。

一路上我和师姐都有些晕车，师弟最近忙于毕业也较疲惫，于是三人聊了几句后便昏昏欲睡，到达太仓大约是傍晚五点多。太仓汽车站是这个苏南小城给我的第一印象，而这印象并不能算好，倒是让我有些诧异。这是一个有些年头的汽车站了，站内人流量不大，和我们从同一辆汽车上下来的旅客稀稀疏疏地拖着行李向站外走去，而我们也只能根据人流确定哪里是出站通道，因为出站口和进站口是同一个大门。更让我诧异的是这个车站的卫生间——在我们身后的破旧木门旁标注着“厕所”二字，进去之后让人感觉这可能是个没有人打扫的厕所。旧车站，特别是小城市的旧车站往往不可避免地存在着脏、乱等现象，而建现代化的新车站并不是一蹴而就的事情。很多时候，车站是一个城市留给外地游客最初的印象，也许做一些小小的改变，就能使一个城市的窗口更干净明亮。

走出车站，我们打车至金太仓宾馆（我当时觉得这名字很有特色，回来后才知道太仓因为自古富庶，素有“金太仓”之称）。苏南小城总是有着一种特殊的清新感觉，一路在出租车上的所见很快取代了车站给我带来的糟糕印象，这里有分外清澈的蓝天白云，有宽敞干净并且不拥堵的马路，有比南京更清新的空气。即使在市区，也没有太过高大的建筑，从物到人，一切都是那么从容不迫。

在宾馆前台登记时碰巧遇到了太仓图书馆的周卫彬馆长，他正向前台询问秋禾师有没有到达。周馆长给我的第一印象是一个文质彬彬的年轻人，后来得知他是馆长并且已近中年时，暗自吃惊。在房内休息了片刻，秋禾师到了楼下，我们接到短信便下楼和老师碰面。在楼下见到了秋禾师的妹妹和表弟，另外还有太仓图书馆的三位馆长，除了周馆长之外，还有两位女馆长，王馆长和盛馆长的年轻漂亮同样让我颇感意外。

太仓图书馆热情地为我们接风，我们一行分两辆车来到饭店，秋禾师的弟弟和妹妹先行回去。上楼进入包间，我们在沙发上喝茶休息，等待其他人到来。此间听秋禾师和馆长们闲聊有关图书馆的话题，秋禾师的许多学生都在全国各个图书馆工作，包括金陵图书馆、深圳图书馆等。听他们谈起这些图书馆和县级市图书馆的比较，也让我心中对与自己专业相关的工作有了更深的了解。不多久，大家陆续到来，晚饭除了太仓图书馆的三位馆长和一位会计，秋禾师和我们三人，还邀请了太仓当地的微型小说家凌鼎年，以及太仓籍作家朱凤鸣。饭前秋禾师把《尔雅》杂志赠送给凌先生和朱先生，请他们多提建议和意见。

“民以食为天，有粮则安，无粮则乱”，富庶的太仓是鱼米之乡，自古以来就有“人间天堂”的美称。我很喜欢江浙菜系，想必太仓菜应该不会让我失望，不出所料，晚饭菜肴精致可口，色香味俱佳。席间大家偶尔会说太仓方言，作为南方人的我熟悉了之后大概能听懂七八成，却苦了分别来自湖南和山东的师姐师弟，对北方人来说，要听懂吴语大概还是要下一番功夫的。所幸大多数时候大家还是说普通话，兴之所至讲到方言时，师姐和师弟对众人脸上喜怒哀乐的表情就只能猜测和诧异了。

我发现太仓人对服务员有一种特别的称呼——小妹。这个称呼我还是第一次听到，不知道在太仓方言中到底是什么含义。

今天距离“5·12”四川汶川大地震已过去一个多月时

间，这次地震仍是人们关注的话题。四川是王馆长的家乡所在，她在太仓工作多年，而家人现都居住在都江堰。让我印象深刻的是朱凤鸣先生，他作为江苏省作协赴四川灾区救援团的一员，亲身投入救援工作当中。我很是佩服朱先生的勇气和胆识，也从他的口中得知了很多灾区的现场情况。凌鼎年先生也在创作地震题材的微型小说，在自然灾害发生后他们都以实际行动献出了自己的一分力量，而我们能做的，除了力所能及的捐款外，只有对四川人民诚挚的祝福，和与他们团结在一起的心。

晚饭后去一家茶座喝茶聊天，途中经过一些老街道，都有着秋禾师少年时的记忆。这几天气温较高，夜晚还有些许闷热，然而小城老街给人的感觉是很亲切的，安静祥和。来到一家新开的茶座，从繁华的夜色中判断所处位置应该是在太仓的市中心。

除了晚饭时的几个人外，还邀请了太仓天马旅行社的老总庞剑农一起叙旧。庞先生是秋禾师的老同学，相貌英俊，侃侃而谈。听着大家的谈话，我也觉得颇有意思，有闲聊，有叙旧，时间不知不觉就过去了。在此期间朱凤鸣先生还赠送了我们三人每人一套他的小说作品，并且每本都签名留念，让我们很是兴奋和感激。走出茶座，大家话别。小城在夜色笼罩下仍是一派安静景象，此时我才感到一天的奔波后身体有些疲惫了。

2008.6.22　星期日　太仓　小雨

漫步弇山园

小雨绵绵的天气正适合今天的行程。秋禾师下午在太仓图书馆有讲座，所以今天我们三人自由活动。上午的安排是去弇山园参观，下午则由周馆长带我们去沙溪古镇。

早上8点多,我们三人在宾馆一楼选择了阳春面作为早餐,之后收拾一下便出发了。弇山园离金太仓宾馆很近,步行大约七八分钟就到了。我们原以为定要问路的,结果很快就看到了“弇山园”三个大字。门票10元,一向“路盲”的我进门走一会儿就分不清东南西北了,只能借助资料来了解一下整体布局。

> 新奔山园系旧海宁寺基,距今已有八九百年历史。民国初年(1912年),由里人陆佐霖、陈大横、李液丰三人设计布局,原址改建为游息山庄,俗称公园。新中国成立后辟为人民公园。经数十年来的改造、扩建,特别是经过2003年的扩建、提档,公园已成了太仓百姓和外地游人的一个好去处。经有识之士呼吁,扩建后的公园改名为奔山园。
>
> 新奔山园是一个集园林、历史、文化之美的江南传统式园林,是展示太仓人文景观的综合性窗口,也是探寻太仓古韵的重要旅游景点。目前,新奔山园占地面积约115亩,其中水面占地近1/3左右,南部为历史文化游览区,东北部为

自然生态区，西北部为游憩管理区。

正如以上所说，整个园子有很大一部分是水，双鱼座的我生性喜水，因此这样的园子当然能博得我的好感，再加上当时细雨绵绵，更是如在画中，这就是江南的感觉：雕花的窗格和小巧的亭子，葱郁的大树和多样的植物，古老的石桥和奇特的假山，清绿的流水和嬉戏的金鱼……

我们在园子里走走看看，其间发现了林师姐的一个特长，就是对植物的熟悉。园中有各种各样的花花草草，我和师弟大多不认识，但师姐竟能识出其中大半，并且能向我们仔细介绍这些植物的特点和性状，真是令我佩服不已。原来师姐一向喜欢植物并且积累了很多这方面的知识。

走在园中一处长廊时，忽然听到远处传来戏曲声，像是某个房间在播放京剧选段，与当下环境很是相合，听起来也分外有味道。我们顺着声音寻去，走到另一处长廊，竟发现并不是从收音机里传出的，而是真人在园中练习呢！这是一对中年夫妇，男人伴奏，女人演唱，在我们这门外人看来，唱功了得。闲聊几句，得知她是业余京剧爱好者，已练习十几年，对国粹的喜爱之情溢于言表。可惜我们没能听多久，他们今日的“晨练”已接近尾声，见雨住便收拾东西骑车离开了。

近年来我对中国传统戏曲忽然多了几分热爱，记得很小的时候随奶奶去剧院看过锡剧、越剧，但是从小到大一直不热心这些，也不能领略其中的神韵，看电视时换到戏曲频道都是直接跳过，看各种晚会到了戏曲节目也就换台。却不知从何时开始，发现自己慢慢开始喜欢听京剧、越剧、黄梅戏了，也因为这样的兴趣，一直想去系统地多了解中国戏曲，却总是烦于俗务而未能如愿。也许我该向师姐学习，去真正地了解自己喜欢的东西。

此外在园中我还发现一处景观：四口井在一起，俗称四眼井。四眼井是我家乡靖江的标志景观之一，没想到在这里也会看到。不管这么多，赶紧拍张照片，回去再研究……回来后在一本书上看到了这个园子中的四眼井，下面注释为“明代通海泉”,果然也是有着久远渊源的。

参观张溥故居

张溥故居在弇山园之南,一街之隔,当然要去看看。张溥是何许人也?读过《古文观止》的人大抵都该记得他的压卷之作《五人墓碑记》,这是一篇激烈抨击魏忠贤阉党的檄文,也是中国古代文学史上脍炙人口的散文名篇之一。

我们首先看到的是张溥石像,位于张溥故居大门对面,是一座雪花白的大理石雕像,洁白无瑕,四周有杨柳、枸柳、桂花等树种,还有月季花与书带草衬托着,书卷气与浓浓的绿意构成街头一景。对面的张溥故居是一座较为完整的具有典型江南宅院特色的明代建筑,在20世纪80年代进行过修复。

张溥故居原来是其伯父工部尚书张辅之的宅地,距今有近400年的历史,主要建筑是一座三进木结构房子,堂楼与后楼四周相通。俗称“通转走马楼”,因门户甚多,另有“迷宫”之称。

购买了五元一张的学生票进入,看到第一进院子是一所宽敞的大厅,也就是现在的复社纪念堂,大厅正中安放着张溥的金粉塑像,上书“孝友堂”三字,整个大厅给人庄重、古朴的感觉。步出大厅,两边各有一个边天井,植有天竺、栀子花等,其门洞上方有砖刻石绿字,左为“幽深”,右为“清远”。中天井里有古井一口,另有桂树、山茶、牡丹等相伴左右,清新古朴,雅意盎然。第二进堂楼乃住宅楼,为两层楼房。

我们缘梯而上,楼上为“太仓近代名人馆”,看到历年来太仓众多名人的介绍,不禁让人感慨太仓的地杰人灵,人才济济。从这二楼可直接进到第三进的后楼,底楼与楼上均为“太仓历史名人馆”。此处有运用现代科技制作而成的栩栩如生的短片供游客观看,我们三人好奇于这种表现方式,兴趣盎然地将短片完整地看了一遍,对张溥和他七录斋的故事也有了更深的了解。

张溥，字天如，太仓人。幼年就勤奋嗜学，获“黄童”誉。他读书法是手抄、焚去、再抄、再读、再焚，如是六七次始已。他甚至把自己的书斋命之为“七录斋”。他是明代崇祯年间的进士，授翰林院庶吉士，著作千卷，名满天下。他提倡“兴复古学，务使有用”。创立复社，尊为领袖，门生七千人，为一代宗师。后张溥被魏忠贤余党构陷入牢狱，于是愤而著书，终其一生，卒年仅四十。

参观完张溥故居大约10点半左右，我们步行回到宾馆。午饭在金太仓宾馆，虽说只是随便吃点，菜肴还是很丰富的。有一道酸菜黑鱼，看来是这里的特色，老师很喜欢这道菜，我却因为痴迷料重、辣而过瘾的口味，而暗自怀念起南京小饭店里用“脸盆”装的酸菜鱼来。

漫游沙溪古镇

中午吃完饭休息片刻，1点半左右，周馆长开车来接我们三人去沙溪。从太仓到沙溪要四五十分钟的车程，到达沙溪后，和事先联系好的陈秉均先生碰头，我们便开始了沙溪之行。陈先生是土生土长的沙溪人，热爱并了解沙溪文化，同时在进行文化方面的研究。秋禾师特地请他为我们做讲解。

进入一条老街，街两旁所见都是老房子，陈先生的讲解果然不凡，他能细致地和我们描述这些房子的不同特点，根据一些特征告诉我们这些建筑建于何时，有何故事。而大多数建筑，几乎都有自己独特的故事。街很长，也很热闹，给人古朴淳良的感觉，这里有清代古弄“一线天”，有保留着本色的古桥，桥下流水潺潺，桥上行人悠然。

陈先生为我们讲解关于门楼的渊源时，风趣机智的语言吸引了来此地游玩的四五位上海游客，他们也加入我们的行列一起参观，本来散落的人群仿佛组成了一个小小的旅游团队。江南古镇的原汁原味，在尚未被开发的沙溪得到了充分的体现。

我们去得很巧，恰逢老街上的“沙溪文化馆”开馆不久，得以参观。一个小镇能够拥有自己的文化馆是很不容易的,也足以见得这是一个历史文化名镇。在这里我们了解了更多和沙溪有关的文化:黄道婆改良纺车,转出了沙溪棉纺业长久不衰的道路;自宋代至清乾隆初年,沙溪仅进士就出了30余人;近现代更是名人辈出,如中国新舞蹈艺术事业奠基人吴晓邦;全国示范中学、百年老校沙溪中学,文学、武术、书画、围棋、戏曲等11支文艺队伍为沙溪戴上了文化的光环。

参观完老街,来到吴晓邦舞蹈艺术馆内陈先生的办公室,他赠送了我们每人一本他的书并签名。陈先生曾经是一位码头工人,能够有现在的成就,凭借的是他对家乡文化的热爱和执着,他不断学习的精神很让人钦佩。

回太仓市区的路上,一路细雨蒙蒙,美丽并文化、活力且休闲的沙溪,已给我留下了深刻的印象。

晚饭在金太仓宾馆,一同用餐的除了昨天已熟悉了的三位馆长、庞剑农先生外,还有太仓市文化局的陈局长和一位女书记。整个晚饭期间气氛都比较热烈,我也喝了些酒。晚饭后时间尚早,我和师姐步行去了附近的时代超市,感受一下夜晚的太仓。一路上和师姐闲聊,说起苏南的人们会对自己的家乡有一种天然的优越感,确实如此,生在相对富庶的江南,不管是在大城还是小市,总会有一种满足感,水土、气候、经济、人文,一切都让人觉得很安定。而此时雨后的太仓,空气中弥漫着这种满足的气息。

2008.6.23 星期一 太仓—南京 晴

上午我和师姐去太仓图书馆,师姐有采访任务,我帮助她记录,也从中学习,师弟则去太仓日报社采访朱凤鸣先生。又一次麻烦周馆长来接我们去太仓图书馆,今天是星期一,是太仓图书馆的休息日,因此馆内并没有什么人。太仓图书馆是由原来的一座商场改造的,从楼梯等细节还能看出商场的布局痕迹。跟着周馆长来到三楼,办公室里王馆长和盛馆长已经在了。

我带来了《尔雅》第四期的稿子交给周馆长，并把电子稿拷给他，然后和他介绍了一下第四期的一些情况，就帮助师姐进行记录工作。接近两个小时的采访让我对太仓图书馆有了更多的了解，也对图书馆各方面的工作有了更深入的认识。图书馆除了藏书、借书等传统功能外，还承担着社会文化传承的责任，有必要开展各类文化活动，与此同时也促进了自身的发展。

采访结束已近中午，我们几人匆忙回到宾馆，收拾行李寄存前台，便到二楼包间吃午饭。秋禾师和庞剑农先生、凌鼎年先生、荣师弟已在座，还有秋禾师的一位做律师的老同学。饭前师弟交给我一本书，是朱凤鸣先生上午请他转交给我的，原来是前天晚上朱先生送给我们他的小说时，因为随身带得不全，给我的那一套里面少了一本，而今天朱先生还记着这件事，特地补给我这一本并为我签名，这实在让我没有想到，也非常感动。

临行这一餐是两天来第三次在金太仓宾馆吃饭了，要点到那么多不重复的菜还真不容易，而这顿饭终于吃到了精致的江南小点心，是一种用西米包枣泥做成的团子，香甜可口。我忽然想起昨晚睡前在《尔雅》上看到秋禾师的一篇文章，文章里秋禾师回忆起童年在家乡的时光，提及各个季节做的不同小食，很是诱人。而如今面前这团子可爱的外表，不禁让我脑海里闪过老师笔下一种又一种自制小食。

吃完午饭，从前台取过行李，在宾馆门口和大家话别，秋禾师的律师朋友送我们去车站，时间又是掐得很准。下午两点左右，我们带着太仓特产肉松和双凤爊鸡，坐上了回南京的汽车。

江南小城的感觉，真好。

新乡、濮阳、郑州、登封、济南、曲阜纪行

作者简介： 荣方超，山东威海人，1985 年生于文登。南京大学信息管理系图书馆学专业 2008 年本科毕业、2011 年硕士毕业，现为南京大学图书馆馆员。主要从事文献资源建设、图书馆学、图书文化史研究。一直以“凭脚走路，用心读书”自勉。

上篇：己丑暮春河南新乡等地纪行

秋禾师告知将偕我赴河南新乡等地一行，说要访几位学人，会几位书友。于是夹杂着欣喜、探奇种种情绪，随师踏上了河南人文之旅。

2009.4.24 星期五 南京—新乡

虽然河南与我家乡山东毗邻，此番却是我的首次河南之旅。

长途汽车由南京中央门车站上了宁洛高速公路。与秋禾师闲聊后，便翻阅起今年第二期的《开卷》杂志，上面有篇题为"年老也需'恶补'"的文章，乃同乡毕克官先生所作。在外旅行，能听到一点乡音，便觉悦耳；同乡人的文字，也因了乡情，顿觉十分悦目了。此时，此君，此文，更具有了说服力，直看得我血气澎湃，巴不得赶紧找个书堆钻进去"恶补"一下。秋禾师尝引叶圣陶"天地阅览室，万物皆书卷"之语，倡导后学不仅要读"有字书"，更要识"无字理"。这"无字理"的习得，便要靠多行路，多与人交往得来。此次随秋禾师访游河南诸城，便是识"无字理"之践行。

汽车驶入中原乡野，沿路上起伏着几个村落。窗外熟悉的砖瓦平屋、乡间小路，就是一幅乡情的图画，勾起我心底里对家的念想了。思绪回来，见秋禾师正对着那本他早已翻熟的《围城》入了迷，不免心生感叹，自己何时沉下心来认真读过一本书呢？

行行重行行，傍晚7点半汽车才开进新乡客运北站。河南师范大学文学院的张正君、任文香两位老师前来接站。抵达河南师范大学后，便在沁园宾馆住下了。宾馆正门上方有"沁园"两个楷书大字，遒劲俊雅，端庄大气，看落款，是启功先生的弟子张志和的手笔。在宾馆见到了曾祥芹、刘苏义夫妇，曾先生是著名的阅读学和文章学专家，儒雅而朴实，其妻刘苏义老师为人爽朗，待人和蔼。

2009.4.25 星期六 新乡

曾先生的学问,之前在书上已见识过了,学问以外的东西,是见过本人之后才领略到的。曾先生家住四楼,对年逾七旬的老人来说,每天上下楼梯,该是多么不易。然而,他的身体已不是仅用“硬朗”一词可以形容的了,那矫健的步子,就连二十出头的我也要加紧脚步才能跟上。

曾先生一早来到沁园,在房间与我闲谈。见电视新闻有关于学生课业减负的报道,便同我讲了些当代教育的现实和做学问的道理。他跟我说,一直以来大家只知道“文学阅读学”,却没有几人关注“文章阅读学”。去年在秋禾师书架上曾看到曾先生的《文章本体学》一书,在此书中,他讨论了“文学”与“文章”的界线,指出“凡是反映科学认识世界的文字成果,凡是不含虚构的非文学作品,不论单篇短章或成本的书,均可视为‘文章’”,具体而言,如新闻、史传、学术等属于“文章”,诗歌、小说、戏剧等属于“文学”。他提出的“文章阅读学”的观点,于我而言是比较新鲜的,开阔了我的阅读学眼界。

曾先生很有幽默感,当问及他年岁时,他风趣地答道“73.2 岁”(他于 1936 年 2 月 15 日出生于湖南省洞口县)。后来,从其学生任文香老师处听得,曾先生曾这样做自我介绍:“曾国藩的曾,冯玉祥的祥,曹雪芹的芹,年 73.2 岁。”众人闻之,皆忍俊不禁。

上午去曾先生家中拜访。他的书房藏书不少,不过并没有想象中满屋堆书的拥挤景象。他的记忆力很好,书看过了也便印在脑子里了,所以真正买的书不是很多。他还老早就学会了使用电脑写作,每天坚持在书房里写些东西,做些研究。想来,曾先生活跃的思维与矫健的步履一样,都是每天不懈锻炼的结果。

从曾先生家出来,我独自在河师大校园中闲逛。校园里学生很多,师范院校的女生比例通常要大于男生,而这里却不同,看上去似乎男生更多一点。想起昨晚曾先生所说的，院系调整后河师大以理工科为重点学科，大概与此有关系。校内的几家书店全是教辅图书的天下，无甚可看，便继续乱走。校园内纵横的水泥路多以校风为名，河师大秉承“学高为师，德高为范”的师范教育理念，以“厚德博学，止于至善”为校训，经过数代人的努力，逐步形成了“明德、正学、倡和、出新”的校风，“修至学、立世范、启智慧、益品行”的教风和“尚诚朴、勤学问、重团结、养正气”的学风。因此，可以在校园内看见“明德路”“正学路”等标牌。

行至学校图书馆，望见墙上拉起了“打造书香校园读书活动月图书展销”的横幅。见有书可看，我便快步走进展销大厅。图书多以励志、旅游、白话历史、图文本名著类为主，竟寻不见河南当地出版社的书，不免有些遗憾，就像去了某个名胜却没有买得一两个喜爱的纪念品一样。

不觉已近中午，赶去同曾先生、秋禾师相会用餐。曾先生赠我著作三部，并以左手题词。一本是文心出版社 2007 年出版的《文章本体学》，扉页题词“阅读方家必成文章高手——此赠荣方超硕士，曾祥芹”；一本是中央文献出版社 2004 年出版的《汉文阅读学导论》，扉页题词“见书如见色，未近已心动——录袁枚诗句赠荣方超硕士，曾祥芹”；一本是中国文联出版社 2001 年出版的《历代读书诗》，扉页题词“愿你成为阅读方家，努力超越前代——此赠荣方超同学，曾祥芹、刘苏义”。

曾先生笑称他这几句题词是有讲究的，《文章本体学》一书的题词，以我名字中的“方”字将阅读学和文章学贯通起来；《历代读书诗》一书的题词，每句分别用到了我名字中的“方”字和“超”字，尤为可贵的是，此书还有同著者刘苏义老师的题赠落款。

下午，在任文香老师的陪同下，秋禾师与我游览了潞王陵、比干庙等古迹。“古殿空山裏，名王有旧茔”，“秦陵和汉寝，不及此幽情”，这几句古诗说的正是坐落于新乡市郊凤凰山下的潞王陵，是一座明代藩王陵墓。据说王陵内的文物已被盗墓者洗劫一空，没什么可看的。神道两边排列的石兽倒颇有些看头，它们大都经历了近四百年的风摧雨蚀。

在侧殿的展览中，有一方朱印引起了众人的注意，印文曰“动作有文，言语有章”，语出《左传·襄公三十一年》，原文为“君子在位可畏，施舍可爱，进退可度，周旋可则，容止可观，作事可法，德行可象，声气可乐，动作有文，言语有章，以临其下，谓之有威仪也”。对于潞简王朱翊镠来说，他的这枚印章可谓是莫大的讽刺。史载潞王生性暴戾，生活穷奢极欲、淫逸无度，这般无“畏”无“爱”无“度”又无“法”，又怎么可能动作有“文”，言语有“章”呢？！王陵依山坐岭的磅礴气势而今也荡然无存，其所依傍的凤凰山麓则因乡民采石而几近挖空铲平，潞王的“威仪”算是彻底扫地了。

离开了潞王陵，又去了位于卫辉的比干庙。近几天的比干庙很是热闹，说是世界各地林氏后裔就要来比干庙寻根祭祖了。庙外广场的大门上悬挂着红色横幅，上书“热烈欢迎福建石狮林氏宗亲卫辉谒祖”。据介绍，比干子坚公被周武王赐姓为“林”，比干遂成为林姓的太始祖，比干庙自然成为林氏家庙。同时，比干还是王、孙、陆、邢、辜、毕等姓氏的共祖。2009 年 4 月 28 日，也就是两天之后，是比干诞辰 3101 周年纪念日，所以这几天已有不少林氏后裔来此谒祖了。

比干庙最吸引我的是孔子的剑刻，据说是孔子留于世上的唯一真迹了。碑刻“殷比干莫”四字已残缺，我原以为那是个“墓”字，有人讲其实是个“莫”字。据说，孔子认为，比干乃取大地之土而葬，因此“墓”字下面的“土”有意不写。还有人考证其系后世伪作。

从比干庙出来，已是傍晚。任老师引我们去一家以鱼头、粗粮、土菜为招牌的特色饭馆，名曰“来家吃饭”，吃了些乡土野菜，颇为清鲜。

2009.4.26 星期日 新乡—汤阴—濮阳

与秋禾师神交近十年的濮阳书友刘学文先生，得知我们此次河南之行，便力邀秋禾师去做客。刘先生一早驱车至河师大沁园宾馆来接我们。

虽是初次见面，秋禾师与刘先生在车上却相谈甚欢，所谓“一见如故”，大概就是这个样子。中午行至汤阴，刘先生的一位老同学前来接应，于璇光国际酒店用餐后，引我们访游了岳飞庙和羑里城两处古迹。

汤阴乃千年古县，是《周易》的发祥地，也是岳飞的故乡。我曾访过几处岳庙，比如杭州西湖的岳王庙，还有南京将军山上的岳飞祠。汤阴岳飞庙虽然在年代上要晚于杭州岳王庙，规模也小了许多，不过因了岳氏故乡的缘故，此处也算是天下大小岳庙之祖了。羑里城据说是世界遗存最早的国家监狱，因囚禁于此的周公和发端于此的周易，成为一处胜地。楼台庙宇多为新建，难以探得原貌，倒是砌墙而建的八卦阵引起我们的兴趣。秋禾师依照经验让我们从入口处按一定的方向，很快就走出阵来。后来突发奇想，我们从出口进入，逆阵而行，结果步入八卦阵的深处，一时难以脱身。每每走入多个路口的交会处，便不知选择哪条路。人生之路与此颇为相似，走差一步，往往就会走许多冤枉路。

行路难免匆匆，告别汤阴，我们又赶赴下一站濮阳。今日多半时间是在车上度过的，沿途的风景，颇多平野。近傍晚，汽车驶进濮阳市中心，在新华书店附近停下。入住新华宾馆，于桃园饭店用餐。饭后，秋禾师与我散步于市中街道，以期体会些原味的当地风情。

2009.4.27 星期一 濮阳

上午，刘学文先生引我们看了戚城遗址、八都坊、西水坡、挥公庙几处。一路看下来，有帝都之誉的濮阳，给我以厚重、淳朴、慷慨、神秘的印象。来到这座中国古代文明的重要发祥地，自然还有一种朝圣的情愫。站在两千五百多年的古城垣上，更有一种沧桑悱恻的历史感。戚城遗址公园里摆放了许多写有源出濮阳地区的成语的展板，比如“坐怀不乱”“大义灭亲”“退避三舍”“好鹤失国”“螳臂当车”等，皆是大众耳熟能详的成语。濮阳一地的成语故事如此之丰，令秋禾师与我吃惊不已。秋禾师提议若能有人将这些成语故事加以梳理并形成独具特色的成语文化加以宣传，定是一件文化功德事。

前天在新乡卫辉看了林氏家庙“比干庙”，今日在濮阳又去了张氏家庙“挥公庙”。挥公乃中华张姓始祖，据说他与颛顼同为黄帝之嫡孙，是古代重要武器弓矢的发明者。因弓箭的诞生对当时社会贡献很大，所以颛顼封挥为弓长（掌管弓箭的官职）。后又取弓长之意，赐挥姓张。挥公葬于帝丘（今濮阳），因此说中华张姓始祖为挥公，张姓祖根在濮阳。

中午在萧记烩面馆吃河南名吃烩面时，刘先生又带来濮阳地区特有的小吃——壮馍，色泽金黄，外焦里嫩。入口时外皮酥脆，内馅鲜美，油而不腻。吃一小块就有些饱了，实为充饥佳品。

饭后回宾馆小憩。下午近3点半钟，刘先生来接我们去一家旧书店淘书。这家店较为偏僻，位于中原油田附近。店名为“博爱旧书屋”，在孔夫子旧书网上也有网店，店中旧书多为中原油田旧校图书资料室散出本。店主夫妇较为年轻，旧书架上方悬挂着二人很是洋气的结婚照，给这个旧尘缥缈的屋子添了一些亮色与喜气。

秋禾师逛旧书店总能淘些宝贝，我上下求索了半天，只找到一本图书馆学家皮高品先生的《中国历代名著名家评介》，还算中意，不过展读之后，品相颇不如人意，遂作罢。最后挑了本20世纪50年代的日记簿，所记文字始于1958年，终于1966年。字迹颇为潦草，辨识几页后，方知此簿原是北京一小学语文老师参加教师培训时所做的笔记，以如何教儿童识字读书为主要内容。我对这类笔记还有些兴趣，所以淘了回来。

走出博爱旧书屋，望见眼前平野之上，落日正圆。这是我在豫北平原所见视野最为开阔、气势最为震撼的景象。傍晚，刘先生邀我们去他家中看看。他的书房并不宽敞，却因了那环壁的书橱，让人顿觉心神清爽。我已被一架有关中国图书文化方面的藏书给吸引住了。这一架全是我看过的和想看的，可以说，图书馆里这方面的书恐怕都不及这里详备。

晚上与刘学文先生家人用餐于贵和园，得见先生之弟刘学武先生。刘学武先生曾在南京求学，入河海大学研图书情报之学，与我所学专业相同，他又与南京大学文学院徐雁平老师系本科同班同学，徐雁平老师后在南大信息管理系读研，是我本系的学长。这几层关联，让我在与刘学武老师的接触中多有亲切之感。刘学武先生还带来他的“剪报本”，乃其业务之余发表在报纸副刊上的文章，视角独特，行文畅快。

2009.4.28 星期二 濮阳—郑州

刘学文先生坚持要把我们送至郑州，所以早上吃过早饭后，我们一行五人就驱车前往了。路上过黄河大桥时，司机特意放慢速度，好让我们在车上看看黄河。此时此段的黄河水量很小，寻不见“九曲黄河万里沙，浪淘风簸自天涯”（刘禹锡《浪淘沙》）的一丝痕迹。

中午时分到达郑州。郑州大学图书馆的赵长海老师接待了我们。用过午餐后便与刘学文先生等话别了。之后赵长海老师带我们去郑大图书馆看他所收集的文献。赵老师收藏河南地方文献四万余种，名人手稿数千种，珍稀古籍善本多部，全国县市志三千余种。短短数语并不足以展现赵老师收藏之宏富，非要亲自走进他的书库看一眼才行。初以为赵老师是借图书馆的力量才形成这般巨富之藏，谈话间方知乃其以一人之力之财，令人惊叹。赵老师平日里既要尽图书馆读者咨询服务之职，又要钻研手头上新中国古旧书业的课题学问。赵老师一直以为可惜的是，自己精力有限，这么多的藏书资源没有得到很好的利用，因此，他极希望能找到几个助手帮其整理。

晚上郑州书友李趁有先生请秋禾师餐叙，同坐还有萧鲁阳、赵长海诸先生。

2009.4.29　星期三　郑州

今日下午，秋禾师应中原工学院之请做题为“人生唯有读书好——信息时代的轻阅读与工科生素质结构的新提升”的讲座。中午，在河南省图书馆招待所“图苑闲居”住下后，中原工学院图书馆张怀涛馆长带我们至新郑龙湖镇清芳园用餐。郑州大学图书馆馆长、《周易》研究专家崔波教授赶来与秋禾师相叙。

饭后便至中原工学院图书馆准备秋禾师的讲座。此次讲座是中原工学院 2009 年大学生读书节“以经典为伴，与智慧同行”读书报告会之一。读书报告会共有七场，除郑州大学崔慕岳教授和秋禾师以阅读经典与提升素质为主题做以报告外，还有四位专家分别对其所专研的《墨子》《周易》《道德经》《论语》等传统经典做以导读。另外，该院院长助理范晓伟教授从“校训”谈中外大学的风格，选题很有创意。

秋禾师于讲座中，以《围城》《三国演义》《长恨歌》等古今名著为例，对方鸿渐、诸葛亮、王琦瑶等人物进行评说，力倡通过读书来学习知识、积累学识、增长见识，进而提出“人生必须阅读，阅读积累知识，知识造就文化，文化塑造性格，性格决定命运”的论题。三百余位的报告厅里坐满了学生，他们对秋禾师旁征博引、幽默风趣的报告回以持久的掌声。

最后张怀涛馆长用诗对秋禾师的报告进行了总结和点评：

自信自尊贵自动，志趣志业在志恒。
悬疑解疑求颖悟，见识胆识助成功。
阅读知识寻支点，文化性格达高峰。
能工巧学当自强，乐以好书伴人生。

今日一天之内，见到了崔慕岳、萧鲁阳、王国华、崔波、张怀涛等河南图书馆学界的专家学者。在萧鲁阳先生赠我的《今柱下史》一书所记的八位学者中，此次河南之行我就见到其中的四位，分别是张怀涛、王国强、崔波、赵长海诸先生。再读萧鲁阳先生记这四位学者的文字，别有一番深刻体会。

晚餐于小南国酒店。饭后秋禾师携我游走于郑州街市，此时正值热闹的夜市时间，街上的人较多，也是烧烤小吃等生意红火的时段。不觉已散步至深夜。

2009.4.30　星期四　登封

从郑州市区到登封的一段路上，我一直望着窗外，这一路不同于豫北平原的景况。途经新密，路旁是起伏的丘陵和纵横的沟壑，几处红砖平屋在洁白的槐花簇簇掩映下，散落于黄土地上。车行至嵩山下，赵长海老师与中原工学院图书馆岳修志副馆长带引我们逛完中岳庙后，就去访汉代三阙之一的太室阙了。先前关于阙的印象，仅止于"宫阙"这一整体概念上，心想大概就是古代宫殿里的一种建筑吧。见了太室阙后，才知自己的浅陋。阙者，乃古代宫殿、祠庙或陵墓前的高台，通常左右各一，台上起楼观，两阙之间有道路。眼前的太室阙，便是汉代太室山庙前的神道阙。太室阙往西还有启母阙，继续西行，在少室山脚下，就可以看见少室阙了。三阙阙身四周雕刻着人物、车马、杂技、剑舞、月宫以及动物等画像，再现了汉代贵族的生活场面。尤其是少室阙上的蹴鞠石刻清晰可辨，证实了东汉时期的中国就有足球运动了。

少室阙背后的少室山诸峰，簇拥起伏，逶迤延绵。站在少室阙前的高台上一眼望去，很是壮观。众人纷纷以此为背景留影为念。中午用餐于嵩山下的金圭食府，饭后众人又访了嵩阳书院和观星台等登封人文古迹。记得在中学历史课本上，就有一幅元代郭守敬观星台的照片，不料此行竟能亲身登上它。在观星台，登封市老干部志愿者嵩山文化宣传队的温书乾先生，为我们做了热情的讲解。临走时，温先生拿出一本册子，请秋禾师题字，秋禾师用他挺秀苍劲的笔法写下"嵩山科学人文，书卷千秋留芳"一句。

待我们回到郑州,已是傍晚,秋禾师提议再吃一次豫菜名吃河南烩面,众人便在宾馆附近选了家“聚丰源烩面馆”用餐。河南人民出版社的蔡瑛先生赶来与秋禾师叙别。

晚上8时许,秋禾师与我登上了K678次列车,5月1日清晨就可到达南京了。

下篇:己丑夏济南、曲阜纪行

王献唐、屈万里、路大荒为我国近现代史上的知名学者,为山东省图书馆事业,为齐鲁文化的搜集、整理与发展做出了重大的贡献。为纪念山东省图书馆百年华诞,山东省图书馆于2009年6月23—27日在济南召开了“王献唐屈万里路大荒国际学术研讨会”。我曾就台湾作家应平书发表于台湾《中华日报》上的几篇文章,对屈万里先生苦学自修的学人风范作文以评介,因此机缘,受山东省图书馆之邀,与秋禾师同行,便有了此次山东书香之旅。

2009.6.23 星期二 南京—济南

车近济南站时,还是早晨7点多钟,然而,此时的济南已被仿佛正午一般的日头照得亮堂堂、明晃晃了。未出车门,我心里就有了数——从一个“火炉”来,到另一个“火炉”去——果不其然。“最妙的是下点小雪呀。看吧,山上的矮松越发的青黑,树尖上顶着一髻儿白花,好像日本看护妇。山尖全白了,给蓝天镶上一道银边。山坡上,有的地方雪厚点,有的地方草色还露着;这样,一道儿白,一道儿暗黄,给山们穿上一件带水纹的花衣……”这是老舍《济南的冬天》一文留与我印象最为深刻的一段。之所以念上这几句,是想让自己在济南的夏天里降一降温。

馆方安排秋禾师与我入住山东大学学人大厦322室。稍作休息,便赶往中山公园旧书市场淘书。这一路上车堵得厉害,说是为迎全运会到处修路给闹的。济南天气之热,道路之堵,在踏上这片土地的几个时辰里,便已让我清清楚楚地开了眼界。到了中山公园,《济南日报》记者赵晓林先生已在门口等候多时。赵晓林先生一直倾心于老济南不同时期的旧报杂志、照片典籍等“故纸”的收藏,二十余年来,通过游访、竞拍等多种形式的搜集,收藏了大量清末以来的济南旧文献。我曾对其所著《故纸中的老济南》(济南出版社2009年版)一书做过评介,此次相会,对赵先生又有了更深入的认识。

中山公园内的旧书市场店铺林立,规模不小。现今的南京城里已见不到这般气象了。可能是工作日的缘故,淘书的人并不多。赵晓林先生说,一到周末,这里的景况便要壮观许多,大概会有“赶集”那般热闹。此番时间较紧,我们随秋禾师只逛了两家铺子,买了几本小书,便匆匆返回了。

中午,约了同门大师兄梁启东见面。我随秋禾师研学之时,梁师兄早已毕业,现在山东行政学院图书馆工作。虽然我与师兄未曾见过,却早已通过电话、网络往来许久。下午,馆方安排我们去山东省图书馆参观。在历史文献部,见了任继愈先生为省馆题的一幅字:“石渠留宝笈,鲁壁出弦歌。”《石渠宝笈》是清乾隆朝宫廷书画艺术品收藏集大成的记录,价值颇高。鲁壁,相传是孔子后裔孔鲋在秦始皇发布焚书令后秘藏《尚书》《论语》《孝经》《礼记》等战国简策之处,鲁壁藏书的出现,对于先秦儒家文化的存亡绝续具有重大的学术意义。

在省图的地下书库,见清雍正十三年(1735年)写本《徐士林父母诰命》。注释上介绍说,徐士林(1684—1741)乃山东文登人,清代著名清官。《清史稿》载:“父农也,士林幼闻邻塾读书声,慕之,跪母前曰‘愿送儿入塾’。乃奋志励学。康熙五十二年,成进士,授内阁中书……(乾隆元年)秋,授江苏巡抚……有清名。”徐士林出身寒微,秉性质直,勤政爱民,被乾隆皇帝誉为“忠孝性成”的一代楷模。我对徐士林有所关注,是因为他是我家乡文登的先贤。文登人自古便形成了尊师重教、崇文好学、重义守信、爱国爱乡、尊重知识和人才的优良传统与社会风气,更有“文登学”千古流传。

2009.6.24 星期三 济南

上午9时,“王献唐屈万里路大荒学术研讨会”开幕。各方代表致辞后,安排了王恩田、赵飞鹏、骆伟三位先生做主题发言。

记得是今年5月19日,南京大学图书馆一楼办台湾书展,有一本《图书文献学考论》(台湾里仁书局2005年版)因其首章列有“唐以前正史艺文志经籍志之续补考证著作举要”,而颇具特色与价值,引起我的注意并推荐给了学校图书馆。此书的作者正是今天做主题发言的赵飞鹏老师。会议间歇,我向赵老师做了自我介绍,交谈过后,算是认识了。

下午是王献唐专场报告会,十余位学者做了精彩报告。秋禾师曾作《王献唐双行精舍书跋中的旧书业影踪》一文,收于大会论文集《山东图书馆学刊——王献唐屈万里路大荒学术研讨会》(2009年第3期)。秋禾师在报告中阐述观点之后又提出三项建议:①抓住时机,搜集并编辑出版《双行精舍书跋三编》;②研讨会后,宜在《山东图书馆学刊》上以大会主题常年征文,以备编辑出版王、屈、路三先生纪念论文集之用;③建议山东省馆积极携手日照市文化部门,在王献唐先生逝世五十周年之际,举办相应的纪念研讨会,同时作为首发《王献唐年谱》《王献唐日记》的平台。

会上,见到了南京大学文学院徐有富、南京图书馆历史文献部徐忆农两位先生。虽然同在南京,却一直没有机缘得见。会议期间,两位先生对我多有照顾。我对徐有富师《目录学与学术史》(中华书局2008年版)一书的写作方法颇为喜欢,徐有富师便与我讲了这种条列内容的方式与众不同之处。对我学习文献学遇到的困惑,徐有富师授我以“索引卡片”之法,乃是以目录之法还治目录之学的道理。徐忆农老师给我讲了柳诒徵(1880—1956)与国学图书馆、国学图书馆与国立中央大学(今南京大学)的关系。

今日议程结束后,馆方在学人大厦设以欢迎晚宴。我与屈万里、路大荒后人屈跃东、路笑,复旦大学图书馆王亮,北师大史学研究所张峰，以及省馆工作人员同坐于“海风厅”。饭后，秋禾师偕我，同普林斯顿大学艾思仁、国家图书馆王菡两位先生一道，去山东大学文史哲研究院杜泽逊老师的工作室参观。只见满屋皆是目录卡片，杜老师及其夫人，常与弟子们在这里工作至深夜方才离开。杜老师自述其治学方法及培养研究生之法须在实践中开始学习，反复锤炼，没有基础并不可怕，也无须培训，研究生入门之后，直接安排其入工作室参与实际工作，有不懂不会之处，即可向同门师兄师姐请教。

2009.6.25　星期四　济南

出入随车，吹着空调，倒让我忘却了济南热之烈、热之苦了。尽管天气预报说今日气温将达40摄氏度，因为上午安排了我的报告，便也让我无心去理会外面的热度了。今日上午，是屈万里、路大荒专场报告会。因《齐鲁苦读有志士　执着为学树风范——〈苦学自修的屈万里〉读后》一文的机缘，我忝列报告者之中。

在家乡讲话，大概与吃家乡饭差不多，吃后还想吃，讲完还要讲。不过主持人给我的15分钟时间，我只用了一半。一是怕回到家乡激动地语无伦次，啰啰唆唆，被赶下台来，也怕言多有失，更重要的是，报告的内容已全文收在论文集里了，人手一本，不需要我在台上重复。所以，我就把自觉重要的内容做以提要说明，把话说简。中午，秋禾师在济南的书友徐明祥、自牧两位先生邀秋禾师餐叙。2007年10月，在浙江湖州举办的“皕宋楼暨江南藏书文化国际研讨会”上，曾见过自牧先生，徐明祥先生却是第一次见，先生题赠其所著《潜庐藏书纪事》（中国文史出版社2006年版），落款为“小潜”。翻过目录，即见来新夏、钟叔河、张阿泉三位先生所作之序。

按照议程安排，今日下午是相关文献专场报告和闭幕式。坐在我身旁的，是抗战时期山东省图书馆馆长辛铸九之孙、原山东省交通医院院长、六十三岁的辛凯旋先生，听累之余，辛先生便与我窃语几句，对报告者的发言做以评点。辛凯旋先生报告的题目是“东西方不同思维模式与临床疗效之差异”，他就东西方不同思维模式下的中医学提出了自己的看法。他的文章和发言，虽然与大会主题并非紧密切合，但是同样都是对中国传统文化的传承与发展提出了思考。

闭幕式上，来自台湾东吴大学中文系的丁原基教授做了总结发言，其中还介绍了屈万里先生的一句治学名言，曰“与血性人做朋友，于无字处做学问”。丁教授为孔子七十七代嫡孙孔德成之博士弟子，在文学史、图书文献学、文史工具书、类书研究、目录学方面均有造诣。会议间歇，丁教授与我交谈，对我上午的报告表示了称赞。她对后学的这份关照之情，记在了我的心里。

2009.6.26 星期五 曲阜

两天议程结束后，赴曲阜考察孔庙、孔府、孔林朝圣。中午在“阙里宾舍”用餐。阙里街据说是孔子生活过的地方。午饭后，去了孔林。林内墓冢累累，碑碣林立，规模很大，开放的地方却很小，不大会儿工夫就出来了。不过，孔子墓碑上密密麻麻的裂纹，始终在我的脑海中挥之不去。听导游讲，“文化大革命”期间孔子的墓碑和墓冢遭到了较大的破坏，同行者皆唏嘘不已。

回到济南已是傍晚，明天就要踏上返程的列车了。

『书香暨阳』的人文之旅

作者简介： 周燕妮，武汉大学编辑出版学本科，南京大学图书馆学硕士，现任职于武汉大学图书馆，从事阅读推广与文化宣传工作。

2010 年 5 月 21—24 日，赴“三吴襟带之都，百越舟车之会”的江阴参加“阅读疗法的理论与实践：2010 华夏阅读论坛江阴研讨会”，此五日领略了“书香暨阳”的悠久历史和浓厚人文，见识了阅读疗法的神奇功效和感人实例，希望以此为开端，让阅读温暖人心、照亮人心。

2010.5.21 星期五 晴

南京至江阴，两个小时的车程很快就到了。会务组的小姐姐很热情地帮我们签到、领取会议资料、办理住宿手续。到房间翻阅会议资料，除江阴图书馆的介绍资料和《风流一代》杂志外，里面还附有会议日程安排、一个精美的笔记本及一支笔，可见会务组很细心也很贴心，考虑周全。安顿好后，林公武先生及其夫人也到了。去年在福州我们曾有幸到林公家中，林公为我们挥毫题字，师母更是准备了甜点和水果，很是周到。

午餐时见到了其他已到的参会代表们，有甘其勋老师，熟悉的王宗义老师，著名的“书骨精”王波老师，还有苏州铁道职业技术学院图书馆左步电老师等。江阴图书馆的陈蓉馆长和宫昌俊馆长热情地招待我们，去年在福州与两位馆长交往颇多，这次见到自然非常亲切。

下午同门陈蔚随林公去山观实验小学讲座，我则陪同甘老师去暨阳中学做讲座，同去的还有《风流一代》杂志社的编辑。暨阳中学是江阴市重点中学，在陈馆长的陪同下，我们与金中南校长会面交流。金校长很热情，慷慨激昂地向我们讲述他的办校方针和学校取得的成绩。他提到的一点我很认同，即走可持续发展道路，注重培养学生的学习能力，关注学生终生、长远的教育。这一点是很多学校应该学习的，在现行教育体制下，很多学校只关注考试成绩、升学率排名等，急功近利，给学生很大压力，结果培养出一批读死书、没有活力的孩子。金校长很自豪地说，暨阳中学培养出的许多学生到高中、大学都是学生干部。这一点我却不大认同，如果只以培养具有领导能力和组织能力的学生为目标的话,那就陷入另一个极端了。具有活动能力的人才是需要的,但同样也需要能静心读书、潜心研学的人才。

甘老师向金校长赠送了他的著作以及他编的《语文辅导报》。看到甘老师这些成果,很让我感动。一位退休的老教师,大可轻松地安享晚年,如果不是对社会有高度的责任感,对教育事业有非常深厚的感情,是难以做出这些事情的。相比之下,我们的本职是学生,处在学校这样良好的环境中,却难读几本书,难写几篇文章,实在是太不勤奋了。我也将秋禾师嘱咐的《悦读时代》一、二期送给了金校长。

甘老师的讲座题为"不学无由明:语文读写能力与学生素质教育"。"不学无由明"出于欧阳修"性虽有五常,不学无由明",我理解的意思大概为人的本性虽然有仁义礼智信,但是不学习就不会明白。甘老师谈到很多读书方法和学习方法,听了很受用。但是讲座没有准备幻灯片,讲稿中又引用了很多古诗句,内容稍显深,可能台下学生能理解的不多。其实做讲座与写书是一个道理,我一直觉得大人给小孩写书是最难的,我们很难知晓小孩子的思想和认识,不知道该采用怎样的叙述方式和内容小孩子才能理解和接受。

讲座结束已是晚饭时间,见到了"江南怪才"袁逸老师,之前读他的《书色斑斓》就在想象作者该是怎样一个人,今日见到,果然文如其人,很是独特。席间大家谈笑风生,聊天的话题颇为丰富,很有意思。林公牙齿不好,为其叫了一碗面,大家分而食之,我本不大爱吃面条,与众人同吃,倒觉得滋味不错。林公特意带来了茉莉花茶,冲泡后满屋飘香。

2010.5.22 星期六 晴,气温回升

早餐后随秋禾师提前前往江阴图书馆布置会场。陈馆长亲自开车带我们过去,上车时,秋禾师教我坐车的礼仪。没想到乘车居然有这么复杂的礼仪,以前完全没注意到。在网上一搜,果然有很多坐车礼仪的专门介绍,现摘录几条如下,加深记忆:

1. 如司机驾驶,以后排右座为首位,左座次之,中间座位再次之,前排右座殿后。

2. 如司机驾驶,领导配有秘书外出,则领导坐后排右座,秘书坐前排右座,如彼此有事沟通时,秘书则坐在后排左座。

3. 如主人亲自驾驶,以前排右座为首位,后排右座次之,左座再次之,而后排中间座为末席。

4. 女士上车时不要一只脚先踏入车内,也不要爬进车里。需先站在座位边上,把身体降低,让臀部坐到位子上,再将双腿一起收进车里,双膝一定保持合并的姿势。

看似比较复杂,总结一下,就是三条准则:方便为上,安全为上,尊重为上。

开幕式在图书馆四楼报告厅举行。座位牌号卡已经准备好,现要排好座位次序。秋禾师将座次的摆放规则一一告诉我,既注意职位等级,又兼顾出入方便,同时还要整齐美观。座位安排好后,我开始记牌号与人,以方便引领代表就座,也可以快速记住每位代表的名字。举办一个这样的会议真不简单,旁观者看上去就是几个讲话几个颁奖,但是参与其中才知道背后有这么多琐碎的但却不可忽视的事情要做好。

开幕式上,王宗义老师宣读了台湾师范大学陈书梅老师的邮件,王老师的声音很舒缓,陈书梅老师的邮件内容很深情,听着听着突然觉得很感动。之前对这个会没有太多的想法,以为就是一个主题为阅读治疗的学术研讨会,现在却觉得这是一个极富人文关怀的会议,这个会上研讨的内容可以帮助很多人。

接着举行了"书香暨阳"揭牌仪式。看古里会议的新闻得知,中国阅读学研究会计划从今年起五年内在全国评选出十个"华夏书香之乡"。这是一个很好的创举,可以起到示范作用,但是要注意地区间的平衡,点与面相结合,才能形成全国范围的联动效应,让书香弥散得更广更远。

全体代表合影的间隙,见到了江苏科技出版社的曹琳娜师姐,师姐与我同有在武汉大学和南京大学求学的经历,她师从吴永贵老师,算来也是同门了。

上午的研讨会主要是三场专家报告,报告人分别为王波老师、宫梅玲研究员、万宇博士。三位老师的报告信息量都很大,宫老师和万老师都提到了加强阅疗专业团队的建立和阅疗专题书目的出版,这确实是阅读疗法实践的重点,也是图书馆界可以有作为的地方。王老师谈到阅读疗法要注意本土性,结合中国特色来研究,这一点我深为认同。

之前读《读书疗法:女性生活各阶段的读书指南》这本书,很是喜欢,还疑惑为什么没有为大家所熟知。整理读书笔记时意识到,这本书完全是翻译国外的,其中的思想观、价值观与我们并不都相同,虽然是国外十年前的书,但放到今日中国社会仍然太超前,其中过度宣扬自由,有些女权的思想想必是得不到中国读者认同的。不过书中介绍的很多书倒是值得读读,将其中介绍的一些书翻译出版,包装宣传一下,该是可以成为畅销书的。

有代表质疑“阅读疗法”概念,前段日子我也琢磨过这个问题。一个“疗”字,就有了病的意味,有病才需要疗。而事实上阅读疗法分为临床性和发展性两种,前者针对患者,后者针对大众,可是这个“疗”字就让读者敬而远之了。“阅读指导”与此有同样的问题,阅读本是一件私人的事情,与每个人的性格爱好有关,无所谓高低优劣,加上“指导”二字就有了居高临下的感觉,不如“引导”来得亲切。

总的来说,三场报告比较完整地从理论和实践上介绍了阅读疗法的研究情况。现场气氛很好,代表们争先恐后地要表达自己的想法,估计明天的研讨会会很热烈。我最喜欢大家激烈地讨论,甚至是相反意见引发的争吵,这样的“头脑风暴”可以激发每个人的思考,拓展视野,从而完善自己的思想。可惜在学校没有这样的氛围,做作业写文章都是自己忙自己的,很少相互讨论。

研讨会后,代表们短暂地参观了江阴图书馆。小蔚和我停在幼儿绘本馆不愿挪步了,真是一个充满童趣的世界:木制桌凳和米色地板显得柔和又舒适,白色墙面和绿色天花板增添了明朗和生机;书架也是木制的,架上的书不是塞得满满的,而是按大小和种类放在不同的格子里,取放方便。书架后面是活动区,制作了一棵高大的绿树,树梢上还挂着小木屋和小猴娃娃。还设有小型活动平台。近期这里正在开展"手拉手,享悦读,共成长"关爱特殊儿童阅读活动。图书馆工作人员很细心,桌上架上摆放着彩色的纸板,写着"我怕疼,请看护我""嘘——安静""不要把我弄脏哦"等亲切有趣的提示语,窗边、角落处也贴着可爱的剪纸图案和毛绒玩具,如同孩子们的房间一样;除了图书,桌上还摆放着涂鸦板和填色图案及彩笔、蜡笔等,小朋友们可以写字、画画。桌上还放着一些手工艺品,孩子们看书累了,还可以做手工,锻炼动手能力。

好的读书环境可以吸引读者,尤其是这样充满童趣的儿童世界,很能吸引小朋友。儿童长期处于其中,自然就会耳濡目染地喜欢上书,养成阅读的习惯。一个人的阅读爱好和习惯多半都是幼时形成的,如果从现在开始,全国的图书馆或书店都能营造一个如江阴图书馆幼儿绘本馆这样优美温馨的阅读环境,孩子们从小就喜欢待在图书馆,喜欢阅读,如此一代一代地培养,二三十年后,中国就离"书香社会"不远了。可惜,这只是理想的状态,一则以中国现在的经济水平,无法有这么多高水平的图书馆,二则网络吸引了许多人的注意力。

下午参观徐霞客故居和缪荃孙纪念馆。

徐霞客故居位于江阴城南四十余里的徐霞客镇,镇是新修的,统一的尖顶红墙建筑。故居由故居、胜水桥、晴山堂石刻、徐霞客墓和仰圣园等组成。故居内悬有陆定一题写的"徐霞客故居"匾额,陈列着徐霞客生平事迹,各种岩溶标本和现代专家学者所撰论文、专著以及几十幅"徐霞客到过的地方"风光照片等。故居正厅前东侧庭院内,耸立着一棵绿叶繁茂的罗汉松,听讲解员说这棵树是徐霞客亲手种植的,至今已有四百多年的历史了。记得中学时读过一篇关于树的散文,说树的生命力是最顽强的,能活得很长久,它伟岸地立在那里,为人类提供绿色和阴凉;它默默无言,却耳闻目睹人间的悲欢离合、沧海桑田，因为历史的沉淀而深沉厚重。对这篇文章记忆很深，以后每每见到古树，就会很敬仰，觉得它是有灵气有生命力的。人啊，有时候真得对自然有敬畏之情。

故居对门是仰圣园。仰圣园以《徐霞客游记》碑廊为主体，介于故居和晴山堂之间，将故居和晴山堂融为一体。仰圣园属于典型的江南园林风格，小湖、曲廊、水榭、亭苑……安安静静，清清淡淡的，令人不忍快步行走，不敢大声言语。

碑廊以《徐霞客游记》中的名段佳句作为主体碑文，汇集当代书法名家佳作。可惜不懂书法的我，无能欣赏其中的深功。走出碑廊，就是晴山堂了。晴山堂是徐霞客为了庆贺母亲大病初愈而盖的堂舍，当时正是“四月清和雨乍晴，南山当户转分明”。这样的时日落成的堂舍，就命名为“晴山堂”。晴山堂中屏前陈放着一座徐母教子雕像，看注解知徐霞客的成就很大程度上归功于其母王孺人的教育和鼓励。徐母理解并支持丈夫和儿子放弃科举、外出周游的壮举，在家纺纱织布，主动承担养家糊口的重任，这样思想开放、敢于担当的女性在当代社会也是鲜有的吧。只是徐母教子雕像中的“子”似乎年岁过大了，躺在母亲怀中不太融洽。

出了晴山堂，就踏上了当年徐霞客乘舟出发的胜水桥了。石桥题名“胜水”，取这一带屡遭水患之地能胜水吉祥

的意思。桥的内外两侧各有石刻对联,内侧是“曾有霞仙居北垞,依然虹影卧南旸”;外侧是“胜境重新舟驶人行通海宇,水影依旧清流激荡映天然”。如今的胜水桥成为游客观赏的景点,已不再有舟停泊,也不再有人在此离别,然而绿树碧水间的风采亦不减当年。

之前每到景点就是狂拍照片,让相机镜头代替眼睛去欣赏观览,确实留下了很多美丽的图景,但是过后这些照片总是安躺在电脑里,很少再去回味。这次,关上了相机,让自己沉浸在天地间,不用刻意去看什么记什么,只是去想象当时的场景,去感受远游的吸引力,一些图景和感触,铭刻在了心底。

接着一行人来到了申港镇缪荃孙纪念馆。很惭愧第一次知道缪荃孙是听同门荣方超师兄谈起,知道他是我国近代图书馆的“鼻祖”,今日游览其纪念馆,终得对其有全面的认识。

缪荃孙纪念馆也是该镇的图书馆。阅览室面积不大,却有好几位老人在伏案阅读,一位老爷爷戴着老花眼镜,专注地读着《老年周报》,口中还念念有词;坐在他对面的另一位老伯低头在抄录杂志上的内容,一笔一画极为认真,他的笔记本已经用去大半,可见做了不少读书笔记。真是一幅令人感动和钦佩的“老年好学图”啊!随着社会老龄化问题的加重,社会各界开始关注老年人问题,以使他们的老年生活过得健康、充实而愉悦。比起有些地方的老年人生活局限于打扑克、麻将等娱乐方面,图书馆对老年人是大有裨益的。阅读既可以让老年人保持思维的活跃,有助于身心健康,又能使他们了解社会,紧跟时代发展,不至于与子孙无法沟通,而有碍老年生活的幸福。

走上三楼大厅,迎面是巨幅展牌——“一代宗师缪荃孙1844—1919”,代表们在此展牌前合影留念,以示对宗师的敬重。缪荃孙一生留下的成果可谓丰硕:他是我国近代图书馆的奠基人之一,参与创办了我国南北两大图书馆,即今日南京图书馆的前身江南图书馆、中国国家图书馆的前身京师图书馆;他保护了大量古籍、古董不致流失,为后人保存了大量的精神财富;他在整理祖国优秀文化遗产、校勘刻印珍贵古籍、研究版本目录学等方面做出了不可磨灭的贡献。看展览的介绍说明得知著名的为学生指示读书门径的目录——《书目答问》是张之洞请缪荃孙代为编纂的,同时,他还参与编撰了多部方志,是我国近代著名的方志学家。

每每看到学者或大师们的介绍,总会发现他们的学问和成就不是局限在一个点上,而是与此相关的很多领域,这大概就是触类旁通的效果吧。就文科领域而言,文史哲总是相通的,具体到各大类下的子类也都有着紧密的联系,学精了一点,就能发散开来通到很多点。我们在感叹大师们的成就时,也要反思自己,不应该朝三暮四,而是要立足一个点,潜心研学下去,量变形成质变,质变之后又引起相关的量变和质变。

回宾馆的途中,琳娜师姐、陈蔚和我随同秋禾师、林公、王老师及甘老师前往江苏著名藏书家顾铁林家观赏其藏书,昨晚我们已欣赏了林公为顾老师的书房题写的“菁存阁”。

这是我第三次见到藏书家的藏书。第一次是在林公家,进门就是满目的书架,高抵天花板,地上也是一摞摞的堆至人高的书,连女儿的闺房也被藏书占据了半壁江山。林公家同时还有很多珍贵的古董和书画墨宝,令人艳羡和赞叹不已。第二次是在薛冰老师家,薛老的书排列非常整齐,藏书收集很齐全,还有详细的分类,薛老对自己的藏书很熟悉,随便提起什么书都能迅速在书架上找到,对内容也较熟悉。这次见到了顾先生的藏书,也是蔚为大观。

此处住所不大,藏书占据了三分之二的空间,但顾老说这里的藏书只是他所有藏书的三分之一,可这里的壮阔书海已经让我们惊叹了!顾先生的藏书中有很多是珍贵的古籍,他很大方地拿出来摆在桌上让我们欣赏。摸着泛黄的书页,看着岁月流逝在其上留下的痕迹,忍不住感慨这些书流传到现在真是不易啊。

听说顾家注重传承家族爱书观念,积极营造家庭文化氛围,“菁存阁”已传了四代人。房中还有一架古琴,与架上的古书相得益彰。环视整个处所,楼是几十年的旧楼,屋内装饰极为简朴,仅有必要的生活用具,但坐拥书海,诵读古书,耳旁琴声萦绕,真是人间极大的愉悦事啊!

真是外行看热闹,内行看门道,在我们参观书房的时候,秋禾师已经打开一本本古书,开始抄录其中的语句。一直很佩服老师这种随时可以专注学习的能力,总能很快地从一本书中找到所需的内容,并能不受耳边任何喧嚣的影响认真阅读。

2010.5.23 星期日 晴转阴

昨晚已约定好,今日上午由古里镇文化站站长、瞿氏铁琴铜剑楼纪念馆馆长钱惠良站长带琳娜师姐、陈蔚和我三人去参观该纪念馆。

瞿氏"铁琴铜剑楼",与山东聊城杨氏"海源阁"、归安陆氏"皕宋楼"、钱塘丁氏"八千卷楼"齐名,合称"晚清四大藏书楼"。而四大藏书楼中,唯有铁琴铜剑楼巍然独存,其藏书五世传承。

钱站长介绍道,新建好的铁琴铜剑楼纪念馆分前后共三进,建筑面积约为600平方米,分别展示了铁琴铜剑楼原貌、铜剑、楼主复制书籍等推动文化传承和发展的过程;再现了楼主在战火时期冒着生命危险护书藏书的艰难历程;介绍了常熟市私家藏书概况,反映常熟有名的藏书楼与铁琴铜剑楼的渊源关系等。纪念馆同时采用了现代声、光、电的手法和实物(复制品)相结合,营造出强大的视觉冲击,更生动形象地展示出铁琴铜剑楼在中国近代藏书史中所具有的地位和价值。

古人藏书多秘而不宣,而铁琴铜剑楼的主人却专门开辟阅读之所,慕名而来者查阅古籍,可就室阅览抄录。主人还为读客提供茶水等服务,对远道而来者甚至提供膳食住宿的方便。这是瞿氏与其他私家藏书者最大的不同之处。瞿氏藏书能得以五世绵延,百年不散,是因为其藏书有方和护书有功,也是其藏而不秘,与人共享积累的功德所致吧。

看着纪念馆内介绍的瞿氏五代传承和保护这藏书楼的事迹，忍不住猜想，如果这脉络从古至今都没有断掉，如果现今此处仍然是瞿氏后人的私家藏书楼，那该是怎样一幅景象？万物的发展都离不开历史的滚滚云烟，更何况这薄薄纸页编连而成的书，风刮雨淋、虫蠹火焚，自然的侵蚀尚难逃免，人为的劫难又怎能躲避呢？捐献给公共图书馆自然是最能安身保命的方法，也能让更多的人阅读和使用，发挥其作为书籍的本来使命。当然，这前提是图书馆内要有懂得欣赏和重视珍藏的爱书知书之人。

穿过一间间展厅，最终来到铁琴铜剑藏书楼的原址，只是一座两层的小楼，新粉刷过，已见不到历史的痕迹。一楼布局简单，一书案，几桌椅，是当时查阅登记之处。楼上的藏书只有主人能上去亲阅，现在因为建筑历久恐不坚固，不对游客开放，想必也只剩下空空的房间。

望着上楼的阶梯，突然想起了古时那个女子与藏书楼的凄婉故事。钱秀芸，一位崇尚文化、酷爱诗书的大家闺秀，为了能够登"天一阁"读书，不惜下嫁给范氏公子，不想范府有规定，女子不能登阁读书，最终她抑郁而死。

古时女子为得阅书，以自己的婚姻幸福去谋求机会，最终绝望地献出生命。现代人读来不知是会笑其太傻太天真，还是会为其如此痴爱读书而感动。

楼还在，人已逝，书也去，走出纪念馆，天暗沉着，飘着雨丝，有些凉凉的。

下午的会议为《读读书》品评会。上午的阅读疗法研讨非常热烈，取得了很好的效果，下午先继续上午的研讨。来自苏州卫生职业技术学院图书馆的左步电先生，在其发言中将此次研讨内容概括为"泰山医学院模式"和"南京钓鱼台小学模式"，同时提出还应该塑立一个"成人模式"，以这三种模式为指导，在社会开展广泛的阅读治疗推广和发展。我个人觉得这是非常好的一个提议，当然，模式的名称和层次都有待商榷。确实，阅读治疗不是普遍适用的，必须针对不同的群体，有不同的读物选择和实施方案，就如医生会对症下药一样，没有哪种药是包治百病的。

《读读书》是江阴图书馆的馆刊，去年(2009年)10月在福州就读到了该刊的前三期，非常现代、时尚的风格，类似《城市画报》，与以往读到的图书馆刊物或读书类刊物完全不一样。此次会议上又读到了第四期和第五期，第五期居然是“阅读和电影”专刊，文艺气质浓厚。

陈馆长介绍说，《读读书》有一个很大的特点，即抛弃功利性阅读指导，只对读者进行阅读理念和阅读生活的引导。对于此问题，在去年的福州研讨会上已有讨论，阅读是否该功利因人因时而异，没有定论。不过该刊倡导的“知性生活”却是值得赞赏的，尤其是在江阴这样经济发达的地方，不仅要让人们物质富足，还要精神富足，将生存上升到生活，从愚昧到智慧。

品评会邀请了《读读书》的几位特约撰稿人，多是当地的作家、编辑、记者等，都对该刊表示了赞赏并提出了发展建议。袁逸先生、甘其勋先生、林公武先生、彭艳女士也都诚恳地表达了自己的见解。对于版式的问题，陈蔚和我都认为封面和目录应该确立一个固定的版式，而秋禾师却对这种率性和创意设计表示赞赏，希望能够保持这样，不断给读者期待和惊喜。不禁为老师如此开放的思维拍掌，我们是二十多岁的青年，却因循守旧，全无反思和创新意识，真是羞愧。

办刊物真不是一件容易的事情，大学时期，我参与编辑过多本校园刊物，有政治味浓厚的学院刊物，也有文学气息浓厚的读书刊物，还有学术性质的专业刊物。我个人觉得最难的是刊物的定位，读者对象是谁，刊物的宗旨是什么，宣扬什么样的理念，这些都是一个刊物应该明确和坚守的。学生总是有理想主义情怀的，可是太“阳春白雪”却不一定受大家欢迎，如何将宏大的主题以大家喜闻乐见的形式表现出来，并能起到潜移默化的效果，那才是最重要的。

晚饭后，江阴图书馆的陈云昭先生带陈蔚和我去游逛江阴城区。因去年在福州，我们与他的交流较多，加上年龄相仿，能谈得来，也算朋友了。我们相约在江阴城的一座小桥上，会面后他即带我们前往附近的一家茶店。一位与我们年龄相当的姑娘为我们表演了精彩的茶艺,她那双巧手泡出的茶香气四溢。我们才知道原来还有茶艺专业,开在专科学校里,要学采茶、炒茶、晒茶、识茶、泡茶等关于茶的一切。姑娘手艺娴熟,但是言谈颇少,只是腼腆地笑着。要是茶艺专业里再开设一些茶的历史、茶的诗歌等茶文化的课程,大概姑娘泡茶的神韵会增加许多。

品茶之后,即步行至江阴的步行街。天已晚,店铺已休息,街上行人稀少,没有我们想象中的繁华热闹,却也得了几分宁静与舒适。突然看到一座很大的牌坊,横匾上书"天开文运"四个大字,原来这里就是江苏学政衙署遗址公园了。牌坊左右两边有副对联,借着相机的闪光拍摄才看清,上联是"文章有神浩气贯长江南北",下联是"风雨不动欢颜开广厦万千",非常的大气。晚上大堂已经关闭了,外围草坪上是雕塑群,夜色模糊,也识不出具体是谁。白天来此游览,应该能学到不少历史知识吧。

之前查阅的资料介绍说江阴市摆脱传统的经典模式,打造旅游的新古典主义。现在看来,这确实是适应现代人追求古今融合的模式。这一片,既有现代气息浓厚的繁华商业,又有历史积累深厚的文化景区,衔接两者的是园林式生态休闲空间,现代与古代的交融如此自然,又如此舒适。

2010.5.24 星期一 晴,热

今日秋禾师带着琳娜师姐、陈蔚和我参观刘氏三兄弟故居。故居为平房瓦屋,坐落在闹市区的高楼大厦间,远远望去有种"遗世独立"之感。接待我们的负责人非常热情,也非常耐心地为我们讲解刘氏三兄弟的故事及故居的情况。

刘氏三兄弟故居与以往看到的名人故居很不一样,故居占地规模小,房屋构建装饰简单,就是普普通通的民宅。但因为这故居里的人不一般,使得这故居也生出不一样的味道来。

刘半农是大家比较熟悉的,那首《教我如何不想她》脍

炙人口。但看了故居里的陈列介绍才知道，除了文学家的身份，他还是我国语言学及摄影理论奠基人，他的《汉语字声实验录》荣获“康士坦丁语言学专奖”，是我国第一个获此国际大奖的语言学家。刘天华是著名的民族音乐家，二胡学派的创始人，在我国音乐史上他第一个沿用西方五线谱记录整理民间音乐；而刘半茂是著名的民族音乐教育家、作曲家，继承其兄“改进国乐”的遗志，放弃英语教授的席位，转攻音乐。

这样平凡的家庭居然产生了这样三位名人，用他们的智慧和力量分别在各自的领域留名史册。他们的人生经历和为中华文化所做的贡献，展现了近代中国知识分子的人生追求和高尚品德，值得我们年轻一代好好学习。我爱游览名人故居，尤其爱这种修缮不多、装饰朴素的故居，虽不能完全想象到名人曾经的生活和学习场景，但能从中感悟到他们的成长历程，获得启示。正如来新夏先生在《访景寻情》中所言：“拜访名人故居是许多人心向往之的一种文化活动，因为一则可借此了解伟人的生活环境，分析他之所以成为伟人的某种因素；再者，既称名人故居，往往经过整理陈设，特别是实物展览更易给人以具体生动的教育。”

故居的负责人不是专业的导游，但是他讲解得非常认真详细，从他的神情和言语中可见他对刘氏三兄弟的敬佩和对故居的热爱。刘氏三兄弟故居能够在城市建设大肆拆迁的社会背景下得以保存，离不开政府部门的远见卓识，也离不开许许多多像负责人这样的人作用其中。虽然在繁华的城市景象中，这座旧处所显得有些没落，但是设想几十年后，一百年后，那些高楼大厦都已多次旧貌换新颜，不留下一丝痕迹和念想，但这座故居，却依然屹立于此，静静地，因其特殊的历史意义和文化底蕴为这座现代城市增添光辉。

故居后面有一个小院是三兄弟小时候嬉戏玩耍的竹园，竹枝翠绿，散发淡淡竹香。刘半农曾有一首小诗表达他对故居的浓浓深情：“我到北地已半年，半夜醒来一宵雨。若移此雨到江南，故园新笋添几许。”是啊，故居的生活，留给人的不仅仅是年少的回忆，更是对成长足迹的回顾。如今不再有私塾先生传道授业,也不再有贤淑的蒋母相夫教子,但在这清清朗朗、文风浓厚的故居间得以短暂停留,也能得其熏陶。

参观完后回江阴图书馆,正好赶上了袁逸老师讲座的下半场。袁老师的大作《书色斑斓》很有趣味,视角观点独特,其讲座也是如此。袁老师讲到男人要找受过高等教育的女人结婚,这一点,我非常赞同。一般而言,受过高等教育的女性有文化、有教养,理解力和包容心都更强大,能与男性很好地沟通相处,且能较好地教育后代(这一点尤其重要,从徐霞客和刘氏三兄弟的成长经历可知母亲角色的重要)。从这一点上来看,现代女性一定要多读书。

但袁老师认为读书要完全顺着自己的兴趣爱好选择,我就不太认同了。自然,读书要以自己的兴趣爱好为引导,但是不能完全放任自流,人都是有惰性的,有时候得控制自己的本觉,强迫自己去读些严肃、艰涩但对学习和工作有很大帮助的书,以不断提高和完善自己。

在江阴的这几日,觉得特别舒畅。江阴给我的印象是一座很年轻的城市,充满生机活力。这一点体现在江阴图书馆就是馆员都很年轻,平均年龄才三十几岁。再者江阴的城市规划很好,将商业区与政治、经济、文化区分隔开来,使整个城市秩序井然,喧嚣与安静互不干扰。

江阴的女性亦给我留下了深刻的印象。去年在福州见到陈馆长,就被她的大方和能干所感染,此次江阴之行又对她有了更多的了解。她是我喜欢的那种女性,美丽与才华兼备,既不高傲也不矜持,不是女强人那般的生硬强势,而是将女性的特质糅合在工作和人际中,富有亲和力又让人信服。美丽,能干,再加上好才艺,这样的女性实在是让人爱慕。

江阴图书馆的其他女性也是别致的。我想现在的这份工作对她们来说,更多的是为充实自己,让自己的生活不局限在家庭中,不落后于时代,活出自己不仅作为“女人”,更是作为“人”的风采和价值。近年来有舆论,甚至所谓专家提出让一部分女性回归家庭的观点,说是一方面可以缓解就业竞争压力,另一方面可以加强对子女的教育,弥补社会教育和学校教育的不足。这些观点有其合理性,但是却忽略了一点,女性如果不融入社会,又怎能提高自己进而教育后代?即使是受过高等教育的知识女性,将她完全困于家庭的琐碎中,她的思想和才华也会竭尽的。

江阴图书馆大约在全国的县级市图书馆中都是佼佼者吧。这一方面是由于江阴经济发达,政府有充足的财力投入在此,另一方面更与江阴的历史人文传统分不开。经济可以提供财力物力,建设好的场馆,配备好的设施,但人文氛围和阅读习惯的形成却是一代代传承下来的,不可能在短时间突然形成。物质文明与精神文明的建设必须得是同步进行,没有好的精神文明做指导,物质文明也会走入误区。

后记:

回南京后,一日突然在网上看到了陈蓉馆长的博客——"四月芳菲",博文写得很勤,多是读书、观影的散文,也常有诗歌,思想丰盈且富有灵气,充满人文关怀。读到一篇文章《礼物是一篮子花花》,看内容应该是她先生在她生日时写给她的文章,全文非常有文采也很真诚,洋溢着对她的尊重、欣赏、鼓励和爱意。将文章转发给好友,并附上留言:"一直感慨,这样一个完美到极致的女人,究竟有怎样一个家庭,读到这篇,我悟到,一个女人的成长,需要怎样的勇气和鼓励……"

湖州、余杭、苏州行记

作者简介： 蔡思明，湖北天门人。2010年毕业于湖北大学历史文化学院档案学专业，2013年毕业于南京大学信息管理学院图书馆学专业，获硕士学位。现任职于南京邮电大学图书馆，从事校园阅读推广工作，并编辑馆刊《书林驿》。

2012年5月11日下午，从苏州站乘坐G7134次高铁，约1小时左右到达南京站，又经地铁回到南京大学，这一次湖州、余杭、苏州三地之行也算到此结束了。坐在宿舍电脑桌前，想着这些天所参观的诸多人文胜景，只想迫不及待地用文字记录下这些天的见闻和心情，生怕再晚一点那些美好的场景就会被淡忘。

2012.5.8 星期二 阴

入住德清

为参加在湖州德清县举办的"纪念赵萝蕤先生诞辰100周年暨外国文学翻译学术研讨会"，我和师妹陈路遥跟随秋禾师一同前往赵萝蕤女士的故乡德清县。上午，和师妹一起旁听秋禾师为2011级图书馆学专业所讲授的"非正式出版物"课程。

约11:30左右，课程结束，秋禾师和我们二人一同从北京西路打车至中央门汽车站，乘坐13:00前往湖州市德清县的长途汽车。经约3小时50分钟，汽车到达德清县汽车站。湖州师范学院外国语学院梁正宇院长来车站接我们，将我们送至德清县新雅兰国际大酒店。

回房间后即看到了会议主办方放在房间的相关资料，其中就有南京师范大学出版社2009年出版的赵萝蕤的文集《读书生活散札》。来此之前，秋禾师嘱咐我和师妹提交的论文便是对此书进行的评介。此外，还有两期德清县文学艺术界联合会所办的小刊《吴越风》、一本德清县宣传部编的画册《德清风韵》，以及一本宣传德清县的集子。

稍事休息后，我们即前往餐厅用晚餐。落座后，服务生上茶，透明的玻璃杯中，几片未沉下去的茶叶亭亭玉立，在水杯半中央飘着，缓缓下落。几位先落座的老师尝过此茶之后，不住地开口称好。据在场各位老师讨论，此茶颇佳，不仅在于茶叶的优良，还在于德清县优良的水质。据说这里的水是甜的呢！

"人有德行，如水至清"，这是当地人对"德清"二字的释义。而“德清”此名的来历也确实源于当地水质的清澈，宋代诗人葛应龙的《左顾亭记》道：“县因溪尚其清，溪亦因人而增其美，故号德清。”德清不仅是翻译家赵萝蕤的故乡，唐代诗人孟郊、近现代文学家俞平伯等也都出生在德清。一方水土养一方人，孟郊的温良孝顺、赵萝蕤的真诚朴实、俞平伯的淳朴恬适……都受到过这如水至清的氛围的影响吧！

晚饭后，和师妹分工校对苏州图书馆拟定的《中国图书馆基本藏书推荐书目》稿件。此书目按照学科门类进行分类（其中少儿图书单列），各类别下推荐一部分图书，并且撰写相应的书目提要。秋禾师指导我们按照平时行文的要求，对稿件进行标准化、规范化修改。我俩一直校对到近晚上12点，才洗漱入睡。

2012.5.9 星期三 阴

参与研讨会

早上7:20起床，8:00到楼下大厅吃早餐。之后，秋禾师也下楼，用餐前和我们讲解了做报告的一些要旨。

会议在9点准时开始，由湖州师范学院外国语学院梁正宇院长主持。德清县委常委、宣传部长张林华和湖州师范学院党委副书记周家健分别致辞。之后，全体与会人员在酒店门口合影留念。

上午10时，研讨会继续，由北京外国语大学外国文学研究所汪剑钊教授主持接下来的主旨报告。首先是秋禾师做题为“赵萝蕤：才学兼备的‘燕园校花’”的报告，他从钱锺书的《围城》说起，对民国时期知识女性群体受教育的状况进行揭示，借此展开赵萝蕤的才学人生。老师最后得出十六个字的结论：红颜易逝，文学不老，读书女子之春常在。我平时偶尔会关注一些女性阅读方面的问题，对于秋禾师总结的这十六个字深有感触。就拿在出差前刚读过的乐黛云的自传《四院·沙滩·未名湖》（北京大学出版社2008年版）来说，也是一部知识女性的成长史。乐黛云女士敢于选择自己的人生道路,并且用勇气和才学去开拓自己的人生,虽然遭遇万般险阻,但终究是守得云开见月明。她的人生,以及这次会议所研讨的赵萝蕤女士的人生,都印证了老师这十六个字。这一结论对于那些拿青春赌人生的女性来说,确实是一记大耳光。而对于那些正在受教育的女性来说,也是一大警示。

之后是几位研究外国文学的专家所做的报告,我一边听,一边整理自己一会儿可能要做的报告。等到几位老师报告完,午餐时间已经临近。会议主办方临时决定下午增加一项活动,即参观赵萝蕤的出生地——德清县新市镇。所以我原本可能要做的报告无法进行了,于是便改为书面交流。虽然报告取消,要做报告的压力顿时也没有了,但是心里还是有些小小的遗憾,毕竟还是有些许准备,而且我们在阅读了赵萝蕤的散文随笔之后,也确实觉得有很多值得分享的地方。

游观新市古镇

午餐过后,随着主办方安排的大巴车,经高速公路,来到赵萝蕤所出生的小镇——新市镇。这座小镇还保留着民国时期江南古镇的原始风貌,一路走过去,就好比是一幅小桥流水的画卷正在我们面前徐徐展开。我们沿着台阶,顺着岸边的石板路往前走,古老的廊棚歪歪斜斜的,房梁和屋柱也透着斑驳。

这里不像乌镇和西塘,未进行商业开发,所以没有人潮涌动的景象,显得更加的文静、秀丽。我们沿着狭窄的石板路行走,偶尔遇到一些当地的居民。这一排老建筑显得十分的陈旧,但是很多当地居民依然在此经营着各种小店铺,如钟表店、皮具店、理发店、食品店等。在水运作为主要交通运输方式的时候,新市镇位于长江三角洲腹地,是当时重要的水路运输干道。可以想象这儿曾经人来潮往的繁华景象。

走到一座石桥旁，石桥对岸的门面匾额上挂着“林家铺子”的招牌，原来这里正是当年电影《林家铺子》的拍摄地。现在河面静谧，无船只经过，岸边没有来往行人的喧哗声，河边更无小孩玩乐、妇女浣衣的嬉笑怒骂声，码头上也看不到上下卸载货物的景象，这座小镇现在只是静静地立在这江南大地上。可也正是因为这样子，这座古镇才能保留住历史的味道。

这河面上一座座的小桥是最具生气的，因为其小而秀丽，才衬得出桥面下河水的灵动。多少年了，来往过客，不知道留下了多少足迹。有好几座小桥被茂密的藤萝缠绕着，有些屋子的墙面上也是满墙的藤萝。秋禾师提醒我们：“你们看看这个景象，现在明白了赵萝蕤的父亲给她起这个名字的原因了吧！”萝者，善爬蔓的植物也；蕤者，草木茂盛也。“萝蕤”二字，不正是指遍布此地的这些枝繁叶茂而又富有朝气的植物吗？父亲给女儿起此名，实则也是自己思乡之情的一种寄托。

接着，当地导游带领我们参观“新市文史馆”。该馆原是一家当铺，前后共有三进院落，但是经过战火，现在保留下来的只有最前边的一进而已，被修建成“新市文史馆”，陈列丰富史料，以纪念当地历史名人，弘扬地方文化。除了赵紫宸、赵萝蕤父女之外，还有南宋诗人吴潜（1196—1262），清朝画家沈铨(1682—1760),中国古桥古船专家朱惠勇,都是这座小镇所孕育出来的精英。沈铨的后人至今还居住在此。

之后,导游带我们去寻访赵萝蕤故居老宅所在地。原来的房子早已被拆除,后来在原地重新建了新房,目前仍然是赵家后人在此居住。我们一行几人敲门进去,和一位老者进行了简单的交谈,得知他是赵萝蕤堂姐的后人。现在的房子建成之后,赵萝蕤曾于1992年回来在此居住过几天,那大概是她最后一次回故乡吧!

告别老先生,我们匆忙赶回大巴和其他人员集合。秋禾师一路上向我们讲解,我们现在脚下的马路,其实当时都是河流,后来因城市建设,而填河为路。现在路上偶尔可以看到断桥,都是城市改造的结果。若是了解一些基本的地理格局,可以在自己脑海中还原当年整个新市镇小桥流水的画面。

社会在进步,当年最为便利的水路运输,现在已经被公路、铁道、飞机等运输方式所取代,城市建设也相应地发生着变化。新市镇能够保留一部分当年古镇的面貌,已属不易。虽然很多人会感叹城市建设给历史遗迹带来的破坏,但是也应该看到这些建设给人们生活带来的便利。历史没有断层,总归是要朝前发展的。

游览下渚湖国家湿地公园

下渚湖是江南最大的天然湿地。大巴在靠近下渚湖地区的途中,我们就看到几行白鹭在天空飞翔。大家自然都想起了杜甫的名句:“两个黄鹂鸣翠柳,一行白鹭上青天。”想到一会儿可以看到满山的白鹭,心里都有些按捺不住了。

到达下渚湖湿地公园之后,我们乘坐游船直驶白鹭岛。虽然今天天气有些阴,坐在船上,迎着风,稍微感到几丝凉意。但是在开阔如漾的湖面中行进,倒是有一种远离城市喧嚣后特有的神清气爽。据导游介绍,下渚湖景区的特点在于湖中有墩、墩中有湖,港中有汊、汊中套港。游船在里面弯弯绕绕的,就像穿梭在一座巨大的水上迷宫里。

随着游船行走,满湖的芦苇在风中摇摆着,偶尔还可以看到几只野鸭。最有趣的是在湖中架起的几根竹竿上，停着几只夜鹭，一动不动的，原来它们正在睡觉呢，要等到晚上天黑了才会出来活动。我想起了电视上面经常会看到的船夫摇着小船在芦苇丛中穿梭的景象，还有采莲姑娘在莲花丛中唱着山歌采摘莲蓬、菱角的画面。不过，我们以观赏为主，只能在远离芦苇的开阔湖面上行走，自然体会不到那种农家之乐。

慢慢地，船已经越来越靠近白鹭岛了，可以看到岛上星星点点的白鹭在山林间晃动。不过我们首先要去观看的是这里被称为"东方宝石"的国宝级鸟类——朱鹮。19 世纪朱鹮曾广泛分布于中国东部、日本、俄罗斯和朝鲜等地，但是随着人类生产活动的影响，数量逐渐减少，俄罗斯、朝鲜、日本的朱鹮曾一度绝迹，中国朱鹮的数量也开始急剧下降。朱鹮的形态十分优美，羽毛洁白如雪，翅膀下侧和圆形尾羽呈朱红色。朱鹮的性格温顺，而且是世界上最忠贞的鸟，它们执行一夫一妻制，如果一方伴侣不在了，另一方会终身不娶或不嫁，因此也被人们称为爱情鸟。果然，我们在朱鹮的繁殖基地所看到的朱鹮都是成对成对在一起活动的。

因为朱鹮尤其珍贵，而且现在正是它们的繁殖期，所以它们都被圈养在高高的铁丝网内。比起在岛上自由自在飞翔的白鹭，倒是有些同情这些朱鹮。虽然人类是在采取措施保护它们，但是那高高的铁丝网终究是抑制了它们的天性。究其原因，罪魁祸首也是我们人类。看着自由自在、成群飞翔的白鹭，想到它们或许某一天也会遭遇此等待遇，实在有些不寒而栗。

离开朱鹮养殖基地，我们顺着沿途的指示方向牌朝前走，来到了湿地标本博物馆，这里展示了下渚湖地区各种鸟类、鱼类、兽类等野生动物。沿途我们还看到成片成片的油菜地，可惜现在不是油菜花开放的季节，不然这里高低起伏的成片油菜地又是一大美景。再往前走，就到了我们要乘船返回的码头了。远去连绵起伏的山脉，在朦胧的雾气下，层次分明，像一幅天然的山水画。在回程的路上，导游又向我们介绍了下渚湖四季的不同景色。春天，百花齐放，有桃花岛，还有大片的油菜花，以及漫山遍野不知名的花儿；夏天，能够欣赏到“接天莲叶无穷碧”的莲花；秋天，一望无际的芦花也别有一番滋味；冬天，银装素裹，又有成片的芦苇，无疑是欣赏雪景的佳处。

2012.5.10 星期四 晴，微风

参观赵紫宸、赵萝蕤纪念馆

上午，我们收拾好行李，离开新雅兰国际大酒店，随大巴至湖州师范学院。到湖州师院之后，我们先和从余杭过来的章念翔先生（中国国民党革命委员会苏州市委副主委，章太炎之孙）碰面，接着即去参观“赵紫宸、赵萝蕤父女纪念馆”（简称“两赵纪念馆”）。

赵紫宸（1888—1979），基督教神学家、牧师，浙江德清人。1905 年赴苏州基督教会萃荣中学读书。1907 年受洗入教。1910 年中学毕业，考入东吴大学。1914 年东吴毕业后，被选送美国留学，入田纳西州万德比尔特大学社会系，毕业后荣获金质奖牌。1917 年回国后，任东吴大学教授，燕京大学宗教学院教授、院长、《真理与生命》月刊主编。1947 年在美国普林斯顿大学成立 200 周年纪念会上被授予荣誉神学博士学位。著有《基督教哲学》《基督教进解》《耶稣的人生哲学》等。去世后，海内外人士编辑有《赵紫宸文集》和《赵紫宸纪念文集》，由宗教文化出版社出版。

赵萝蕤（1912—1998），1928 年入燕京大学中文系学习，两年后转入该校英文系。1932 年考入清华大学外国文学研究所攻读。1937 年由上海新诗社出版其译作长诗《荒原》（美国艾略特作），此书被列入“新诗社丛书”。抗战期间，经常在桂林《大公报·文艺》和上海《时事新报·学灯》发表新诗，受到闻一多的赏识。1944 年到美国芝加哥大学攻读文学硕士和哲学博士学位。1948 年回国。次年在燕京大学任教授。1952 年任北京大学西语系教授，研究英国的拜伦、雪莱、济慈等著名作家。个人文集有《我的读书生涯》，由北京大学出版社 1996 年出版，以及《读书生活散札》，由南京师范大学出版社2009年出版。

“两赵纪念馆”仿照湖州师范学院人民路旧址红楼建造而成，兼具东吴大学西式建筑的风格。该馆在筹建之初，赵紫宸先生之子、“两航”起义功臣、北京对外经贸大学教授赵景心及其胞弟景德、景伦先生捐资45万元与湖州师范学院共同建成。同时，赵氏兄弟还将赵紫宸、赵萝蕤父女的部分遗物，包括照片、手迹、书籍、故居文物等，捐赠给该馆永久珍藏。

这座小楼共有上下两层，一楼主要展出一些名人字画，二楼左右两侧分别用多块展板对赵紫宸、赵萝蕤父女的生平进行介绍。同时，展出的还有赵氏父女的部分著作。赵萝蕤曾经弹过的钢琴也陈列在馆。

参观沈左尧楹联艺术馆

从“两赵纪念馆”出来，我们又来到该校的沈左尧图书馆，一进门便看到墙上挂着清朝李煊的绝句，“侬家生长碧湖头，打浆真从镜里游。怪道当年苏学士，杭州不住住湖州”，称赞当时的湖州丝毫不逊于杭州，连苏东坡也要住湖州。

乘坐电梯上八楼，到了沈左尧楹联艺术馆，一位馆员带领我们进行参观。沈左尧楹联艺术馆位于湖州师范学院沈左尧图书馆的八楼和九楼，其中八楼展出了沈左尧先生捐赠的徐悲鸿、傅抱石、陈之佛等一批名家大师的书画作品，如张伯驹先生赠其的一则藏头联，“左史右图翻往历，尧天舜日看今朝”。另有一幅秋禾师提醒我们观看的画也十分有意思，是宗其香赠送给沈左尧的，画的是南京大萝卜，一大一小的两只红萝卜，十分逼真可人。不过最有趣的是他本人在一旁的题跋：“我生在南京西城角，是南京土产，大家叫我大萝卜，我不像苹果香蕉那么甜蜜又富营养，吃了我只生一肚子气，如果不满意，把我当作您的屁放了，你既舒畅我也自由。八一年除夕。其香。北京。”从此可以看出宗先生十分率直、爽朗的个性。

九楼则展出了沈先生自己创作的楹联、诗词、篆刻、素描、水彩、摄影等作品，记录展示了沈先生一生从抗日战争时期至今的创作。馆内按照沈先生的作品类型进行专题展出："左尧印存"展区展览了沈先生为我国一代名家大师如郭沫若、徐悲鸿、傅抱石、吴作人、谢稚柳、李可染、刘开渠、黄苗子等所刻的书画印章；"沈行楹联"展区展出了沈先生在全国各地各种场合创作的数以百计的嵌名联和楹联；"沈行诗词"展区展出了沈先生创作的或写景状物，或咏物抒怀，或追忆历史，或颂扬人物的近50幅作品。

按：沈左尧（1921—2007），别署沈行，号胜寒楼主。1921年出生于浙江海宁。中国科协研究员，中国老年书画研究会顾问，中国美术家协会会员。1944年以一幅人像素描入选澳大利亚博物馆。1946年参加联合国举办的《和平》宣传画比赛，作品受到联合国表彰，获当时中国教育部金奖。

瞻仰章太炎故居

离开沈左尧图书馆之后，此次湖州之行便告一段落。我们和湖州师院外国语学院的清书记告别之后，便随章先生的车前往余杭。一路经高速，约1小时到达余杭，和章太炎纪念馆的王馆长、李老师碰面，一同前往杭州颐和春天休闲农庄用餐。

午餐后便去参观位于仓前镇余杭塘河畔的章太炎故居。仓前因1132年（南宋绍兴二年）官方在街北建临安便民仓而得名，是当时最繁华的镇中心。塘河连接京杭大运河，是杭州通往浙西和皖南的必经之路，也是当时重要的交通枢纽。仓前老街全长1500米，旧称三里街，目前还保留着很多旧时铺子的门面。

章太炎故居即位于此条老街，在1985年全国文物普查时被发现，次年即公布为余杭县（今杭州市余杭区）文物保护单位。章太炎在此度过了年少的22个春秋。章太炎故居前后共四进一弄，一、二、三进是晚清时期建筑，经过两次维修，对故居进行场景再现和还原，展示了章太炎先生青少年时期故居的风貌。第四进为展厅，以丰富的史料和实物，结合传统和现代的多种手法展现章太炎先生波澜壮阔的一生。

还未进去时，我们就注意到了大门最右侧镶在墙上的一面石碑，上书“章扶雅墙界”五字。1985 年，文物普查时就是因为发现了这块界碑，才将此地界定为章太炎故居。宅子门前挂着的灯笼上面写着“全城”“章家”，我们都对“全城”有些疑惑不解。章先生示意我们进屋细看，第一进是“轿厅”，为古时停轿之处，右侧一座木制的四抬轿子便解释了“全城”的来历。一旁的展板上面有这样的说明：

典故发源于五代十国时期。章氏先人章仔钧奉命镇守浦城，南唐国派兵来犯，章仔钧派两员禅将前往福州求救，后因延误理当处斩，夫人练氏以为延误乃天气所致，故予以放并赠银相送。后此二员禅将率吴越国军队攻破建州，想到练氏夫人的救命之恩，经练氏夫人规劝终于放弃了准备屠城的打算。练氏夫人保护了全城百姓，因此章氏被称为“全城世家”。

第二进便是“扶雅堂”，相当于现在的客厅，为章氏大家庭的公共空间。喜庆祝福、宴会宾客、文士雅集、乡贤聚首，常常在此举行。中堂挂有一联：“才如有用休随俗，诗在无声略可师。”

第三进便是内堂。此屋为女眷或女宾聚会之处,少儿时的章太炎常常在右侧书房捧读古籍。女眷们喜玩麻将,尽管雀牌声声不绝于耳,但章太炎却不受此环境影响,仍然沉浸在书中。沿着狭窄的木制楼梯上去,便是章太炎的卧室。卧室空间狭小,布置十分简陋。

从第三进出来,便是一个天井,这里也是章太炎练习书法的“习字墙”。章太炎的书法被书坛泰斗梁启超誉为清代篆书四大派中独辟蹊径的古文字别派,其用笔高淳朴茂,古意盎然。章太炎早年居于此时,每日晨起用笔蘸清水在方砖上勤练不辍。

从章太炎故居出来,我和师妹又在老街上逛了一会儿。这里就像昨天刚参观完的新市古镇一样,早已不复当年的繁华。但是作为历史的参与者,塘河里的流水、岸边的古树、街上的老房子……都是历史的见证者。这里孕育了一代国学大师章太炎,人们纪念他,也是铭记历史的一种方式。

夜游苏州老街巷

下午 4 时许离开余杭,随章先生的车前往苏州,经 2 小时左右到达苏州图书馆对面的三元宾馆。晚餐之后,和苏州图书馆的郭馆长以及负责《中国基础藏书推荐书目》的馆员一起讨论书目整理和修订的后续工作。我们将校对书目时所遇到的内容上或形式上的问题,一一向他们进行了说明。

书目事宜讨论完毕,已到晚上近 10 点左右。秋禾师向我们提议,趁着街上人少,出去散散步其实最好了,毕竟我们难得来一趟苏州,得抓住机会感受一下苏州城的魅力。

虽然已经近 10 点了,但是街上一些门面店面依然灯火通明。秋禾师一边走,一边给我们随兴讲述有关苏州的掌故,介绍附近一些比较有特色的地方。我们走到一个小巷口,由此进入与十全街平行的一条小街中。这条街和十全街只隔着护城河,但是却好像进入了另外一个空间似的。护城河那边是繁华的都市,这边则是古典的江南小巷。踏着石板路,我们缓缓地边走边听秋禾师给我们讲述苏州历史。在导师眼中,每一座小桥,甚至地上每一块石板,好像都有着一段沧桑的历史。对于不了解苏州文化的我们来说,有导师一路上做导游,自然觉得十分万幸。

秋禾师想带我们到苏州大学参观当年东吴大学留下的一幢红楼,据说此楼和我们昨日所参观的"两赵纪念馆"十分相似。有了这个目标,方向感似乎也明确了一些。可惜我们走到时,苏州大学的这个小西侧门早已经关闭了。无奈,只能从门外望了黑魆魆的校园一眼,想象着那栋红楼的样子。不过留下一丝遗憾也正好能为日后再来苏州留下几分念想。

感觉我们走得有些远了,于是开始寻觅往回走的路。最初还是在小巷子中行走,秋禾师在一栋房子外面停下来,示意我们看不远处凤凰街上的"双塔"。因为天黑,且有院内的高树遮挡,只能比较清晰地看到一个塔顶,另一塔则只能稍微看到一点点塔尖。据说双塔附近一带,在清兵平定苏州城内的太平军时,死伤过大量的人,以致当地人现在提及还心有余悸。我事后对双塔进行了一些了解,原来这一双高耸在苏州城的塔有着很深的历史渊源,对于苏州城来说也是一大奇观:

双塔禅寺在城东南定慧寺巷,唐咸通二年(861)中州民盛楚等建,初名般若院;吴越钱氏改罗汉院;北宋雍熙年间,王文罕三兄弟于此建两座对峙砖塔,一名舍利塔,一名功德塔,均为七级八面楼阁式仿木结构砖塔,高约三十四米,比肩而立;各层四面辟门,方位随内部方室朝向逐层错闪。双塔为苏州仅有,遂俗呼双塔寺。至道初年(995),赐御书四十八卷,改额寿宁万岁禅院。明清间屡修,康熙十五年(1676)增建天王殿、禅堂等。

经咸丰十年(1860)兵火,殿阁廊庑荡然无存,唯双塔耸立断垣残壁间。同治间僧却凡稍加修葺,非复旧观矣。1936 年,刘敦桢《苏州古建筑调查记》称"寺院改为双塔小学,旧日建筑,仅存砖塔二座,及大殿残基石柱,矗立蔓草,其外绕以竹篱与乱砖墙,零落荒寥,不堪寓目",又称双塔

“檐牙凋落,古色斑驳”。

吴人向以双塔为苏州科第鼎盛的象征……民间说得更具体了,双塔是两支笔,它倒映在罗汉院大殿上,就像笔搁在笔架上,钟楼(文星阁)则是一锭墨,那方方的子城就是墨池了。(选自王稼句《消逝的苏州风景》,福建美术出版社2006年版)

随着秋禾师娓娓道来,我和师妹想着,若没有老师的讲解,我们来此之前也未额外补充苏州历史文化的知识,所感受到的必然也只有苏州城表面上的繁华之景,哪里能够知道这背后诸多的历史典故?!不过秋禾师感冒还未痊愈,夜晚凉风习习,加上一路上向我们讲解各处的典故,貌似感冒又加重了一些,时不时地咳嗽几声,令我们感到十分惭愧,做一个好老师真的是很辛苦。

2012.5.11 星期五 晴

漫步怡园

早上,苏州图书馆金馆长带我们到附近的“琼林阁面庄”吃早餐。这里是苏州一家老字号的面庄,装修古色古香,店里还播放着苏州小调,很有江南茶馆的风味。我们一人点了一份素面,另加两份凉菜。面条口感颇佳,但是分量过大。

早餐之后,由苏州图书馆一位员工开车送我们至苏州古旧书店前。但是书店尚未开始营业,于是秋禾师转而提议参观马路对面的“怡园”。怡园原为明尚书吴宽故宅复园故址,清同治十三年(1874),浙江宁绍台道顾文彬得之,加以扩建,以颐性养道之意,取名“怡园”。此园在苏州园林中建造最晚,得以博采诸园之长,形成其集锦式的特点,由于其布局紧凑,手法得宜,有较高的观赏价值。

顾文彬也是一位大藏书家,怡园即他的藏书楼——“过云楼”的所在地。过云楼是江南著名的私家藏书楼,世有“江南收藏甲天下,过云楼收藏甲江南”之称,其藏书集宋元古椠、精写旧抄、明清佳刻、碑帖印谱800余种。顾氏家族示有家训:过云楼藏画可任人评阅,而家藏善本古籍不可轻易示人。因此,过云楼藏书终年置于密室,隐而不宣。民国时期,应好友傅增湘的再三要求,顾鹤逸同意其在楼内观书,但不能带纸砚抄写。于是傅氏每天阅书后凭记忆默写书名,后发表《顾鹤逸藏书目》,过云楼藏书方大白于天下。

当然,过云楼早已不复存在,如今的怡园也只是一座以观赏为主的园林景区。园中各处挺立着许多太湖石,秋禾师告诉我们,太湖石有四个特征:瘦、透、皱、漏。所谓瘦者,指石体挺拔俊秀,壁立当空,孤峙无倚,瘦中窝秀;透者,即此通于彼,彼通于此,玲珑多孔,外形轮廓跌宕多姿;皱者,指石体表面多有凹凸,外形起伏不平,明暗多变,富有节律感;漏者,则是石上有眼,上下左右窍窍相通,有路可循。

除了随处可见的太湖石之外,还有园子里的各种古树,枝繁叶茂,盘根错节。在阳光的映照下,园子里的景色显得尤其明艳。师妹拿着相机到处取景拍照,秋禾师则又当了一回我们的"摄影指导",指导我们如何取景、如何构图、如何使景物和人自然地融合起来,原来老师对摄影也有一番见解呢!

我们在怡园中逛了约一小时才离开。远观对面的"苏州古旧书店"已经开门了,可是因为和章先生还有约,不能进书店细细逛,只好让师妹拍了两张书店的外景图,且算作在苏州的第二个遗憾吧。

这四日的行走,领略了不少江南景色,但更重要的是体验了从书本阅读到"大阅读"的飞跃。想起苏州护城河所隔离起来的两重世界,繁华大都市和僻静小街巷……很自然地想起了秋禾师曾经说过且一直被我们徐门弟子所铭记的一句话:"行走在时尚的都市,满怀古典的情怀。"每每想起,都觉得有无限的含义。我们现在身在学校这样相对比较纯净、简单的环境中,还时常会被各种外界因素所干扰,很少能够安静地坐下来阅读一本书,书写一段文字,或欣赏一下窗外从未留意过的风景。我们急躁地行走在这个繁华的大都市中,可能连自己都分辨不出心中是否曾经拥有过何种情怀。要做到像老师说的那样,满怀古典的情怀,其实也是十分不易的,只能时常以此来鞭策自己吧。

写到这儿又忆起了在微博中看到的一段话:“愿你成为这样的女子:不炫耀,不争吵,做一个博学的女子;不空洞,不浮躁,做一个丰盈的女子;即便生命枯竭,亦在优雅中变老。”录此自勉,并纪念这次湖州、余杭、苏州三地之行。

成都武侯祠、杜甫草堂之行

作者简介： 张思瑶，1988 年生，江苏南京人。2014 年 6 月毕业于南京大学信息管理学院图书档案系，获得硕士学位。2014 年 8 月起，入职南京工业大学图书馆。

2014年8月，踏上工作岗位前的最后一个暑假，因缘所获，有了与家人的一次四川之行。本次旅行历时11天，8月4日出发乘坐动车前往成都，8月14日乘坐动车返回南京。在这11天里，除了外婆在青城山与老朋友们度假以外，我和母亲马不停蹄，中间一天未歇地游览了黄龙、九寨沟、乐山、峨眉山、都江堰、青城山以及成都市区，行程十分紧凑，既到过海拔4000多米的地区，也领略过四川盆地中的天府气象，别有一番趣味，与江苏景致大不相同。

成都市位于我国西南地区，现为四川省省会，有蓉城、芙蓉城、锦官城等别称。成都约在公元前5世纪中叶的古蜀国构筑城池，三国时期为蜀汉国都。汉代时因织锦业发达专设锦官管理，故名"锦官城"。五代时，城内遍种芙蓉，故又称"芙蓉城"，简称"蓉"。成都历史悠久，文化繁盛，巴蜀文化在这里留下了丰富的历史遗迹。加上境内地势平坦、河网纵横、物产丰饶，非常适合农业生产，因此成都自古就有"天府之国"的美誉。农业的发达又催生了繁荣的经济，北宋年间成都出现了世界上最早的纸币"交子"，官府在成都设立了世界最早的管理储蓄银行"交子务"。时至今日，成都依然是中国西南地区经济、科技、文化、教育中心之一，也是国务院首批公布的24个历史文化名城之一。

四川火锅闻名遐迩，成都的火锅在本地人的喜好与外地人的慕名共同作用之下，生意更是红红火火。还记得从九寨沟回蓉城的那天傍晚，和母亲搭公交车回宾馆。虽然时值八月盛夏，但成都的夜晚并不太热，反而有一丝凉爽。公交车上没有开空调，车窗通通打开，乘客的身体随着汽车的行进微微摇晃。晚风吹拂，带来一缕缕火锅的香气，若有似无，如梦似幻，萦绕在身体周围。我去过的城市中，从未有一个城市像成都这样，单是气味，就足以让人印象深刻。

由于时间有限和行程紧凑，在成都的两天时间里，我游览了武侯祠、杜甫草堂和四川博物院，三处景点实际上离得非常近，景区之间有专门的接驳车，凭票登车，到站即下，非常方便。武侯祠的肃穆、杜甫草堂的幽静，给我留下了长久的想念，让回到南京的我，时时回味。

2014.8.12 星期二 晴

武侯祠

武侯祠本身是肃穆的，有参天的大树和两边廊下的泥塑坐像，不过如今游人的熙熙攘攘使得这里热闹非凡，旁边不远处便是成都著名的商业街道锦里，难觅当年的安静。刘皇叔是否会想到，蜀汉消失 1751 年后，在如今的中华盛世，有这么多人前来瞻仰，口中竞相念出的，却是“武侯祠”？

成都武侯祠，真实的名称应该是汉昭烈庙，地点位于成都市武侯区南门武侯祠大街。它是中国唯一一座君臣合祀祠庙和最负盛名的诸葛亮、刘备及蜀汉英雄纪念地，也是全国影响最大的三国遗迹博物馆。说它影响最大，其实很容易理解，因为武侯祠在国内有多处，如河南南阳武侯祠、湖北襄阳武侯祠、湖北赤壁武侯祠、湖北宜昌武侯祠、重庆白帝城武侯祠、陕西勉县武侯祠、云南保山武侯祠、甘肃礼县祁山武侯祠等。此外浙江兰溪还有一个诸葛镇，镇中居住着诸葛亮的后人们。这些武侯纪念地，都与诸葛亮一生的轨迹有着千丝万缕的关系，但说起武侯祠，人们似乎首先想到的便是成都武侯祠。

在我国历史上，诸葛亮无疑是极富传奇性和代表性的人物之一。无论是历史中的真实人物，还是《三国志》与《三国演义》里的忠诚与机智，甚而到了日本经由吉川英治(1892—1962)改编，人物呈现出的“多智而近乎妖”，毫无疑问，孔明都是中国政治史、文化史上无法忽略的人物。近年来流行的桌面游戏“三国杀”里，诸葛亮角色所具有的几种不同属性也绝对是让玩家爱不释手。

诸葛亮(181—234)，字孔明，号卧龙(也作伏龙)，是三国时期蜀汉的丞相，同时也是杰出的政治家、军事家、文学家、书法家、发明家。在世时被封为武乡侯，死后追谥忠武侯，因此祠庙常被后人称为“武侯祠”。其散文代表作有《出师表》《诫子书》等。在世时曾发明木牛流马、孔明灯等，并改造连弩，唤作诸葛连弩，可一弩十矢俱发。于建兴十二年

(234)在五丈原(今陕西宝鸡岐山境内)因病逝世。“出师未捷身先死,长使英雄泪满襟”(《蜀相》),便是杜甫在寓居成都第二年(759)的春天,探访武侯祠后写下的诗句。

据《三国志》记载,刘备(161—223)病故于白帝城之后,灵柩运回成都,下葬于成都,史称惠陵。而按照汉制,有陵必有庙,所以在同时期,就有了汉昭烈庙诞生。大约在南北朝时期,成都武侯祠与惠陵、汉昭烈庙合并一处。明朝初年重建时,将武侯祠并入了汉昭烈庙,形成武侯祠君臣合庙格局。现在民众看到的祠庙的主体建筑是于清朝康熙年间重建而成的。

如今的武侯祠身披全国重点文物保护单位、国家一级博物馆等多重头衔,整个景区共占地 15 万平方米,分为三大块:文物区(三国历史遗迹区)、园林区(三国文化体验区)和锦里(锦里民俗区)三部分。我主要游览的是文物区。

武侯祠坐北朝南,主体建筑包括大门、二门、汉昭烈庙、过厅和武侯祠五重建筑,严格排列在从南到北的一条中轴线上。其中以刘备殿最高,建筑最为雄伟壮丽。武侯祠后还有三义庙、结义楼等建筑。文物区主要由惠陵、汉昭烈庙和武侯祠三部分组成,还包括“三国文化陈列”“香叶轩”“孔明苑”“群贤堂”“桃园”“结义楼”等景观。

我从武侯祠的正门进入,首先映入眼帘的,便是一面照壁。大门上方悬着匾额“汉昭烈庙”,寂然无声地提醒着来来往往的人们,这里并非是独立的武侯祠堂,而是有刘备“惠陵”的君臣合祀祠庙。只是看来作用不大,所有人来这里都是冲着“武侯祠”的名头。

门前右手边是售票亭,进门左手边是景区导览服务中心。得益于新技术的产生,游客只需花费很少的费用,就可以租借一部导览仪器。导览仪器分为两种,一种是利用景区内无线网络,通过探测游客所在位置,提供仪器内提前录制好的讲解;另一种依然是人工服务,只不过与以往的导游拿着话筒大声讲解不同,新型的仪器只需要游客戴着耳机,导游在身边对着话筒讲解,哪怕用极低的声音,也可让讲解的话语清晰无碍地传达到游客耳边。这样的做法有两大好处，一是大大维护了景区内幽静的环境氛围，二是保护了导游的嗓子，降低了工作人员患咽喉类疾病的风险。也因此，“蹭导游”境况的发生概率大大降低。若是两种仪器都已经全部出借（对于武侯祠这样的热门景点来说，是极可能发生的情况），景区还提供了第三种方法，即游客通过智能手机连接景区的无线网，扫相应的二维码关注景区的公众微信账号，微信便会提供相应的菜单。当游客走到相关地点时，点选菜单，就可以聆听讲解语音和阅读讲解文字了，十分方便。

进入大门后，便踏上了通往二门的甬道，道路两侧各有一块石碑。西侧的石碑为明代所刻，全称为《诸葛武侯祠堂碑记》，由当时的四川巡抚张时彻（1500—1577）撰文，碑座为赑屃。东侧的石碑是著名的唐代“三绝碑”，真实名称是《蜀丞相诸葛武侯祠堂碑》。此碑立于唐宪宗元和四年（809），碑上遍刻唐、宋、明、清时代的题诗、题名和跋语。当时，碑文由宰相裴度（765—839）亲自撰稿，由书法家柳公绰（763—832，柳公权之兄）书写，并由当时的篆刻名匠鲁建雕刻，因为文章、书法和刻技俱精，故又称“三绝碑”。碑文主要内容是介绍并点评了诸葛亮悲壮的一生。

看完两块碑，往前走，便来到了刘备殿，这里是整个汉昭烈庙的中心，也是汉昭烈庙中最高的建筑。大殿正中塑有刘备像，贴了金。塑像左侧是他的孙子刘谌（？—263）的像，略矮一些。殿中并没有“乐不思蜀”的阿斗像。其实阿斗像原先是有的，只是因为刘禅（207—271）昏庸无能，守汉不力，他的塑像在宋、明两代几次遭到毁弃，便没有再塑，这应是刘备殿中的一大看点。

刘备殿两侧设有偏殿，分列蜀汉文臣、武将的泥塑。东侧以庞统（179—214）为首，列文臣；西侧以赵云（？—229）为首，列武将。所有泥塑都出自清代民间艺人之手，像高普遍为1.7～3米，给人以君臣共同商议国事的感觉，仿佛时隔千年，忠臣们依然辅佐着自己敬爱的主公。

刘备殿后，即诸葛亮殿。虽然刘备殿位于武侯祠的中心，但无疑令许多游客慕名而来的其实是这处诸葛亮殿。

从刘备殿到诸葛亮殿，要下 11 级台阶。后来查阅了资料，发现原来有所讲究：两殿在地势上的差别，象征着中国古代的君臣关系，因此即便武侯祠口碑更远，但地位上终究低于汉昭烈庙。台阶下接一过厅，武侯祠匾额悬挂其上，厅两侧有一副对联："三顾频烦天下计，一番晤对古今情。"此联出自董必武(1886—1975)，上联取自杜甫诗《蜀相》，下联则为董原创。过厅之后即为诸葛亮殿，殿前高悬匾额"名垂宇宙"，两侧为著名的"攻心"联，为清代政治家赵藩(1851—1927)所作，也同样给我留下深刻的印象："能攻心则反侧自消，自古之兵非好战；不审势即宽严皆误，后来治蜀要深思。"虽然对联写自百余年前，但依然发人深省。说起这副"攻心"联，还有一段趣事。此副对联最初并非专为武侯祠而作。1900 年，赵藩以道员衔分发四川候补。一年后的冬季，四川白莲教、红灯照起义方兴未艾，清政府派岑春煊(1861—1933)赴四川任总督。岑春煊上任后，以重兵围剿红灯照，杀害了深得民心的红灯照领袖廖九妹。赵藩算是岑春煊的老师，但如今身为下属，无法直言反对。于是赵便另辟蹊径，以讽谏之笔，撰写了这副"攻心"联，命人挂到诸葛亮殿前。随后，便邀请岑游览武侯祠，想让他看到这副对联，用心可谓良苦。可惜岑并没有接受赵藩的谏言，而是很快将赵藩贬去川南做小官。

诸葛亮殿中供奉着三尊塑像，正中为诸葛亮，左右分别是其子诸葛瞻(227—263)和其孙诸葛尚(246—263)。殿内乌木顶梁上镌刻了"澹泊明志，宁静致远"八个金字，语出诸葛亮所写《诫子书》中的"非澹泊无以明志，非宁静无以致远"。除了三尊塑像外，诸葛亮殿内还立有三面"诸葛鼓"，左右壁上分别是《隆中对》和《出师表》，两个时期的诸葛亮形象，通过这两篇不同时期所作的文章跃然而出，不禁让人感慨和唏嘘。有传言说《出师表》为南宋名将岳飞(1103—1142)手书，若果真如此，作文书写均忠臣，当是无价。

诸葛亮殿后有一宽阔的广场，穿过广场后是以纪念刘、关、张三兄弟为主题的三义庙。庙中供奉着刘、关、张三人的塑像，为清康熙年间所建。三义庙最初并不在这里，而是在成都市中心地区的提督街,1997 年由于成都市文物保护和市政规划的调整需要,将三义庙整体搬迁到武侯祠里,保留了建筑的原貌与构件。

三义庙向西,便是刘备墓惠陵。惠陵由一段红墙夹道引入,墙外翠竹茂密。游览武侯祠的这天阳光正好,点点阳光由竹叶之间透出,显得十分幽静,很有陵墓的宁静感。自踏入夹道开始,道口的那道门仿佛有魔力,将陵寝中的宁静与外界的喧嚷隔绝开来。据说刘备墓址为诸葛亮亲自选定。墓中除刘备外,同葬的还有后主刘禅的生母甘夫人和穆皇后。

瞻仰"汉昭烈皇帝之陵"后,我在纪念品商店里购买了一本《卧龙行迹——天下武侯祠》(李勇、李平、陈静编,中国戏剧出版社 2013 年版),便离开武侯祠,去逛了逛旁边的锦里。锦里热闹非常,摩肩接踵,已成为成都休闲聚会的好去处。

2014.8.13 星期三 晴

杜甫草堂

在离开高考后的许多年里,或许已经少有人记得"八月秋高风怒号,卷我屋上三重茅",但一定还有许多人的记忆中存有这样的诘问:"安得广厦千万间,大庇天下寒士俱欢颜!"(《茅屋为秋风所破歌》)正是如此叩问心灵的厚重,才让诗圣杜甫(712—770)的诗名长留心间。

杜甫草堂坐落于成都市浣花溪畔,是唐代诗人杜甫流寓成都时的故居。唐乾元二年(759),杜甫为避"安史之乱",携全家来到成都,在风景秀丽的浣花溪畔建茅屋而居,称为"成都草堂"。他的诗"万里桥西一草堂,百花潭水即沧浪"(《狂夫》)中提到的便是成都草堂。杜甫只在这里居住了 4 年,但期间创作的诗歌数量众多,流传至今的共有 240 余首。唐末诗人韦庄(约 836—约 910)寻得草堂遗址,重结茅屋,使之得以保存,宋、元、明、清历代都有修葺扩建。到如今,杜甫草堂景区占地近 20 万平方米,是国内规模最大、保存最完好、知名度最高的杜甫行踪遗迹地。

与武侯祠相比,同样是热门景点的杜甫草堂显得幽静多了。草堂完整保留着清代嘉庆年间重建时的格局,园林呈现着独特的“混合式”格局。我从景区南门进入,与传统的参观路线似乎相反。草堂南门邻着浣花公园,原为草堂寺山门,此处“杜甫草堂”匾额由郭沫若(1892—1978)所题。草堂寺原非杜甫草堂,只是毗邻杜甫草堂东门。2004 年 10 月,考古人员在杜甫草堂景区中清代万佛楼遗址基柱以下两米处,挖出几千件瓷器碎片,其中有两块瓷片上刻有“草堂寺”三字。据有关专家推断,清代草堂寺曾位于此处。

进入景区后,简单参观了“情系草堂”陈列室,迎面而来的,便是“大雅堂”。大雅堂原为草堂寺的大雄宝殿,堂前有杜甫坐像,匾额上所书“大雅堂”三字是搜集了唐代书法家颜真卿(709—784)的手笔。颜真卿创立的“颜体”,是针对楷书而言,字形方正茂密,笔力雄浑,气势庄严,此三字可见一斑。大雅堂内陈列着目前国内最大面积的大型彩釉镶嵌磨漆壁画和 12 尊历代著名诗人塑像,意图展示杜甫生平和中国古典诗歌的发展史。这 12 尊诗人塑像分别是屈原、陶渊明、陈子昂、王维、李白、白居易、李商隐、苏轼、黄庭坚、陆游、李清照和辛弃疾。

出大雅堂往西是草堂影壁和与之相连的花径,影壁所在为花径的东端入口。影壁前有一门,门上挂沈尹默(1883—1971)所书的“花径”二字,取自杜甫诗《客至》中“花径不曾缘客扫,蓬门今始为君开”。门两边挂着郭沫若所书的对联“花学红绸舞,径开锦里春”。影壁上“草堂”二字由青花瓷片镶嵌而成,显得非常素雅清净。花径与武侯祠的夹道类似,也是绿树红墙,不过要比武侯祠的夹道长上许多,颇有山重水复、柳暗花明之感。徜徉其间,摇摇晃晃,不论观景还是留影,都非常美丽。

花径并非完全封闭,而是有数条支道,通向不同的地方。印象深刻的是当时草堂的兰园里正在举办《西蜀园林》发行座谈会暨西蜀园林流派学术研讨会。研学三年,也跟着秋禾师参加过一些学术会议,此时此地看到这样的会议,虽然内容、方向与自己全不搭界，也莫名生出了些许亲近感和崇敬的心情。

花径中段有浣花祠，又名“冀国夫人祠”，院落精巧别致。觉得好奇，似与杜甫无甚关系却缘何在这里，便走进去看。祠中陈设简单，除浣花夫人坐像外，几无他物。院落中有简要介绍，原来浣花夫人是奉祀唐大历年间西川节度使崔宁的妾室，本姓任。崔宁上京奏事，泸州刺史杨子琳趁机攻打成都，任氏英勇出战，击溃杨子琳，保全了成都，朝廷加封崔宁为“冀国公”，封任氏为“冀国夫人”。至于“浣花夫人”这一别称的由来，乃是相传她居住浣花溪时，为一老僧洗僧衣，当僧衣入水濯洗，水中立时呈现无数莲花，五彩缤纷，故后人称其洗衣处为“百花潭”，称小河为“浣衣溪”，称任氏为“浣花夫人”。杜甫离开成都后，草堂即为任氏别宅，任氏后人在此地建梵安寺，为草堂寺前身。

过去浣花祠，即杜甫草堂的盆景园和杜诗书法木刻廊。整个区域成圆形，中心为盆景展出，边缘廊下为杜诗书法木刻。据介绍，木刻廊内共有杜诗书法木刻作品 100 多件，其中不乏名人手笔，如章炳麟、老舍等。

出盆景园沿水向西行，便来到了茅屋故居景点，在我看来，也是整个杜甫草堂中游客最多的景点。整个景点占地约八亩，包括茅屋、清江、野桥、水槛、南邻和北邻等。此处景点为现代重建，建成时间为 1997 年 2 月。不知是否可以凭着重建的人工景色“发思古之幽情”？茅屋以茅草覆顶，黄泥涂壁，营造出田间农舍感。在茅屋对面的水面之上，有一间小小的书店，店内除了售卖市面上能看到的部分书籍外，也有富有景区特色的商品，如草堂的书签、摄影集、书籍等。我在这家书店购买了一本《诗意草堂》（中国旅游出版社 2014 年版），作者王飞现为成都杜甫草堂博物馆副馆长、副研究馆员，《杜甫研究学刊》副主编，四川省杜甫学会副秘书长。该书以杜甫草堂为中心，介绍了杜甫的生平与杜甫草堂的诸多信息。书中在谈到茅屋景区时，说其园林布置和植物栽培，都遵循杜诗的描述，呈现出自然野逸、生机盎然的意境。

茅屋景区向南，是“少陵草堂”碑亭。亭内用玻璃罩着一块碑，上书“少陵草堂”四个字，文字工整，笔力浑厚。此碑为清雍正十二年（1734），果亲王爱新觉罗·允礼送达赖喇嘛回西藏，途径成都拜谒草堂时所留字。有许多游客争相在此碑前留影，恐怕是前段时间大热的电视剧《甄嬛传》中的果亲王征服了不少女观众的缘故。

少陵草堂再往西，便是工部祠。与其所相连的柴门、诗史堂和大廨以及正门外的照壁，成为我游览杜甫草堂的最后部分，而实际上，这里应是一般游览路线的起始部分。这几处建筑位于同一条中轴线上。

工部祠因杜甫曾作为节度参谋检校工部员外郎，故称杜工部，祠由此得名。祠堂显得十分庄重，内有明、清两代石刻杜甫像，其中明万历三十年（1602）所刻的石质杜甫半身像是草堂遗存最早的石刻像。清代时将黄庭坚、陆游配祀于杜甫像两侧，故工部祠又称“三贤堂”。堂两侧有“荒江结屋公千古，异代升堂宋两贤”的联语。墙壁上还嵌有清乾隆、嘉庆年间石刻的“少陵草堂图”，新中国成立后就是依据此图恢复的草堂旧貌。柴门位于工部祠之前，诗史堂之后，是这条中轴线上的第四处建筑。原为杜甫营建草堂时的院门，是一扇简朴低矮的院门。诗史堂是中轴线上的第三重建筑，两侧有回廊，连接第一、第二陈列室，分别展出《诗圣著千秋》和《草堂留后世》。前者主要介绍杜甫生平、交游和创作，后者着重展现杜甫建草堂以及杜甫之后草堂的兴衰演变。草堂大廨是一间敞厅，两边悬有一副对联：“异代不同时，问如此江山，龙蜷虎卧几诗客；先生亦流寓，有长留天地，月白风清一草堂。”此联原为清代顾复初（1800—1893）撰写，可惜不存，如今所看到的是近代藏书家、版本目录学家、书法家邵章（1872—1953）所写。

到此，杜甫草堂之行业已结束。

后记：

返宁后仔细阅读《诗意草堂》，看其中提到的万卷楼，遍寻记忆也不记得在哪里看到过。门票背后的地图上也未有标明，十分遗憾。据书中所述：“万卷楼为杜甫草堂藏书楼，出自杜诗‘读书破万卷，下笔如有神’（《自京赴奉先县咏怀五百字》）。收藏历代刊行的各种杜集版本上万册，以及历代杜诗书画作品数千件。是当今收藏杜甫研究资料最全面、最丰富的地方。‘万卷楼’匾额由缪钺题写。”

俗话说：“读万卷书，行万里路。”研学三年期间，秋禾师也常常鼓励我们利用假期多出去走走、看看，体悟他所倡导的“大阅读”理念。在四川的11天中，我时常考虑这样一个问题——读书和旅行为什么是相辅相成的？随着旅程的深入，也有个答案在我心里越来越清晰。在平常的生活中，多读书，可以让我们在繁忙的学习与工作之余，借书中人的眼看外面的世界，在浮躁的现实生活中更加温柔，更加富有同情心与包容性。假期的时候出去旅行，看自然美景，览人文胜地，在增广见闻的同时，旅行的过程更迫使我们每个人把生活中的琐事抛诸脑后，只留下最基本的吃、穿、住、行，这样的经历使人变得纯粹，提醒我们生活的本质其实并不繁杂，无非是有食物可以果腹，有衣服可以保暖，有屋檐可以遮雨，有双腿可以行走，还有很重要的一点是，有美景可以分享。人们在旅行中涤去身上的浮尘，以新鲜的姿态重新投身于日常的生活中，如此循环往复，相辅相成，形成一个良性的系统——读书让生命变得丰盛，旅行让生命变得广阔。

编后记

本书经李海燕、王冰两位师姐的努力，到我接手这份编集任务时已有8年之久，其间过程一波三折，而今终于要面世了，无论是作者还是编者的激动之情，自然难以言表。

修学旅行是一种以学习为主要内容的旅游形式，在欧美国家十分盛行。自古以来，我国的文人学者对此亦非常重视，除了有“读万卷书，行万里路”这样的名言警句广为流传，很多学者也把游学考察作为一种重要的教学方法。北宋著名的学者和教育家胡瑗就曾说过：“学者只守一乡，则滞于一曲，隘吝卑陋。必游四方，尽见人情物态，南北风俗，山川气象，以广其见闻，则为有益于学者矣。”

本书收录了13位作者在读研期间随师修学旅行的文章，足迹遍及青岛、宁波、永康、北京、呼和浩特、湖州、杭州、常熟、进贤、福州、曲阜等十来座大小城市。书中不仅描述了历代文人藏书家心向往之的天一阁、充满文化气息的杜甫草堂、“霜叶红于二月花”的香山等著名景点，还介绍了隐身在都市中的旧书店、当地特色文化等，随着他们的足迹和视角，读者可尽情领略一幅幅人文或自然画卷，那些一直无缘一见的景点，那些未注意过的细节，在弥补一些遗憾的同时更能增长知识，得到不一样的启发。文章生动而充满生活气息，让读者不仅能身临其境感受到各地迥然不同的文化气息，更能体会到在旅行中学习、在欣赏美景时获得知识的乐趣。

本书的面世，离不开秋禾师的具体指导，更要感谢师姐、师兄们的支持。除了书中所收录的文章，还有更多写得不错的行记因为篇幅所限而暂时无缘与读者见面，特此致歉！

王碧蓉

2014年12月7日于南京大学仙林校区